黄河流碧水

赤地变青山

家国记忆

新中国建设者传记丛书

一对五十年代大学生的时代背影

陈青法 方灵兰 著

浙江科学技术出版社

版权所有　侵权必究
图书在版编目（CIP）数据

家国记忆：一对五十年代大学生的时代背影 / 陈青法, 方灵兰著. -- 杭州：浙江科学技术出版社, 2024.1
（新中国建设者传记丛书）
ISBN 978-7-5739-0919-0

Ⅰ.①家… Ⅱ.①陈…②方… Ⅲ.①传记文学—中国—当代 Ⅳ.①I25

中国国家版本馆CIP数据核字(2023)第215883号

浙江文化艺术发展基金资助项目
PROJECTS SUPPORTED BY ZHEJIANG CULTURE AND ARTS DEVELOPMENT FUND

新中国建设者传记丛书
家国记忆：一对五十年代大学生的时代背影
陈青法　方灵兰　著

出版发行	浙江科学技术出版社 杭州市体育场路347号　邮政编码：310006 办公室电话：0571-85176593 销售部电话：0571-85062597 E-mail: zkpress@zkpress.com
排　　版	杭州真凯文化艺术有限公司
印　　刷	浙江新华数码印务有限公司
经　　销	全国各地新华书店
开　　本	880mm×1240mm　1/32
印　　张	12
字　　数	238千字
版　　次	2024年1月第1版
印　　次	2024年1月第1次印刷
书　　号	ISBN 978-7-5739-0919-0
定　　价	98.00元

责任编辑	罗　璀　方　晴　张祝娟	责任校对	张　宁
责任美编	金　晖	装帧设计	顾　页
责任印务	叶文炀		

谨以此书献给

新中国第一代建设者

新中国第一代建设者都已步入老年，他们也许没有取得惊天动地的成就，也许居于陋室，依然过着清贫的生活。

然而，他们有一些共同的特点，忠于祖国，热爱党，甘于奉献。他们有强烈的家国情怀，并且大多信奉爱情，忠守一生。

他们这一代人，打下了共和国大厦的坚实基座。今天，他们正在陆续离开我们，在某些角落，我们还能依稀看到他们的背影……

谨以这本独特的平民传记向这一代人致敬！

新中国建设者传记丛书
杭州电子科技大学主题出版研究院 组编

编委会
主　编　韩建民　汤弘亮
副主编　莫沈茗　蒋玎玎　黄劲草
编　委　韩建民　汤弘亮　莫沈茗　蒋玎玎　黄劲草
　　　　　张祝娟　李　婷　罗　璀　方　晴　张梦雪

策划人语
需要向奋斗者致敬

2022年上半年，上海交通大学原党委书记王宗光向我们推荐她的一对老同学夫妻，说他们在写自己的人生回忆录。这对老夫妻一生很不易，20世纪50年代从南京林学院毕业，奔赴甘肃工作，为了事业和爱情拼搏奋斗了一生。

一个春寒料峭的周日，我们来到了上海浦东一个老式小区，这对50年代大学生夫妻就住在这里。水泥楼梯的冰冷和小客厅的热情、三本打印稿的厚重和居室空间的狭小形成了鲜明的对比。我们感受到这对老夫妻确实是有情怀有故事的人。一桌宁波老菜的热气和老先生谈到入党时的热泪，进一步坚定了我们出版这本书的信心。是的，他们走到了人生的黄昏，他们为共和国付出了许多。我们的出版需要走近他们，给他们的心灵以安慰，主题出版更应该温暖拥抱他们的背影。

在他家的洗手间，我们看到的还是老棉绳冲水，一种感慨油然而生。当听他们说到让"黄河流碧水，赤地变青山"，语气依然那么有力时；当看到过了60年，灵兰女士依然用崇拜和甜蜜的目光看着老先生时，内心仿佛有一个声音：我们必须触碰他们。这是一代即将消失的背影，这是一代天真无邪的青年，这是一代坎坷与奋斗交织的勇士，这是一代打下共和国大厦基座的英雄！也许他们就是我们的祖辈，也许他们正是我们的父母，还好，他们不少人还在，我们一定要让他们看到今天的致谢和敬意，这是一个强大和温暖的国家所必需的。

20世纪50年代，他们发奋学习，为了实现建设祖国的理想，他们毅然选择去了最贫困的地区，当时饥寒交迫的程度，书中都有精彩的回忆和描写。他们毫无怨言，而是全身心投入当地的建设之中，只因对党的热爱，对国家的热爱，已经融入他们的血液之中。我们几次和陈青法老先生谈到中国共产党时他都热泪盈眶，追求入党是老先生一生最大的心愿和目标。

简朴和快乐成正比，欲望和痛苦总相伴。

吃苦耐劳甘于奉献，是这一代人共同的特点，再多的存款对他们而言也只是个数字，不会影响他们的生活方式和消费习惯。我们需要向他们学习这种境界和素养，树立真诚、积极、快乐的人生观，既积极奋斗又不为名利所困，既潇洒快乐又简朴清新。这本书一个潜在的诉求是希望年轻人通过阅读父辈的故事能够前赴后继、勇往直前，并悟出生活的真谛和生命的价值与意义。

我们更需要学习他们这代人忠贞不渝的爱情观。现在"爱情来了又走"的现象比较多，而爱情的伟大在于它的持久和保鲜。这代人也许没有那么浪漫，也许在公众场所不会手牵手，也许他们不会说"我爱你"，但他们的眼神和举止告诉你："身边人即是心上人。"皱纹诠释真诚，白发印证爱情。其实对他们来讲，爱情没有那么苛刻，过去讲"一块石头都能焐热"是有道理的,只要真诚相待一定会春暖花开。

我们太需要这种真实感人、潜移默化的好故事了。

因历史原因,他们终生追求入党,但始终未能入党,这是属于两位五十年代大学生独特的人生遗憾。但无论何时,提及中国共产党时,他们总会扬起头说,"没有共产党就没有新中国,党在我们的生命里是一道彩虹",眼中闪着光。

在寂静而悄悄流转的岁月里,无数共和国的建设者为构建今日之中国而奋斗,无数小我小家构成了大国大家。

当我们自豪地举起杯,可曾想过这光荣属于谁?

作为新中国培养的第一代知识分子,20世纪五六十年代的大学生在共和国建设中发挥了至关重要的作用。他们毕业后就投身于社会主义革命和建设中,为共和国的巨轮安装马达、插上巨桨,推动"中国号"巨轮劈波斩浪、扬帆远航。

正像那个时代多数知识分子一样,面对政治上的不知所措,生活上的饥寒交迫,科研上的一穷二白,他们也曾委屈失望,也曾迷惘彷徨,但从来没有退缩过。他们衰老的背影渐渐远去,可往事并不苍老,在这略显浮躁的当下,他们为我们保留着一份大爱、一份天真。

感知当下,有些人在物质生活上富裕起来了,精神上却相对贫瘠、空虚、简陋无比。透过这本书,我们能隔着岁月凝视那千千万万个新中国第一代建设者看似平凡,实则非凡的生活。今天的中国需要向他们致敬!

(韩建民)

本书由陈青法执笔,陈青法、方灵兰共同创作完成。

序
一对意志坚定的建设者

本书即将付梓，值得庆贺。

陈青法、方灵兰两位老师是20世纪五六十年代新中国培养的大学生，朝气蓬勃地投身于中国的现代化建设。

陈青法出生于贫穷的农村，当过放牛娃，做过学徒工。新中国成立后，他们俩亲历了轰轰烈烈的社会主义革命建设和风云激荡的改革发展，把一生奉献于新中国的林业事业。他们在贫瘠落后的大西北奉献了自己的青春年华，亲眼见证并亲身参与了我国林业从贫困落后到走上现代化的漫长过程，成为名副其实的林业专家。

陈青法、方灵兰几十年如一日地奋斗在我国林业第一线，战天斗地。面对艰难恶劣的环境，他们意志坚定，刻苦耐劳，以其睿智解决矛盾，借知识的力量化解苦难，尽力推进事业发展。

陈青法还参与了从局部到全局的中国林业发展建设规划，无论是生产管理，还是教育科研，在中国林业生态环境方面积累了大量宝贵资料、实践经验和理论总结。

他俩的回忆与记录内涵丰富，既有思想性，又具知识性，蕴含着具有时代延续性的精神品质，是这一代知识分子为中国式现代化奋斗的光明磊落的好故事，值得一读。

王宗光

上海交通大学原党委书记

中国高校校史研究会原会长

癸卯暮春于上海

自序
我，没有白活一天

1956年9月，我和灵兰同时考入南京林学院（今南京林业大学），成为同班同学。那是我们一生缘分的起点。

在填报高考志愿的相关资料中，我看到了梁希教授那句"黄河流碧水，赤地变青山"的雄伟号召。梁希教授是当时的林垦部部长，也曾是南京林学院的老师。这一号召深深吸引了我，促使我毅然放弃当年人们羡慕的会计工作岗位，去大学读书。如今，我感谢当年的自己做出了这个决定，这个决定让我有机会和灵兰相遇，一起建立家庭，一起为国家建设贡献力量。

记得我第二次报志愿时看到的资料上显示，"林学专业"是造林和森林经营两个专业刚刚合并而成的五年制本科专业。进校时，我们对"林学"既了解，又不甚知晓。"既了解"是说我们只了解一些皮毛，这是我们选择这个专业，并引以为豪、促使今后深入学习的基础，"不甚知晓"是指根本不懂得林学这个学科的整体内涵，更不知晓林学所包含的各门独立知识之间的内在勾稽关系。经过5年的时间，我们学完了30多门自然科学知识，才真正迈入"林学"的门槛。

1960年，我以总成绩第一的身份参加毕业答辩，结束时我向在座的恩师们躬身致礼，在走下讲台的那一刻，迎来了热烈的掌声。那一刻，我从心底感谢党，是党培养我成为一名大学生。急功近利者可以从事林业一阵子，但无法从事一辈子。

我们搞林业的人，大至林业规划、总体设计，小至种一棵树，都要到以后十几年、几十年甚至上百年才能显现出当年规划、总体设计、树种选择、栽植方法的正确程度与效益高低。林木生长周期长以及林业收益的长期性和效益的多重性，要求专业人员在它的生命周期内不间断地探索。这些要比畜牧业、水产业、果树栽培业、粮食作物的育种及栽培复杂得多。

毕业后，我们无条件服从分配到甘肃，抱定"一切听从党安排"的决心开始了一生的事业。

我们是第一次告别江南，奔向祖国的西北。我至今还记得当时的情景。在火车到陕西宝鸡前，车外的景色尚未引发我们的震撼。然而，过宝鸡后不久，车外景色陡变。铁道两侧的山坡，目之所及没有一点绿色，没有一棵树，唯见几根枯草。离铁道稍远的山坡上，灌木、枯草等植被仍很稀少。再往远处望去，是一望无际的千沟万壑。这是我第一次见到"赤地"，凭我在植物群落演替中学到的知识和当前的情景，用不着旁人指点、讲解，我已初步了解"赤地"形成的主要原因，联想到治理"赤地"的难度所在。

在兰州，为了让我们所学的全部知识能够为"赤地变青山"发挥作用，在面临选择时，我们决定到最艰苦的地方去。在中国科学院兰州分院与黄羊镇的甘肃省农业科学院林业科学研究所（林科所）之间，我们选了偏远的林科所。当时，这个所新成立不到两年，资料、图书、仪器都是"一穷二白"。

到林科所不久，我俩都开始独立承担研究课题。从现在看，这些课题都不难，但在当时很难。我们所学的知识和专业方面的实践经验，因气候、地理环境迥异，南、北方树种生物学特征和生态学特性都不同，不能完美地适应在甘肃承担的工作。摆在我们面前的，除了要运用专业方面的基本原理举一反三，还急需补上很多具体操作技能。我们通过实践与不断探索，达成了既定目标。

在甘肃的时光中，有很多事情是值得我们自豪的。我们在直播造林中求真务实，艰辛工作，抗拒诱惑，顶住压力，为国家避免了千百万元损失。

到祖国需要的地方服务林业的40年我们倾尽心血，那也是我们生命中最灿烂的岁月。

我们至今依然坚信：植树造林是改变"赤地"的主要途径；植树造林是农村治穷致富、建设美好家园的必由之路；林业工作者的智慧与辛勤劳作，能使山河更美，生态更优，国民经济收益更多，人民生活更好。

我们夫妻在党的领导下，献身祖国林业事业，无怨无悔。那些赤地与山间的足迹，真实地记录了我们对家国的热爱。

其中的甜、酸、苦、辛我们自知，功、过、是、非留请仁者评说。尽管有很多遗憾，但幸喜未波及为林业事业拼搏的情怀。

第二部分 解放

- 032 解放前后
- 043 第二个家
- 047 运动员
- 052 抗美援朝
- 055 查账
- 058 初中毕业
- 064 去上海
- 069 我的父亲母亲
- 075 布票和粮票
- 078 高考前后
- 088 回望家乡

第三部分 青春

- 098 我的母校
- 106 忆南京
- 110 初恋的感觉
- 117 沸腾年代
- 123 下放劳动
- 136 理发师
- 139 炼山
- 142 大蛇
- 145 异乡的春节
- 147 茅山
- 152 返校学习
- 157 毕业
- 164 离校

目录

第一部分 家梦

- 003 鄞县的乡村
- 005 日本兵
- 010 启蒙小学
- 014 码头
- 016 好景不长
- 018 活着的经验
- 020 司秤
- 021 离开农村
- 024 学徒

第五部分 背影

- 330 几多春秋
- 337 叶落归根
- 339 宁波林校
- 349 奋斗几十年的力量源泉

和未来对话

后记

第四部分　丹心

169　黄羊镇
179　结婚登记
192　我们的事业
214　向书记汇报
218　采育择伐
229　直播造林
235　藏獒与独狼
238　可爱的人
245　入党申请书
247　回家看看
251　新生
255　衣食住行
262　干校烧炭
271　一条山
274　忠诚
278　河西走廊
285　开往华北的列车
291　工业学大庆
299　编写辞典
309　感激时代
311　赤地初心
316　我与九寨沟
325　林间的灵兰

第一部分 家梦

我这一生做过很多梦，无法解读，但十分真实。

这些幻梦在我的脑中已存在了数十年，并未因时间的流逝而淡化。有些梦后来成了现实：少年时梦过将来有个幸福的家，自从遇到了灵兰，这个梦圆满了；也曾梦到过祖国强大，今天，经过几代人的努力，这个梦想也看到了。当然，在新中国成立前那个民不聊生的苦难时代，我也做过许多痛苦的梦……

1941年农历七月，我的四姐猝然离世后没几天，我做了一个奇特的梦。那是一个夏日的正午，阳光直照，我站在家门口屋檐下，看见姐姐身穿一袭白底碎花中式短衫，从外面跨进大门沿屋檐朝家中走来。她面容平和，步态稳健而轻快。我转身向屋内高喊"妈妈"，告诉她姐姐回来了。妈妈从屋里出来后，说我胡说。我回头定睛看时，再没见姐姐影子。她朝家门走了大概一间房（约三米半）的距离，消失时距我只有两间房那么远，在这几秒钟的时间里，她没有叫我，也没有说一句话。如果没有日本侵华战争，四姐大抵是不会那么早离世的。

之后，我又做了一个醒来后仍特别清晰的梦。那是一个阴天，我梦见了大妈。大妈是我妈的亲姐姐，也是我爸的妻子，是大哥陈青松的妈妈。她早年逝世，葬于上海一处公墓。在梦境中，大妈轻声敲着家里的后门，边敲边连声低喊："给大姆妈开门。"我去开了门，大妈进来后在小间里转着，不说话，也没再进二门。我看到的大妈低着头，背微微弓着，穿着黑色中式女衫和裹裤管的女裤，露出一双小脚。她头后梳着一个发髻，比妈妈稍矮，神情有些郁闷。我从来没见过大妈，也不曾看到她的照片，或是听人说起她的长相。然而，我把这天的梦境原原本本地告诉爸妈之后，他们说我所描述的正是大妈的形象。后来我想，这大概是我当时看到的，众多20世纪40年代农村妇女形象的叠加。

除了童年时代这两次幻梦，成年后还有几个梦我也记得较为清楚。

三哥病死的那天晚上，我做了一个渔翁捕走我家金色鲤鱼的梦，那个梦令我伤感了很久。

还有一次是在大学期间。在那个梦中，我和女友手拉着手，行进在一条长长的火车隧道中，不知过了多久，我们最终走出隧道，迎来了初升的金色朝阳。

梦中的那位女友就是方灵兰。20世纪50年代，我们在大学中相识，共度青春年华，组建家庭，为家国之梦努力终生。如梦境一般，我们真真切切一起走过漫长的人生，迎来了金色朝阳。

鄞县的乡村

1936年，我出生在宁波市鄞县（今鄞州区）的乡村。

我们这个小村只有三十多户人家，有朱、周、李、陈四姓。村中与我同年出生的有十一个，而且个个都是男孩。在这十一个孩子中，活到十岁的只有八个。在我出生前，妈妈已经答应把我送给前排屋的奶奶家。然而，母亲生下我后就立时变卦，又不肯送给人家了。

我的家乡自然条件不错，属平原水网地区，面向东海，背靠山区，渔民可从奉化江直达东海。帆船只要半天的时间就能到达舟山渔场，东钱湖的水与家门口的河相连，鱼虾丰盛，水田肥沃。

冬天，农田都种紫云英，到清明时节它可长到一尺多高，极目望去，遍地紫花，农民可以割了做绿肥。春天，农户多以间作形式栽培早、晚稻，夏季收割早稻后，田中的晚稻一片青翠。秋天，稻穗金黄，煞是好看。

晚稻收割后，稻田仍是翠绿一片。自晚稻收割起，河里的大闸蟹就多了，村民在河边搭个草棚，晚上用网捕捉，每晚捕上三四个小时。大闸蟹都是晚上随水迁游，白天很难用网捕到，而晚上河里的鱼一般不游动。因此，捕蟹时捕到的鱼不多。

清明前后，田里的水往河里排放，大群的鲫鱼会逆水而上，游到农田里，这些鲫鱼大而肥，随手就能捉到。水稻种下后，田里的田螺非常多，半小时就能捡上一大碗。田埂是钓黄鳝的好地方，出门一小时钓到的黄鳝就足够煮上一锅黄鳝羹。

一到夏天，糯稻田里的水温很高，泥鳅都游到水温较低的水沟里，小孩们用火熜盖去捞，一会儿工夫就能捞好几斤。泥鳅大多是喂鸭子的，村民一般不吃泥鳅，除非它特别肥大。

大多数村民晚上做针线活时用煤油灯，农家已普遍使用火柴点灯。妇女都搞家庭副业，主要是编织金丝草帽，用一种银白色的，很细但很长（约1.3米）的金丝草编织成礼帽供出口。手巧的姑娘，编织一顶一般只要花七天时间，我的妈妈和姐姐们都是全村有名的编织高手，不仅编得好，而且快。编好的草帽坯子雪白洁净。日本人侵占故乡后，金丝草帽不再出口到东南亚，农村的人也随之没有了副业收入。

农民家家有牛，既有水牛，也有黄牛。田里的重活，如耕地、耙地、车水（水稻灌溉）都用牛，一般一家有一头牛，也有两头的。

总之，我的家乡是一个典型的江南水乡，在当时，虽算不上富庶，但也没有乞讨度日的人家。

日本兵

日本人侵占宁波是在1941年春，蚕豆（倭豆）开花的时节。那天，妈妈不知道从什么地方得到日本兵要经过我们村庄的消息，大清早就慌慌张张地拉着我躲在村外的蚕豆地里。那时的我，长得和蚕豆株一般高，妈妈叫我卧倒在沟中，而我正在咳嗽，妈妈再三叮嘱我千万不要咳出声，告诉我让日本兵听见咳嗽声是要被杀死的。我不知从哪里来的毅力，居然在躲藏的那段时间内，没有咳出一声，事后妈妈一直夸我很乖。日本兵的皮鞋底都有铁掌，走在农村石板路上脚步声很响，当脚步声渐远时，我出于好奇，偷偷抬起头来从豆叶缝隙往外看。那是一小队一字形队列的日本兵，大约有十几个，每个兵都肩扛长枪。有没有扛太阳旗，我现在已记不真切了。这些兵沿着村子边缘的路通过，没有进村。他们与我躲藏的地方最多只有100米的距离，这是我第一次见到日本兵。

我们家有五个男孩、四个女孩。我的二姐、二姐夫和四姐三位亲人是在抗战时期离世的。

1941年农历七月十二，是四姐的忌日。只是因为突发性腹泻，她才十七岁就离开了我们，她从发病到去世，只有三四天。爸爸、妈妈和哥哥三人抬着姐姐到离家七里的姜山镇去看病。那天是上午去的，妈妈临走时给我煮了一锅粥，白米粥。在日寇入侵期间，以糠菜代粮的年代里，那是妈妈给我的特殊照顾。

中午，只有四岁半的我，站在竹椅上才能从灶台铁锅里盛上粥。下午四姐被抬回家时已经去世了，遗体躺在由门板临时搭起的"床"上，停尸在堂屋的一角。我跑到"床"边，只见姐姐面色红润，像睡去一样安宁。这是我见到亲爱的四姐的最后一面，也是我对她印象最深刻的一面。

我很小的时候，因为妈妈身体不好，四姐和三姐一直无微不至地照料我这个最小的弟弟。站在遗体旁边，那时我还没有"死"的概念，并不知道四姐已经死了。妈妈过来把我拉开了，不准我再靠近。事后听爸爸讲，那天如果能吊上盐水，四姐也不至于死去，可日寇占领的姜山镇，连一瓶盐水都没有。

在四姐去世的几天内，我们这个小村先后死了近十人，老百姓都说这是日本人害的。

姐姐的棺木很薄，是在高塘桥一个叫"德懋"的棺材店里买的，入殓后用稻草厝在后桥头的河边荒地上。只要出门走100多米，就能隔河望见姐姐的坟。自从四姐死后，妈妈几乎天天独自坐在河边，隔河望着姐姐的厝坟哭泣。开始几天都是声泪俱下，有时还号啕大哭，再以后就难闻哭声了，但泣声凄惨至极。妈妈的视力因过度悲伤，哭泣太久而直线下降。然而祸不单行，就在那年秋天，妈妈得知二姐和二姐夫被日本人炸死了。我清楚地记得，当时田里的稻子已经收割，稻田里只剩焦黄的稻茬，再没有往年紫云英的绿色。

二姐和二姐夫是在上海去武汉的轮船上被日寇飞机炸死的。他们原本都在上海，九一八事变后，大批上海人往武汉逃难。他们把两个子女托付给武汉的邻里，重返上海处理事务。不幸的是，在返回武汉途中，轮船被日寇炸沉。

那天下午，秋风萧瑟，妈妈带我去二姐夫老家周韩，有三里路。妈妈已经欲哭无泪，一声不吭地带着我走路，到了周韩，在亲家的家中，所有人只是流泪，至于其他的情景，以及后来是怎么返回家的，我都记不清了。

自从日本人侵占宁波后，兵荒马乱。既有汪精卫的"和平军"，也有国民党军。还听说过共产党的"三五支队"，但没见进过村。"和平军"和国民党军的交火常有所闻，这两拨人常三五成群进村要吃的，要喝的。两边的军队还要拉夫，年轻力壮的不是跑到外面,就是在他们进村时躲避起来,田里的作物都荒了。那时水稻田的水稻长得稀稀拉拉,莎草长得比稻子还高。

农村开始闹米荒的时候,妈妈用酒坛等容器装米藏在稻草堆下。芋头、红薯、青菜、南瓜等过去从不当主食的,现在和大米一起煮稀粥,过着"糠菜半年粮"的日子。青菜代粮中最难吃的是紫云英,稍微多吃一些肚子就发胀。河里抓到的大闸蟹和稍大一点的鱼,几乎都被进村的国民党军拿去了。就连老百姓养的母鸡,有时也会被抢走,拿走鸡蛋更是家常便饭了。过去村民菜蔬自给有余,这时菜蔬也紧张了。百姓们平日主要吃自家加工的咸蟹酱、豆瓣酱和咸菜,而且家里大人只准小孩吃一点点,因为那时盐也贵了。私盐是要用大米换的,老百姓大米不够吃,哪儿有米去换盐?国民党军对贩私盐是要敲竹杠的,因而做私盐生意的人也少了。

后来,货币快速贬值,物资极度匮乏,物价飞涨。老百姓没有副业收入,都非常贫穷,原本是用煤油灯的,那时已用不起了,改用菜油灯,而且只用一根灯芯点灯。火柴也用不起了,多数情况是用麻秆或小学生用过的大楷本(一种黄草纸)卷成筷子状作引火工具,以节省火柴。灯下的光线非常暗,晚上只能做些纳鞋底、编草鞋之类的粗活。

由于田地荒芜,造成稻草短缺,农民连烧火的稻草都不足。我们把随潮水漂到江边的芦柴和水草叫作潮柴,家里缺稻草,我就跟随爸爸、哥哥到三里外的奉化江边去捡潮柴度日。

当时流传的民谣是：断命汪精卫，钞票作储备，壹圆顶贰圆，东西都呒没（没有）……

自从日寇入侵后，社会秩序非常混乱，秋冬晚上土匪抢劫时有发生。这些土匪都有枪，三五成群，粮食、鸡鸭，什么东西都抢。他们有时摇船来抢，有时步行来抢。摇船来抢时，他们把船伪装后停在村边。

有一次抢劫后，土匪从船上再次进屋，用手枪把被抢人家的老人打死了，第二天早上我跟小哥也去了现场，只见脑浆流了一地，我恐惧极了。当天晚上我就发高烧，做噩梦，连续好几天。据说土匪是把老人的头按在地上开的枪，打死他的一个原因是老人见到了土匪用的船。死者是一位非常憨厚但又耳聋的老人，他唯一的儿子叫周阿牛，在宁波"同福昌"百货店工作。

从此以后，村子里就自发组织青壮年晚上巡更，一有情况，就敲锣，全村青壮年听到锣声会全部出动。一部分人上房用瓦片和盛有石灰的坏热水瓶胆（从周阿牛工作的百货店要来的）砸打土匪，一部分在路口埋伏打击土匪。尽管这样，土匪还是常来，但得手的少了，老百姓相对安全了一些。

在这期间，死人特别多，尤其是小孩，死亡率更高。村子附近有处"义冢地"，专供没有坟地的人家掩埋尸骸，但"义冢地"面积小，要埋的死人多，所以江边、河边的空荒地都开始埋尸体，哪里方便就埋在哪里。

在日本人侵占宁波的四年多中，我家遭遇空前的灾难，直接或间接死于日本人之手的就有三人。原来在上海工作的两个哥哥处于失业和半失业状态，家里编织金丝草帽的副业收入没有了，爸爸也失业了。爸爸一开始还能跑"单帮"，后来社会秩序越来越乱，日本鬼子和汪精卫的"和平军"都抢掠"单帮"的东西，故而"单帮"也跑不成了。那时，宁波市内闹粮荒，家里吃的、烧的都成了大问题，更谈不上穿的了。为了全家人的生计，妈妈虽体弱多病，但日寇是不允许男人背粮的，所以她也只得跟着其他妇女用肩背大米，在姜山镇和宁波南门外的"三市"之间搞贩运。她每次从姜山镇背回三斗左右大米，第二天背到宁波去卖，来回五十里路，一次能挣上三四斤大米，以补贴口粮，让我和小哥吃得稍饱一些。

启蒙小学

村里有个启蒙小学，设在朱姓的祠堂里，只有一个教室，有位据说是前清秀才的老先生当教师。日寇入侵后，启蒙小学也停办了，比我大五岁的小哥也无书可念。有时他跟着爸爸去做些贩卖竹笋之类的小生意。

记得有一年冬天，天气特别冷，水缸里的冰有二寸厚，小孩可以在小河的冰层上走动。大年三十，爸爸和哥哥出门已好几天没回家。妈妈焦急万分，几次带着我到大门口去等，都没有见到人影。那天大雪纷飞，像是在给我家示威一样。一直到傍晚，天快黑了，爸爸才带着哥哥，穿着蓑衣，一身是雪，肩扛一条扁担和两只箩筐回家。这就是日寇占领下我家过的大年夜。

小哥稍大一点后，农忙季节就给农户放牛去，家里就能减少一个人吃的饭，还能解决一些烧柴的问题。也就是在那个时候，上海做工的大哥失业了，在宁波轮船码头当二等（蓝帽子）搬运工，极其艰难地度日。

1943年的秋天，由本村在宁波开"同福昌"百货店的周芳信出资，在"同福昌"职工周阿牛的具体经办下，请了一位个子不高、姓朱的瘦小老人当教师，在新址恢复了启蒙小学。

学生绝大多数是本村的孩子，总共二十人左右。我是一年级新生，上学先要向孔夫子像跪拜。朱老师教我们一年级的是《三字经》《百家姓》，大些的学生有教《中庸》和《论语》的。朱老先生上课时只念不讲，念起书来还颇具风韵，不仅声音抑扬顿挫，而且摇头晃脑。

他的讲台上放着一块用乌木做的"讲枋"，这块"讲枋"长约一尺多，宽有二寸，厚约四分，很沉，专门用来打学生的手心。学生被"讲枋"打后很疼，手心会肿起来，但不敢哭，赶快用砚台按在手心上，这样可以减轻疼痛和消肿。这种"减疼法"是大一点的学生传授的经验。朱老师还有一招，是倒拿着鸡毛掸子从背后打孩子的头或手（相互说话或握笔姿势不对就会突然挨打），这种藤条打在身上非常痛。这位朱老先生上课是"三天打鱼，两天晒网"，教了不到一年就不来了。

后来就由一位叫柯垂青的女教师来上课,她是一位宁波姑娘,家住宁波冷静街,一直教到1948年初。在开学时间,她吃住都在周阿牛家。在我幼小的心目中,她是一位很了不起的姑娘,是一位很有才学的教师。她不仅能教语文、数学、历史,还教体育、美术、尺牍,她的板书、毛笔字、钢笔字写得很漂亮。她不仅能教好书,而且会写农村婚丧和其他方面的文书。村民请她写信、写契约,她向来是有求必应。她对我一生的影响,虽然是启蒙性的,但是很重要,有些方面甚至影响我的一生。

我上小学时,除了到校上课,从来没有课外作业,更没有假期作业。但对我来说,每天都非常忙,非常紧张,因为家里需要我做的事很多。一是把家里所有能种的地、田种上。我家有两处坟头地和三处屋基地,加起来大约有半亩地,还有约一分半水田。1946年春节小哥离家当学徒后,这些农活都由我一个人承担。二是每天早晨天一亮就去钓"麻皮青蛙"喂鸡鸭,假期还去农户家放牛、打杂、当小工,冬天去捡拾狗粪做肥料,夏天用锄头"削草皮"烧火烧土。还有就是捕鱼、捉虾、摸螺蛳、钓黄鳝,加上秋收开始晚上用网捉螃蟹,以解决妈妈和我的鱼鲜和其他荤菜需求。从1946年冬天开始,还要为患肺结核病的二哥治病奔跑。

抗日战争胜利后,私立启蒙小学的学习环境和教学用书有了一些改变,这对我的认知有一定影响。教室里挂上了孙中山的遗像,它与孔夫子像并列。孙中山像的下部是总理遗嘱。每个星期一早晨上课，第一件事是柯老师带大家背诵总理遗嘱。总理遗嘱字数不多，易背易记，按现在的话说，它是一本很好而简朴的政治教材。我是从那时起，初步知道"革命"，初步知道革命很难，初步知道"革命尚未成功，同志仍须努力"，初步知道辛亥革命成功后中国有两大变化，一是推翻了清王朝，二是废除了女人裹脚。教室里有了一张"中华民国全图"，当年我的小学是没有地理课的，这张图是我的地理启蒙老师。

我读小学期间正处在抗日战争关键时期和国内战争的转折点。在日寇入侵宁波，家里实在没有生计的情况下，爸爸硬着头皮，于1942年求他的二妹夫周芳信帮忙了。在当时，大舅子一般是不求妹夫的，何况我的姑姑早已去世，且无子女，姑父已续鲍姓姑母多年。他在宁波开"同福昌"百货店，经营帽、扇等百货，做的是批发加零售的生意，是宁波百货行业的顶尖企业。

这个姑父年轻时是靠爸爸提携起家的，二姑嫁他也是爸爸的意见促成，按此关系，照常理来说，求他也未尝不可。但我爸生性好强，不愿求于弟妹及恩惠所及之人，不愿背"索报之嫌"。然而，爸爸已年逾花甲，加上战火纷飞，社会动荡不安，已成人的子女死的死，失业的失业，无法助家，我和小哥尚年幼，母亲又体弱多病，实在无计可施。他不得不硬着头皮求二妹夫帮助，开始到"同福昌"百货店工作。

百货店里的所有职工，包括高级职员，都尊称我爸为"老娘舅"。爸爸的工资很低，据说一个月才几斗米钱，但这对我家是至关重要的。具体工作是"瞭高",也就是站在店堂里监视小偷活动,防止小偷偷盗货物和维护顾客在店内购物时的财物安全。爸爸在"同福昌"工作后,我去宁波的机会大增,可以在爸爸那里睡觉。姑妈和表兄弟对我还不错,有时姑妈叫我与家眷们一起吃,不过多数时候爸爸拉我与职工同桌吃饭,这对我以后适应学徒生活很有用。

姑父是店老板,他和爸爸一样,大字不识几个,但他们衡量小孩的重要标准之一,是书读得好不好,字写得好不好。我沾了这个光。平时姑父摆出一副老板的样子,不主动搭理职工,更不要说搭理小孩了,但他对我这个小孩还可以。主要原因是我在他办的启蒙小学学得很不错,尤其是毛笔字写得好。这点是爸爸转告我的,爸爸以此鼓励我更要努力。看得出来,姑父对我的态度也决定了家眷和百货店职工们对我的态度。

码头

在童年时代,我去过宁波江北岸轮船码头,在那里目睹了日本侵略者的恶行。宁波江北岸外马路又称老外滩,从新江桥沿甬江到鱼市场(轮船码头),在日本侵略军入侵前,江边有好几个码头。从新江桥往下数,第一个是宁绍码头,最后一个是招商局码头,中间还有一些较小的码头。据老人讲,宁绍轮船公司是宁波最早通上海的轮船公司,招商局是抗日战争之前不久才成立的轮船公司。

在抗日战争爆发前，每天有四条海轮与上海对开，早晨和傍晚都有船从宁波开往上海十六铺。那时，我们村上有很多人家的男人在上海工作，我家就有三个哥哥、两个姐姐和姐夫在上海，加上他们的子女就更多了，总之，宁波往返上海是很普遍的事。可能是这个原因，家乡就有"小白菜嫩爱爱，丈夫出门到上海，宁波轮船每日开……"这样的童谣。村民还以此歌谣哄孩子睡觉。抗日战争开始后，中国人的轮船一艘也没有了，一部分撤退到国民党统治区，还有一些沉入镇海口和长江中，据说是为了阻止日本侵略军的舰只沿水路长驱直入。在日军入侵后不久，日本人在招商局码头经营了通往上海的船，宁绍码头则荒废了。

我二哥原在上海工作，日军占领上海后，他失业回到宁波，在宁波码头上当二等搬运工。日本人把中国的搬运工分为两等，一等是戴红帽子的，可以进入船舱，二等是戴蓝帽子、不准上船的搬运工。二等搬运工每天挣的钱少得可怜，生活极度困难。有一次我到他那里，他一顿饭的菜只有半个咸蛋加点盐开水，给了我一个咸蛋是对我最大的关爱了。还有一次我在码头的栏杆外看旅客上船，中国人走到码头上二门的日本兵前都要鞠躬，日本兵任意搜查中国人的行李，随意没收财物。我见到过一个手提一只麻袋，穿灰色袈裟的和尚，被日本兵拦下的情景，日本兵从麻袋里提起两只大白鹅，就往身后的地上一甩，嘴里还不停地叽里呱啦叫骂着。只见和尚不停地给他鞠躬，这才退还了一只，我见到的日本兵是很凶狠的。

沿招商局大楼的马路旁，堆着很多钢轨。这是我第一次见到这么长的"铁条"。我不知道这些铁家伙是干什么用的，因为我从来没有见过铁路，所以也不知道铁轨。哥哥告诉我，这是铁路的路轨，是日本人把萧山到宁波的铁路拆了，将钢轨从宁波装船运往日本，制造枪炮后杀中国人。我很小的时候就听说有沪杭甬铁路，听说宁波江北有铁路花园，但不知道后来为什么没有了。经哥哥一说，我开始明白中国人为什么叫日本人是"鬼子"。我还记得，宁波开明街一带曾是日本人侵占宁波前投放鼠疫菌，对中国人开展细菌战的地方。鼠疫发生后，那里死了不少人。当时政府只能把房子烧了以控制疫情，被烧的都是老百姓的房子，烧后一片瓦砾，一直到抗日战争结束还是空地，后来成了江湖人士耍猴、卖"大力丸"的地方。

好景不长

抗日战争胜利后，宁波农村生产恢复很快，农田没有荒芜的了，农村治安好多了，已经没有土匪、盗贼，要饭的乞丐很少，偶尔有，也都是外省受灾的人。

渔业发展很快，用帆船到舟山群岛捕鱼的人大增，海产品很多，价钱很便宜。当时农民和城里当苦力的人，如人力车夫、大板车夫、清道夫以及纱厂、布厂的女工们，都吃得起小黄鱼、带鱼、乌贼鱼,至于梭子蟹更便宜。农民买"乌贼混子"是整坛整坛地买,吃乌贼鲞、黄鱼鲞、江白虾是家常便饭。

老百姓穿"卫生衫"、戴罗宋帽和西瓜皮帽已较为普遍,雨天穿胶鞋,晴天穿黑色胶底"力士鞋"也多了,农村学生赤脚上学的少了。宁波也繁荣了。商店集中在东门口、东渡路一带,大商店的门面霓虹灯灯火辉煌,刚刚发明的日光灯取代了白炽灯,照得店堂如同白昼。以"同福昌"为例,店面重新装修,由板门面改为钢筋水泥门面。每天从上海运来的货物,从店后门一直堆放到苍水街口,连绵几百米。职工要到晚上很迟才能开箱完毕。宁波的银行、钱庄、银楼也多了很多。

可惜好景不长,没过几年,农村里开始抓壮丁,有钱的可以买壮丁,没钱的就拉去给国民党当兵。我的远房叔父陈阿海就是被抓去当了兵,他被抓走时丢下妻子和两个小孩,婶母为此眼睛也快哭瞎了。她家以后的生活一直很惨,被抓走的叔叔也一直没有音讯。

不久,农民的田租也重了,个别人家已到交不起田租的地步。有一天,我亲眼看到乡公所的人硬把村里一户农民的水牛拉走,在离村约二里的地方被来求情的"甲长"和乡亲好说歹说才追回了牛。

那时物价飞涨,国民政府中央银行的钞票不能用了,中国银行、交通银行、四明银行、浙东银行等发行的钞票也一律不能用。这些银行发行的钞票,原先都是1元等于1块银元。伪中央储备银行发行的伪中储券,1元兑换流通票(法币)2元,而伪中储券是不能换银元的。国民政府在抗日战争胜利时,又用1元流通票(法币)兑换汪伪政权的200元伪中储券。不久,流通票也不值钱了,1948年以1元"金圆券"可兑换300万元流通票。没过多久,"金圆券"也成了废纸。

在那个年代,农村的交易是不用货币的,因为上午能买1斤米的钱,到下午只能买半斤米了。老百姓只好用米换小商品。挑货郎担的、卖豆腐的,都可以用糙米交易。这些人挑出来是一担,卖完了还是一担,只是商品变成了糙米。

活着的经验

生活的苦难让农民学会了活着的经验,有些经验对当代人来说怕是匪夷所思的。记得1948年村民周绍芳的妻子把金戒指吞进肚内要自杀,她婆婆急得团团转,找我妈商量办法。妈妈叫我快去地里割韭菜,第一次割来后妈妈嫌少,先后两次约有一斤多。妈妈叫她婆婆切得长一点儿,炒得生一点儿,分两次让儿媳妇吃下,并说:"韭菜能把金戒指裹上拉出来。"过了两天,她婆婆又来找我妈,说是拉出来了。事后,妈妈对我说,误吞了金戒指等尖、重物品,赶快吃韭菜,要吃多,让韭菜裹住硬物,才能不伤肚肠。

农村的许多偏方我均亲身体验过。以前农村缺医少药,农民在与疾病斗争中摸索出一些偏方。比如用50度以上的白酒浸泡上好的新鲜杨梅，以白酒浸没杨梅为度，可加白糖以改善口感，封存一个月即可当药使用，且久藏数年不坏。夏日，因冷热不均而出现肚脐周围疼痛、拉稀的症状，可取杨梅十粒，酒一小杯服之（酒量大的可多服），连服几次即愈。高温天气，中暑者服之有祛暑功效，无病者服之，有防暑作用。

农村端午节有将艾蒿和菖蒲挂在门口驱邪的习惯，一般挂上后到次年端午节再更新，艾蒿家家户户都有。如遇鼻出血时，用艾蒿叶少许，轻揉后塞入鼻孔即能止血，待血完全凝固后再取出艾蒿。小的刀伤，农村也用轻揉后的艾蒿叶止血包扎伤口，两三天即愈。另外，夏天乘凉用艾蒿驱蚊，方法是在火堆上放几根艾蒿，去其明火，让其烧至冒烟以驱蚊。

中暑是夏天的常见病之一，刮痧是农民治中暑的常用方法，还有在腿肚静脉处放点淤血治中暑的，但对严重的中暑，刮痧和放点淤血就不起作用了。民间用"抽痧筋"的办法治重度中暑。痧筋是指脊背与肩胛骨之间的一根粗筋和腋下腋窝内的一组细筋。背上的粗筋要用食指和大拇指捏住后用力往外拉，中暑者的筋很粗、很硬，两指要使很大劲才能捏住往外拉；腋窝内的一组细筋是用食指和拇指捏住轻拉的同时使劲一搓，病人手臂到五指会感觉到触电样剧麻。此法效果很好，但施行时要有较高的技巧，非一般刮痧者能为之。

司秤

宁波灵桥沿奉化江往北,是现在改建成江厦公园的地方。那里以前是鱼市场,渔船都停泊在江边卸货,由于这条街一半临江,所以叫"半边街"。下午起,在舟山渔场捕鱼的渔船陆续返航,买鱼卖鱼的热闹非常。

那时买卖鱼货都用"大杆秤"称,每个渔行有专业"司秤"的人,他是买卖双方的中间人,不偏袒任何一方。这些"司秤"的心算能力惊人。"司秤"者手把秤杆,轻拨秤杆上秤锤悬线,在秤杆水平时,看准秤杆上斤两刻度,就拉长声音报:"某某鱼几斤几两,每斤几元几角,总价多少元。"这一过程非常快,快到买卖双方只要抬起一筐鱼,他就能报准总价。

这些"司秤",没有扎实的真本领,是吃不了这碗饭的。我多次到"半边街"看热闹,心里暗下决心要学习"司秤"的心算本领。

除了"半边街"的"司秤",宁波顶尖账房先生也练就了"左手算盘右手字"的过硬本领。他们一边用左手快速地打算盘计算数据,一边用右手握小楷毛笔,书写工整流畅的蝇头小楷。我稍稍懂事起,在父亲的提示下,曾努力使自己也掌握这一本领。在当学徒期间，一有条件，我就每晚必练这一"功课"，虽坚持数年，我只练会一半，但获益匪浅。

离开农村

1948年秋，我就辍学了。

那时已是解放战争时期，局势很紧张，在宁波找一个工作很不容易。我在等待去当学徒的间隙，正好朱、薛两家先后叫我去帮工，那时放牛娃的报酬是每天一升米外加一捆稻草，饭是吃东家的。

在我们家乡，除了冬天，牛是每天有活儿干的，很少有放养吃草的时候。如果东家有两头耕牛，放牛娃天一亮就得冒着露水、赤着脚、挎上草蒲篮（蒲草篮），到地埂、坟头、河滩去割草，一天要割很多青草喂它们，是很辛苦的。"牧童骑在牛背上"的潇洒景象是从来没有的。除了割草喂牛，还有很多农活要干。也就在这个时候，爸爸为我在宁波找了个当学徒的工作，妈妈已经着手为我准备行李。

1949年3月初，当我正在薛毛毛家放牛时，突然接到爸爸带来的口信，叫我赶快带上行李去宁波。就这样，我告别东家，回家待了一天，次日我就一个人坐航船带上全部行李赶到爸爸那里。那时我只有12周岁多一点，但从小参加田地劳动又经历放牛、当帮工的锻炼，加上二哥生病时经常往返宁波买药，因而独自去宁波找爸爸已不成什么问题。

进商店当学徒，与进工场、理发店、手工作坊当学徒有点不一样。商店接触贵重物品的机会很多，老板要求学徒工一定要有人作保，以防学徒行为不端给商店造成损失。为此，爸爸也为我找了一位有点资望的人做我的"保头人"。

我是第二天上午由我堂兄带到商店的。这是一家坐落在东渡路上，有两间半门面，在宁波属大型的百货店。事前，爸爸简单地叮嘱了我几句，他好像对我很放心似的。我被带到商店以后在店堂一角见到老板，老板扫视了我一下，问了我几句，无非是哪里人、叫什么、几岁、读了几年书等等。然后，他给了我一张纸、一支毛笔，让我把这些情况写下来，这比现在面试简单多了。我把写好的纸用双手规规矩矩地递给他，他接过纸看了一下点了点头，背身跟我堂兄说了几句话就往里走。

堂兄带着我也跟了进去，就在这间房里，在堂兄的指引下，我跪下向他叩了三个头，点没点香烛我已记不清了。这一拜，就算我正式成为他的"学生"了，他是我的"先生"（宁波的习惯叫法），我从这个时候起已算是商店学徒了。接下来的事情是我由师兄带领到老板家里去拜见太师母和师母，当然也是要下跪叩头的。我这一辈子，给活人叩头就这么三次。上小学那天，我给孔夫子像磕了三个头；大约在1946年，家乡古塘庙"开光"，村里的老人叫我走在前面向菩萨跪拜叩头，这两次都不是向活人磕头，除此以外，我连在父母坟前也没跪拜过。

当商店学徒，要办理保荐书，保荐书是老板事先写好的，由堂兄带回去让"保头人"和推荐人签字画押。我的行李，约定由堂兄晚上打烊前送过来。

我的保荐书很快由堂兄送回老板手中，堂兄临走时很简短地嘱咐了我几句话，中心意思是叫我听话、好好工作，不要给"保头人"和推荐人丢脸。

我是在1952年"五反"以后看到保荐书的，当时我学徒已满三年，工会正开展"忆苦思甜"，工商界提倡并实行"劳资协商"，老板在此形势下被迫交出了全部学徒工的保荐书。我在拿到自己的保荐书后，并没有像有些同志那样十分激动地当场撕毁，而是折叠后放入口袋。在以后的日子里我看了几次，最后才烧毁。

保荐书是很霸道、很不公平、很苛刻的。中式信笺上，蝇头小楷写了满满的一张，我已记不清全部内容，但有不准参加工会，不准偷懒，学徒期内无故不准回家，生病由家眷领回，发现偷摸行为或其他原因造成商店损失由"保头人"赔偿，老板随时可以辞退，等等。

纸上都是些限制、约束学徒工的内容，没有一点是关心学徒工生存的。这些内容是保荐书所共有的，它反映了学徒的社会地位，这与现代的劳动合同无法相比。

但平心而论，在我三年学徒期内，老板、太师母和师母对我还是比较好的，他们从未骂我或责备过我。我更感谢冒着经济风险为我作保的人，没有他们对我的信任为我作保，我就会像其他农村孩子一样，很难进入城市，在城市立足。

学徒

学徒是干什么的？现在很多人都不明白，普遍的看法就是学手艺、学技术，其实并不全是。旧社会叫"三年学徒，四年半桩"，意思是三年内是学徒，第四年是当半个人用，半个当学徒用，半个当工人用。

在工场、理发店、手工作坊，家眷住在一起，学徒工在头两年就是做扫地、打井水、擦皮鞋、抱小孩、洗尿布、生煤球炉、倒马桶等这些最低等的杂活。在百货、绸布、医药等行业，学徒工一般不做抱小孩、洗尿布等家务，但必须照顾老板个人的生活起居，包括打扫整理设在店里的老板卧室，清倒卧室内的尿盆、痰盂，早、晚打（倒）洗脸、洗脚水，为老板买早点和夜宵，白天随时沏茶倒水，吃饭时及时为老板盛饭。

学徒大量的工作是在店堂和仓库，早晨开门营业时必须把店堂主要玻璃柜台揩擦一遍，并清扫门前的人行道，晚上打烊后务必清扫店堂。进货时要参与拆箱、进仓、清场，这是很繁重的体力活，尤其是把装货的大木箱拆成完整的六片，并捆扎待用，有时还要携带货物到顾客家中并取回货款。

宁波的百货店一般每天营业都在12小时以上，那时是没有轮班制的，营业员都是一班到底，中间也没有午休。学徒工的工作时间更长些，打烊之后还要打扫店堂，每天实际工作时间都在14小时以上，一到晚上就精疲力竭。

学徒是吃不饱饭的。这虽不是老板的规定，但实际上没有办法吃饱饭。学徒为了给老板盛饭，必须与老板同桌用餐。吃饭是有规矩的：同一桌用膳的，长者或当权者没有坐下时，任何人不得入席；桌上的荤菜必须放在上席位置；长者或当权者未对荤菜动筷或未示意大家食用时，别人不得下筷先吃；坐在该桌的学徒不得吃到最后，俗称"背桌凳脚"。

商店的饭碗都是花边小碗，全桌人的第一碗饭都由我盛好、摆端正，正常情况下只有老板一人需由我再盛饭，副经理一般入另席，如有客人那也由我盛饭。每餐饭，我中间起码要给老板盛两次饭，而且第二次盛饭必须问清盛多少，这就要求我盛饭时口腔内没有食物，绝不允许口含食物说话。

当老板放下筷子离席时，其他各位也即将离席，我必须赶在最后一位离席之前放下碗筷，无论如何不能吃到最后，给人家留下"这个学徒常背桌凳脚"的话柄。为了不"背桌凳脚"，我几乎每餐都处于半饱的状态。

后来厨师发现我吃不饱，一天午后，他悄悄地把我叫到厨房，端给我一条葱烤鲫鱼，叫我盛上饭躲在灶窝里吃，并说，以后每天中午都给我留一点儿。在吃饭问题上，我非常幸运地得到大师傅的关怀照顾，别的学徒工可没有这么好的运气，我终生难忘这位像兄长一样待我的奉化籍厨师。

学徒的居住条件极差。我和小师兄一起，住在一楼一间密不通风的小室内。宁波的夏天是很闷热的,加上那个年代工人宿舍是不准用电扇的,夏日晚上,我是在一天劳累、极度疲乏又大汗淋漓中摇着蒲扇入睡的。那时宿舍卫生状况极差,臭虫、蚊子特别多,尤其是臭虫,一到晚上成群地爬出来,每天早晨在蚊帐的帐角上,起码能捉到十余只吃饱了人血的臭虫。

在蒋介石的飞机轰炸宁波时,我们的宿舍改作防空用,我就睡在店堂,每晚打烊后要自己用两条长凳、四块木板搭床,挂蚊帐,铺席,早晨拆床、卷铺盖,睡眠时间更少了。

我进店约一个月后,老板叫我管零用账。商店的杂费开支,不由会计结付,均从零用账支付。那天,老板叫我从大师兄(当时有三个师兄)那里接手零用账。这是一本厚厚的、上收下付中式账本,因为不能在白天记账,每天晚上打烊以后我要用小楷毛笔记账并结出余额。从那天起,我在店堂一角有一个存放账本和钱的带锁抽屉,也是从那天起,我有了练毛笔字和算盘的机会。

当年流行的红木算盘

我在记好零用账后，虽然困倦难当，但还是要认真地练习一回。为了减轻拨动算盘珠发出的声音，我用抹布垫在算盘底下，进行"左手算盘右手字"的苦练。在我接管零用账的初期，老板几乎每隔几天就查核一次，经过几次查核后，他就再也不管了。

管零用账增加了我的工作，休息时间更少了，但我得到了"合法"练字、练算盘的机会，也使我开始有接触账目的机会。在高度紧张中送、取"大黄鱼"和"小黄鱼"。那时，把1两（老秤，16两为1斤，1两合31.25克）的金条叫"小黄鱼"，10两的金条叫"大黄鱼"。我的老板也是新宝成银楼的股东，在宁波解放前后一段日子里，他多次叫我去新宝成银楼送、取金条。

第一次是我进店后不久，送的是一条"小黄鱼"。这是我第一次接触到金条，长方形的一小块，还没有半块牛轧糖大，放在手里沉甸甸的，我用手帕一包后，紧攥在手里，非常紧张地送去。因为我知道，此事非同小可，如有疏忽，不仅我的饭碗丢了，而且会牵涉到为我作保的人。在宁波，有一条不成文的规矩，因行为不端或工作疏忽被辞退的学徒（俗称"回汤豆腐干"），任何单位都是不要的。

我送的最多的一次是两条"大黄鱼"，每条有中指这么长，拿在我的小手里很沉。我当时感觉拿它要比拿2斤肉沉得多，但其实它只有1斤多。那次我是用牛皮纸包好后紧紧地抓在手心里的，等我送到新宝成银楼交给银楼老板时，我的手心都是汗。

这里需要说明一下，在当时，我和大多数孩子一样，是穿中装的，中装的裤子是大裆裤，没有口袋，上装是"开口贴袋"，只能放块手帕之类的轻薄物品。所以我在送、取金条时，只能是紧紧地抓在手里，精神高度紧张，在急步赶路时还要环视四周，严防有坏人突然袭击，抢走"黄鱼"。

在解放前，宁波商店里的员工，吃饭都是由老板供给，一天三餐，两干一稀，午、晚餐四菜一汤，两荤两素。1955年公私合营后，才实行伙食费纳入工资，吃饭要自己掏钱。学徒工是没有工资的，但有一点零用钱，俗称"月规钱"。学徒第一年的月规钱是每月一斗米（那时，员工的工资都是用大米计量），作为学徒工理发，买洗衣皂、牙刷、牙膏之用。学徒工平时必须非常节约，连肥皂、牙膏都要节约着用，但头发必须及时理，因为头发长了有辱商店和老板体面。学徒工只能到里弄小店或小摊上去理发，这里价格低。月规钱发了后要赶紧买生活必需品，还要赶紧去理发，否则第二天物价就涨了。看电影是奢望，想也别想了，就这样千方百计节约着用，有时也不够用。学徒工平时是不准吃零食的，肚子饿了也不能吃，尤其不能在老板面前吃零食，也不允许在大街上吃零食，更不允许边走路、边吃、边说话，老板认为这是没有教养的行为。

过春节的时候，老板会给一个红包，作为他和太师母、师母给的压岁钱。这个红包装多少钱没有定数，但一般不会比月规钱少，最多的相当于三个月的月规钱。1951年春节后，我用春节红包和当月的月规钱，凑够7万（旧币）多元，买了一支大号金星

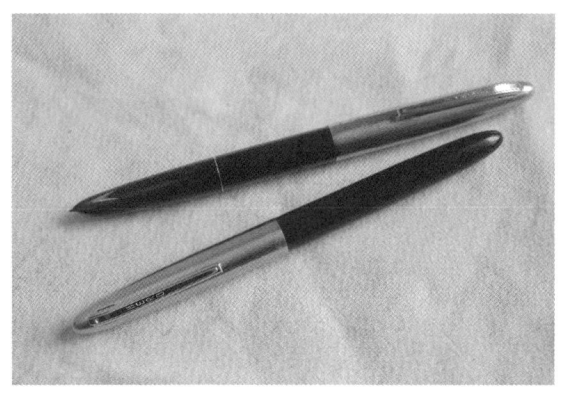

英雄金笔和铱金笔

金笔,这支笔伴随了我几十年,从初小到大学,从宁波到甘肃。后来这支笔坏了,我才买了英雄金笔取代,并购买英雄铱金笔备用至今。

按宁波的习惯,过春节,大商店是不开门营业的,但学徒工不准回家,要负责照料商店安全。大年三十打烊以后,正月初一至初四(初五接财神开门营业),包括炊事员在内的所有员工都回家了(炊事员回家前会把学徒工吃的安排好)。过春节,学徒工用不着在早晚搭、拆床铺,可以睡懒觉,可以无拘无束地吃饱饭、吃到有鱼有肉的好饭,还可以轮班到街上看热闹,买点零食吃,这是学徒工一年中唯一的休息日,是最自由、最幸福、最快乐的日子,这些感受,是现代年轻人无法体会到的。

第二部分

解放

我见证了新中国的诞生，出身贫寒的我，也开启了一条崭新的人生之路。如果没有新中国，我大概也无缘接受高等教育，便不可能与灵兰相遇。宁波解放前后的记忆，于我是弥足珍贵的，这期间的种种，对我而言，也是一次精神上的"解放"。正因曾经置身于那段历史，我才真正体会到，国家的发展与每个人的命运息息相关，中国共产党扛起的是挽救民族危机的重任，把人民从水深火热之中解救了出来。

我是1949年3月到宁波当学徒的，1949年5月25日宁波解放。去当学徒前，只要家里有空，我就能去宁波，因爸爸在宁波工作。只要步行30里，到了那里便有吃有住。爸爸也同意我时常到他那儿住几天，让我增长些见识。那段时间，我以一个孩子的视角看到宁波的一些现象，从这些记忆中可以一窥当时社会的真实面貌。

解放前后

宁波解放前夕，街上的警察特别多。这些警察分两类，一类是真警察，为数不多；一类是义务警察，人数众多，他们也穿警服，但绝大多数不带枪。义务警察多主要是国民党抽壮丁所致。那时国内战争非常紧张，国民党以抽壮丁补充兵力，而宁波市当时规定，凡参加义务警察和救火会（消防员）的可免于抽丁当兵。救火会的名额有限，所以很多家庭都想方设法交点钱，让自家适龄青年到义务警察那里去挂个名，以逃避抽丁。当上义务警察的，可以掏钱买手枪、买警服，但绝大多数人不会去买枪，故而街上出现很多不带枪的警察。

那时，宁波大街上的兵比往常要多得多，有海军，有陆军，绝大多数是陆军。陆军中以胸前标有白底黑字的"长江部队"居多，另一些是没有标志的陆军。街上还有很神气、个个都佩戴短枪、检查部队军纪的宪兵。

那些年，物价飞涨，货币贬值。国民政府不断发行新的货币以取代已贬值的货币。短短三年多，先后发行过"关金券""金圆券""银圆券"等。在城里，货币还是流通的，工人在拿到工钱的同时立即托人买进肥皂、毛巾、棉纱等实物。那时钞票的捆扎与现在每张平放不一样，是把100张钞票对折后，叠起来再扎成一捆，约一尺长，贴上封条后用大旅行袋装。商店往银行解款，就用黄鱼车拉上装有成捆成捆钞票的大旅行袋。我在没有当学徒前，曾多次跟随堂兄到银行解款，银行对信用单位贴有封条的钱，只清点捆数，在解款单上盖章了事，不逐张清点。从柜台外面往里看，银行办公桌上堆的钱有几尺高。商店用上午收到的钱在上午购进实物，下午收到的钱，赶在银行下班前解缴入库。

从1948年春开始，农村基本不用货币了。挑担的小贩，都用大米换货，不论卖小黄鱼、带鱼的，还是卖豆腐、春笋、豆芽的，都是出门一担货，回家一担米。连挑"货郎担"卖小杂货的和挑"剃头担"理发的，也只收大米不收钱。这种交换，很像政治经济学课程中讲的原始社会末期，人们用一袋米到路边去换两只羊的情景。

那时黄金可以随便买卖，老凤祥银楼的金饰品最吃香，高级职员们拿到工资后，多数买金饰品和金条。银楼对卖出的金饰品、金条是回收的，买卖差价很小，尤其是本店产品，买卖差价更小。

在宁波，一般职工为防止货币贬值损失，都买入实物。最大宗的物品是"龙灯牌"毛巾、"龙头"细布、"祥茂"肥皂、"小囡牌"绒线，还有棉纱、大米。这些物品在交易时，一方是职员，另一方是有信誉的大商行，双方都熟悉，多是口头约定，没有合同之类的契约，买卖时不提取实物，只是买时交款、卖时取款。初入门的，可托"掮客"代理。

在宁波解放前后一段时间，一些理发店、杂货店，都用"废币"糊墙壁和天花板，这些废币都是崭新的，据说是成袋当废纸卖的。

"大头"换"小头"是当时的又一特色。"大头"是指袁世凯头像的银元，"小头"是指孙中山头像的银元。在宁波解放前夕，银元不让流通了，但黑市交易盛行，"大头"换"小头"是黑市交易的一种形式。一些即将逃亡的国民党下级军官尤其喜欢银元，特别是"大头"，因为"大头"成色更好。这一黑市交易多在原"方怡和"南货店门口一带叫"大道头"的街上，在灯光很暗淡的路灯下进行。

交易者两手各拿一个银元，边走边相互敲击，发出"叮叮当当"的声音，嘴上轻声叫着"大头换小头"。他既换进，也换出，在进出之间赚取差价。交易者有很高的技巧，他能用双手快速清点银元，利用清点时银元相互碰击发出的叮当声，初步辨别银元的真伪，对初步认定的伪银元，再用嘴对准银元边缘一吹，并马上放在耳边听其发出的声音，进行真伪的最后鉴别。除了"大头"和"小头"，还有清代光绪年间的龙洋和外国的鹰洋，这两种银元都和"小头"等价。

宁波解放以前，国民党军队为非作歹的事，时有报道。到了宁波解放前几天，街上几乎已见不到国民党士兵，"长江部队"和宪兵早已不见踪影。

宁波市民对解放军进城好像早有预料，都像吃了定心丸，很平静，没有半点惊慌失措的样子。国民党的反动宣传对市民毫无作用，老板们根本没有战争来临准备逃难的样子，商店照样进货，照样做生意，也不抽逃资金。据说，国民党的驻军在收取商会一笔款子后，答应提前撤出宁波。

1949年5月24日，宁波市区内曾出现零星流弹，如面对中山东路的"晋样钱庄"，曾被西门口方向射来的一发流弹击中，不少人还到现场看热闹。整个市区和平时差不多，但从上海的进货渠道是不通了，海轮已没有了，走杭州方向的公路也不通了。

解放军应该是24日晚上或25日凌晨进城的，25日早晨，我见到睡在天妃宫附近马路上的解放军士兵,才知道解放军进城了。当时不少士兵肩上扛着竹棍(宁波人叫"光棍",是当扁担用的圆毛竹竿,长约2米,粗8—10厘米),给宁波人民留下非常好的印象,有人就既亲昵又戏谑地称解放军为"光棍"兵。宁波人叫国民党的兵为"黄皮狗"。

曾有文章说,解放军在宁波市区进行了激烈战斗,这一说法极不真实。其实,在宁波市区连零星战斗都没有,国民党的军队早就撤离了,市内也没有"保安团"之类的反动武装。如有零星战斗,也只是从慈溪县城进军到望春桥一带时遇到小股逃敌,不可能有激烈战斗,至于市内,早已无仗可打。

宁波解放后就成立了军管会。由于舟山群岛尚未解放,宁波便成了重要的军事前哨,市内灵桥是运送部队辎重的必经之桥,于是轰炸灵桥成为国民党军阻挡解放军渡海解放舟山群岛的重要目标。

1949年7月起,盘踞在舟山、岱山的国民党飞机开始侵扰宁波,起初是对江面船只、码头等进行轰炸、扫射,后来停泊在奉化江铜盆浦一带较隐蔽地点的船也遭到了轰炸。其实,这些船都不大,最多只是几十吨,大一些的船在国民党败退时都带走了。那时潜伏特务很多,哪段江面一有船,国民党飞机很快就会来轰炸。

国民党飞机在市区飞得很低,俯冲下来时声音很大,不断地在市区灵桥一带散发传单,声言要炸毁灵桥,叫老百姓撤离。驻在宁波的解放军当时没有高射炮，宁波最高的楼房是冷藏公司，解放军在冷藏公司六楼屋顶上部署高射机枪，它是当时唯一的防空武器。高射机枪的子弹壳大约有15厘米长，比大拇指还粗，但打不了多高。

宁波人很善良，也很天真，他们拿着国民党的传单议论着飞机会不会丢炸弹。宁波人对当时遭日寇轰炸的惨状心有余悸，还记得日寇引发"三法卿"鼠疫后火烧废墟，炸毁南大路（今解放南路）与镇明路之间的"府台衙门"，轰炸蒋介石溪口的家。然而，绝大多数人认为：宁波是蒋介石的老家，老蒋是不会炸自己家乡的。因此，即使当时传单不断散发，宁波也没有一个人撤离，更没有一家商店因此而搬迁或关闭。

大约在8月下旬，第一枚炸弹丢下来了。那天上午，正是市民上街买菜的时间，灵桥附近的大世界菜场是当时宁波最大的菜场，来往的人很多。10时许，飞机又撒了传单，路上的人就往商店里躲避。处于灵桥西端、药行街上的"大同"南货店（今宁波市工人俱乐部），是一家较大的店，店堂比较宽敞，进店躲避的人特别多。在传单撒后不久，第一枚炸弹就丢下来了，它不偏不倚落在"大同"南货店。这枚炸弹特别大，把整个商店炸成一个大约20米宽、5米深的大坑，炸飞的一块石块飞过几个街区（直线距离约500米），落在我工作的商店。石块砸穿了屋顶和三楼的木楼板，落在二楼的走道上，我抱了一下石块，有20来斤重。

这是国民党空军第一次在市区扔炸弹，这次就扔了这么一个。"大同"南货店的职工和进店躲避的几十人都被炸死了。有人说这个炸弹是500磅的大炸弹。

此后，国民党的飞机隔三岔五地轰炸，重点是炸灵桥和永耀电力公司的发电厂。飞机俯冲很低时才扔炸弹，目标炸得比较准，灵桥桥面上就炸出了好几个直径在3米左右的大洞，桥没被炸垮，大洞周边还残留一些扭曲的钢筋，中心是炸空了，人照样小心地绕开洞走，汽车是不能开了。我当时站在洞边往下看江面，感觉有点怕，离洞边还有一脚距离就不敢往前站了。当时宁波除了灵桥附近，商店还是正常开张，东渡路、江厦街、百丈街的商店都没有撤。

9月上旬起，宁波防空有了高射炮，国民党的飞机不敢低飞俯冲投弹，改在高空扔炸弹。有一次，炸弹扔在天妃宫前张新记牙刷厂门市部，正在上班的牙刷厂老板的大女儿被当场炸死，现场惨不忍睹。

9月初，我随顾客送货到狮子街，返回途中，就在冷藏公司附近，差一点被炸死。炸弹落地点离我卧倒的地方只有几间门面，那附近的人都被炸死了，跑在我前面几十米的人也被炸飞的石块砸得死的死、伤的伤。我算命大，没炸着，只是一身尘土。炸弹爆炸时，我的大脑一片空白，爬起来什么也不顾了，拔腿就往前跑，手里还紧握着货款。事后想想，上战场打仗大抵也是如此。

9月中旬起，国民党的飞机实行狂轰滥炸，爆炸弹、燃烧弹一起炸，飞机上的机枪也对地面疯狂扫射，严重威胁救火消防员和老百姓的生命。

9月20日，宁波一片火海。大小商店开始是从前门往外抢运商品，不久，前门已被大火封堵，只能从后门经小弄往外抢运。工人们个个汗流浃背，强忍饥渴，使出浑身力气从火海中抢运商品。在大灾面前，没有一个工人去抢救自己的被褥、行李等个人财物。在大火过后，工人们除了自己身上穿的衣服，都一无所有。当晚火区附近人山人海，满街都是从大火中抢出的商品，毛线、床单、针棉织品、丝绸布料都有。当时宁波是没有机动货车的，市内所有人力车包括黄包车、三轮车、黄鱼车、架子车、大板车都在火区附近抢运物品，我亲临其境，真是混乱极了，但没听说有抢劫和偷盗的。

从国民党飞机扬言轰炸宁波起，人民政府是很重视人民安危的。我亲眼看到市里下派的干警逐家商店做工作，劝说每家商店都设防空设施。在市民普遍认为蒋介石不会炸宁波的情形下，政府要求每家落实防空设施的工作是相当有难度的。我们商店就是在这种情况下把学徒工的寝室改为一个简易防空设施，它1米来高，用10厘米厚的木板作为顶板，顶板上放上学徒们的铺盖卷，下面便是可挤进十来个人躲避的"防空洞"。

从国民党飞机在市区扔炸弹起，我的老板已经有了一些准备，对贵重的财物他已做出安排。比如，他让我把两包用牛皮纸包扎的银锭沉入水柜（宁波较大商店都有水井和水柜）。

大火后的次日下午,他带我去水柜取银锭时,水柜内有一条很粗大的乌梢蛇。按照迷信的说法,这蛇是护财的,说来也怪,老板对着蛇说了一些感谢的话后,不久,蛇就游走了。

9月20日的狂轰滥炸后,电厂被炸,宁波已没电可用,商店白天怕被炸已不开门营业,晚上都用汽灯照明营业。奉化江以西,开明街以东,北至余姚江,南到大沙泥路,这一区域的居民大部分都到郊区避难。区域内尚未被战火摧毁的商店,都在湖西至望春桥一线租房,作为白天活动的场所,傍晚返回商店开业。站在西门口可以非常清楚地看到炸弹落地的过程。

一天下午,我在西门外望春桥目睹飞机在江厦街一带投炸弹,距我视点约有5里。天空中的炸弹有8磅热水瓶这么大,在斜阳下通体银白色,弹体接近地面时都是垂直向下的。

那时解放军在市区附近已部署少量高射炮,但射程不够高,虽一发炮弹在空中有三个爆炸点,但都在飞机下面爆炸,打不到飞机。

到1950年秋的时候,高射炮多了,部署改在市区东部的镇海、鄞县境内,敌机白天不敢来了,都是晚上侵扰。晚上敌机来临时,设在中山公园内的警报拉响,全市停电,漆黑一片。我从商店楼顶阳台上向东远望,成百上千发高射炮炮弹在高空爆炸,虽无五彩缤纷的火焰,但这些炮弹在高空几乎同时爆炸,而且一弹三炸,非常壮观。

1949年国民党军队炸毁了宁波市商业区的一半,东渡路、江厦街、半边街、江左街、大道头、咸塘街、天妃宫(妈祖庙）周围，除了洪茂染坊三间三层砖木楼房，其他全部被烧毁。药行街、灵桥路、车桥街、濠河街、百丈街、江东南路和北路上和大世界周围的商业繁华地段也彻底被烧毁。宁波人引以为豪的"走遍天下，不如宁波江厦"的江厦街，除了浙东银行四层大楼火烧后的水泥框架结构还孤零零地站立在那儿，这条名噪一时的繁华街道已一无所有。战争的痕迹在过了近25年的时间后才基本消失。宁波是解放战争中元气损伤较重的沿海城市，也是恢复滞缓的城市。

狂轰滥炸后，我回家不久，农村成立了农民协会（农会）。一年前我曾在他家帮工、放牛的邻居朱正府，成了乡农会的主任。他见我回家非常高兴，多次到我家找我，说了好多表扬我的话后劝我"弃文从武"，不要再去城里学做生意（弃文），留在家里种田（从武），当前先帮他搞一搞土地整理，以后他帮我在乡下找份工作。我深知要务农也没这么简单，我家一无农具、二无耕牛、三无农田，我嘴上不说，实际上无意务农。爸爸妈妈也同意我的想法。不过，我满口答应帮他搞农村土地整理，他非常高兴。

土地整理是农村土地改革的一项基础工作，主要是摸清土地资源和资源占有人。搞这个工作要会写、会算，能吃苦又肯干。它没有任何报酬，更没有"野外津贴"，完全是为土地革命义务服务的，按现在的时髦话说，是当志愿者，是当义工。这一工作到春节前才结束，我足足当了三个多月革命义工。

土地整理的野外工作是逐块丈量面积。南方水网地区那时水稻早已收割，稻田已干，丈量面积就比较方便。那时没有测绳、皮尺等丈量工具，丈量用的是一个用毛竹片做的形如圆规的三角形工具。利用"圆规量距"的原理，用手转动"圆规"，沿着地埂边走边量边记数。量完一条地埂在"野外记录表"中记下一个数据，量完一块后按土地形状计算出面积，并记清楚这块土地是谁所有、是谁在种，还要在现场插上一面三角小旗，以防漏测重测。用这种方法测得的数据基本准确，与地契校对（一部分农田是有地契的），多数相差无几。最难确定的是村之间交叉的土地是谁在种。

搞土地整理工作是非常辛苦的，每天在田埂上走的路不下三四十里，中午是自带米饭、年糕之类的充饥，口渴了就到处讨水喝，那时农村有热水瓶的人家很少。到一个村就要请熟悉该村的人参与，有农会干部或"党宣传员"的自然村工作就好做些。另外，农村狗多，陌生人一进村，成群的狗就会向你狂吠，很吓人。那时的冬天比现在冷，农田都结冰茬，手在寒风中冻得发抖，尤其是阴天和风雪天，会冻得红肿。我为此辛苦了一场，但也得到了锻炼。春节后不久，老板叫我回去参加商店重建复业。

第二个家

我回宁波前,妈妈早已给我准备了第二套行李,包括被褥、蚊帐、衣物。妈妈的视力在四姐去世时哭坏了,做针线活已很费劲,但为了我,还是一针一线地做。妈妈的针线活做得非常好,做的衣服穿上身很合体,布鞋的鞋帮、鞋底都是一流的。我走时这些都已准备妥当。

妈妈给我做了一双布鞋,我当时舍不得穿。半年后,我的脚大了,就当宝贝收了起来。从宁波带到南京,再从南京带到甘肃,在甘肃转了一大圈,又带回宁波,至今70多年了。我见到妈妈做的鞋,就会记起妈妈"做事、做人要脚踏实地"的

妈妈做的布鞋

教诲。

我到宁波后,爸爸告诉我,翁世友先生在开明街口独资开了店。他原是我工作商店的副经理,有商店十分之一的股权。他希望我到他店里去工作,答应月规钱可多一点。我想了想,觉得还是回原店工作好,一是老板一家平时对我还算不错;二是现在失业的人很多,老板先把我叫回来,对我是信任的;三是受《三国志》中"关云长千里走单骑"的影响,认为做人不应轻易抛弃故主。爸爸很赞成我的想法。我虽从心底里感谢翁世友先生对我的抬举,但还是决定回到老板身边当学徒工。

我回宁波时,商店已在废墟上盖了新房,内部正在装修,名义上我是参与筹备开业,实际上所有累活、杂活都得干。要采购建筑、装修材料,还得自己背回来,要按老板的意思做好施工监督,搬运商店的家具、商品,布置橱窗,做好商品陈列,

13周岁的陈育法

晚上还要在店内值班。由于很多事都得由我一个人去完成，没有人监督我，这也让我有点自由空间，可以抽空"打个横"。

1950年2月，我瞒着老板，偷偷摸摸地参加了工会。当时宁波刚刚解放不到10个月，社会上流传着很多谣言，如美国人要出兵帮助蒋介石，蒋介石中秋节要回奉化溪口老家吃月饼，等等。因此，很多人对参加工会还有顾虑，百货工会也成立不久，影响还不大。

我是直接找百货工会副主席要求加入工会的。我在尚未参加工作前就认识他，他是我爸的同事，所以我就敢直接找他。他当即同意了我的要求，在讲了一些大道理后，给了我一份油印的申请表。我站在"同福昌"百货店的柜台前，填好要求加入工会的表。介绍人有两位，除他以外，另一位请他介绍，他满口答应。就这样，我参加了工会。

我那时13周岁，是店里最早参加工会的人，也是当时百货工会年龄最小的会员。店里没有人知道我参加了工会，我对老板更是绝对保密，不露半点声色。10个月以后，新店正式营业，职工逐步参加了工会，他们这才发现我早就是工会会员了。

那时的工会工作内容主要是提高工人的思想政治觉悟，维护工人的正当权益；办工人夜校扫除文盲，普及小学文化；组织工人参加全市性的集会游行；开展以乒乓球、篮球为主的群众性体育运动和以腰鼓为主的文娱活动。几年以后，才逐步把实行劳资协商，进而推动社会主义工商业改造作为主要工作

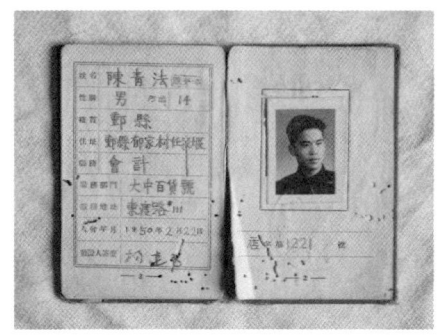

工会会员证

之一。

我是一个参加工作不久的学徒工,头上受保荐书这个紧箍咒的束缚,思想上也不希望给保、荐我工作的两位先生添麻烦,又想在同行中有一个好的品行口碑,更想有点自由和平等,这是很矛盾的,是我无法一下子解决的。这就是我积极要求参加工会又对老板绝对保密的心态写照。我在工会这个大家庭中,不断受到教育、培养和保护,逐步从思想上、行动上摆脱保荐书中这个不准、那个不行,尤其是不准参加工会和三年不准回家的束缚。

由于商店营业时间很长,晚上打烊很晚,我暂时无法参加文化学习,但在打烊以后和早上开门以前我是工会活动的积极分子。在以后的几年中,我从一个不懂事理的孩子,在工会领导和老工人的帮助下,被大家先后推举为宁波市百货工会的工会小组长、财务委员、工人夜校群众教师、工会副主席、劳资协商会劳方代表、百货行业商业改造工作组副组长等。工会培育了我，工会是我第二个家。

运动员

  我自幼好动又争强好胜，但体质较差。参加工会后，在工会的关怀和支持下，我坚持各种体育活动以提高体质。

  工会给我创造了参加体育活动的机会。学徒工是不能随便离岗的，我只能在晚上打烊后偶尔到工会去打乒乓球。"偶尔"是指学徒工还有值班防贼的职责，因而只能在学徒工间商量后悄悄地轮流出去。那时，工会只有一张球桌，打球是要排队的，每局4个球，输球的再次排队等候，排队时间要比打球时间多得多。

  1952年初，工会有了一个篮球场，青工们早晨就去"玩"篮球，多数青工没打过篮球，谁也不懂怎么打，所以是"玩"，而且到场不论先后都可插队入场。一个队3—6人都行，可以三打四，也可以四打五，只要把球投进网，不管怎么投都行，最普遍的投球方法叫"倒马桶"。上场的个个都生龙活虎，勇字当头，敢拼敢抢，很具青年人朝气蓬勃和勇猛拼搏的精神。之后，我又爱上了力量型的运动，常到举重、投掷场地去转转玩玩，从而与举重结下了不解之缘。

  在市体育场内，有一副极为简易的杠铃，它是由一根熟铁棍和几片圆铁片再加两个卡子组成的，这与现代的杠铃无法相比，但它传承了中国农村"石大刀"（石担）的传统，吸引了不少爱好者围观、试举。我也跟着去试试，经过一段时期的锻炼，我的力量、技巧已与他人相差不多，无形中成了这群爱好者中的一员。

大约到1954年秋或1955年初，我们形成了一个8—9个人的经常在一起练习的举重团队。这是一群来自各行各业的人，有绸布店的营业员、百货店的会计、照相馆的摄影师、皮鞋店的制鞋工、甬江上的摆渡工、新江桥的开桥工、浴室的擦背工，也有学生。这是一个没有人组织，没有人召集，没有队长、指导、教练、裁判，非常松散，但又团结友爱的自由结合体。运动器械除一副极为简易的杠铃以外再无他物，每天早晨相约训练1个多小时。

吕纪棠年龄最大，锻炼时间最长，被大家公认为"头"，都叫他"纪棠哥"。我最小，最受大家关爱，我也很勤快，每天借、还杠铃等杂活我干得最欢。举重团队当年的活动形式，是新中国成立初期群众性体育活动（包括田径、球类）的缩影。

从1954年初起，我坚持清晨到体育场锻炼，逐渐形成以举重为主要内容，少林弹腿作为身体素质锻炼，铅球等作为辅助运动的活动方式，晚上参加初中文化学习。我每天的工作、学习、体育运动都排得满满的，我的生活紧张充实，也很愉快。

1956年3月，浙江省要召开举重运动会。宁波市体委领导邀集参加举重锻炼的人开会，我是其中之一。会议由市体委主

在宁波市体育场室外练习举重

任传达省里召开全省举重运动会的精神,推举宁波市参赛人员和负责人。

会开得非常简单,很有效率,当年不存在代表队集训、制备队服,伙食补助,谁当教练、谁当队长、谁是指导、谁管后勤等一系列"现代"问题。不到1个小时的时间,就完成了宁波市参赛队伍的组建,决定参赛6人,大家一致推举吕纪棠带队。会后大家照常上班,照常早晨锻炼,选上参赛和没选上参赛的都很高兴,大家觉得能参加省里的比赛是我们这些爱好者的光荣。

正式比赛前一天清晨,我们6人到洪塘乘火车去杭州市,因那时火车只到洪塘站。我是第一次参加省里的比赛,又是第一次坐火车,第一次去人间天堂——杭州,既新奇又兴奋。中午到杭州,下午游览西湖风光。此前我曾多次游览宁波东钱湖,自然就会把西湖景色与东钱湖进行比较,觉得西湖很美,景点很多,又值桃红柳绿之时,似"大家闺秀",而宁波东钱湖碧波千顷,朴实无华,似"村姑浣纱",两者各有特色。我从小喜爱东钱湖的山水,见西湖秀色也恋恋不舍。

比赛在一个简朴的体育馆内进行,看台上坐满了人,大约500人。

我身穿黄背心、平口短裤,脚穿回力球鞋,束日常皮带上场,如果与现代举重运动员的装束比较,有点像赛前"小丑"登场。当我3个项目、9次试举都成功时,全场响起了热烈的掌声。我的比赛在晚上,延续了3个多小时,全程没有

1956年初到杭州

人指导，没有喝的、吃的，都是自我管理。到最后拼搏时，有点饥渴、疲惫，但要为宁波争光的信念，鼓起了我的拼搏斗志。

我在这次运动会上参与的三项比赛，有两项取得第一名、一项取得第二名，三项成绩都破省纪录。宁波队夺得了全省总分第一。我们回宁波后集体向市体委领导做了汇报，领导称赞我们为宁波市争了光。虽然没有庆功会，没有表彰会，也没发任何物质奖品，但大家兴高采烈，精神倍增，照常上班，照常晨练，我照常突击补习高考课程。

出乎我们的意料，宁波市以另一种形式给了我们最大的荣誉，市委领导指示宁波市委机关报用一个整版报道举重运动员的照片和事迹。几天后，就在这一版面中，登载了我的单人头

1956年参加浙江省举重运动会（后排右一是陈青法）

二级运动员证书　　　　三级裁判员证书

像并配发了《努力争当三好青年》的文章，这是我在党报上发表的第一篇文章。在宁波历史上，党报刊登运动员的文章和照片，这是第一次，是市委对我们最大的表彰和鼓励。此后不久，《浙江工人日报》也刊登了我的相关文章和报道。

从杭州回来后，市体委决定成立宁波市举重队，任命吕纪棠为队长，我为副队长兼裁判组组长。经国家体委批准，我获得二级运动员、三级裁判员的称号，我是宁波市第一批获得二级运动员的几个同志之一。

抗美援朝

商店复业不久，朝鲜战争爆发。

1950年10月，中国人民志愿军入朝，宁波农村土地改革基本结束，青年踊跃参军，甬江迎来了宁波解放后最大的船舰——沂蒙山舰，它停泊在招商局码头。我听说解放军的军舰停泊在甬江，就去看个稀奇。沂蒙山舰是一艘比较老旧的军舰，如果和太康号军舰比较，显得笨重且陈旧，船体外壳锈渍很多，甲板小而船舱大。

我去的时候正是新兵在列队登舰，码头是戒严的，但人们可以从江边清楚地看到新兵登舰。这些新兵穿的都是参军时的中式棉衣，以黑色为主，完全是农民装束，既无军帽，也无军装，不像现在参军后就换装。新兵们个个神情严肃，登舰时没有一个回首看望的，其实也没有人为他们送行，家中亲人也不知道他们今天要登舰远去。

我是碰巧看到这一离别场面。后来才知道，宁波这批参军的人，全部开赴朝鲜战场。在我家乡只有不到30户人家的村子，当年就有3位参军的。年龄最小的叫朱运芳，他与我同岁。最大的也只有20岁出头，叫陈阿安，是我堂兄。

到1953年7月朝鲜战争停战，回来的只有朱运芳1人，陈阿安已为朝鲜的独立和自由付出了年轻而宝贵的生命，尸骨无归。另有1人在50多年后以"台胞"的身份回来探亲，其实他已没有亲人，他的父亲叫朱隆余，新中国成立前在上海中英大药房洗瓶子，母子住在农村。朱运芳在入朝参战时曾经被俘，回国复员后遭受了不少委屈。他的这些情况，既有他亲口对我说的，也有乡亲们告诉我的。

1952年，全国掀起了捐献飞机打击美国空中强盗的运动。豫剧名家常香玉等捐机一架，为全国人民树立了榜样。那时宁波很困难，由于国民党军队的狂轰滥炸和海上封锁，宁波经济一片萧条，工人大量失业，在职的工人也相当艰难。

即使是在这种情况下，宁波人民还是踊跃捐款，支持抗美援朝。商店中捐得最多的是"源康"绸布店。工会在捐款运动中对会员进行了大规模的、持续的国际主义和爱国主义教育，重点是在教育，不是在动员捐款。捐款自愿，不公布个人捐款数额，更不排名次，不给已经很困难的职工造成精神压力。但是，工人们还是节衣缩食，积极捐款。那时我已学徒期满，开始拿工资了，经济虽很不宽裕，但我也捐了半个月的工资，为宁波捐一架飞机（旧币15亿元）出了点力。

通过国际主义和爱国主义教育，工人们自愿捐款，唯一的要求是请求将飞机定名为"宁波号"或者"四明号"，并到宁波上空转一圈。我们作为基层工会的骨干，如实地向上级工会做了汇报。

在抗美援朝战争中，中央曾派贺龙同志为团长赴朝慰问，京剧大师梅兰芳也随团到朝鲜战场前线慰问演出。赴朝慰问团回国后，由副团长率队到宁波，向宁波人民报告志愿军英勇事迹。大会在解放北路体育场召开，会后举行了宁波有史以来最大规模的武装游行。副团长站立在苏制嘎斯军车的车厢上作为游行的先导，随后是全副武装的解放军，队伍中有小炮（4人肩扛），有重机枪，有步枪，紧跟的是武装民兵。这次游行武装民兵特别多，也是以4人肩扛的重机枪引路，紧随武装民兵的是总工会、工商联的队伍。我要值班，没有机会参加大会，但我跑到东门口，占了个好位置，认真地看了这次武装游行的全程。这次游行充分体现了宁波人民对朝鲜人民反抗美国侵略的精神支持。

查账

新中国成立初期，经过国民党空军的狂轰滥炸，宁波民族工商业景况不佳。1950年，很多工商企业购买了"人民胜利折实公债"，资金都很紧缺，加上支撑宁波经济的港口运输和海产品集散因国民党军队封锁而彻底崩溃，工商企业大量裁员，失业人员急剧增加。

1951年12月1日，中共中央作出《关于实行精兵简政、增产节约、反对贪污、反对浪费和反对官僚主义的决定》，要求采取群众运动的方式，开展"三反"斗争。1952年1月，中央决定在私营工商界开展一场反对行贿、反对偷税漏税、反对盗骗国家财产、反对偷工减料和反对盗窃国家经济情报的"五反"运动。

在宁波，"五反"开始后，自始至终以反对偷税漏税为主要内容。反偷税漏税主要采用两种办法，一是税务部门组织查账，二是自报公议。

查账重点是查进货票据和核实商品明细账。在新中国成立初期，很多从上海进货的发票都不合规范，规范是后来才健全的。凡进货发票不合规范的，一律补税。商店被炸后重新开业时,抢救出的物资未到税务局办理手续入账的一律补税,很多企业并不了解有这个规定,税务部门查账时只要查到商品明细账上有商品与实物数量不符,一般就定性为销售环节偷税。

自报公议是在"同业公会"进行的,老板们按照下达给行业的指标要求,先自报后公议,下达的指标要求是硬性的,行业必须完成。

"五反"后期,坐落在外马路的中国人民银行宁波支行,门前经常排着长队。这些排队者个个衣冠整洁,有的还是长袍革履,但人人神色凝重。他们是一群中小企业主,在这里排队卖黄金,因为当时黄金不准自由买卖,这里是宁波唯一的收购点。每克纯金95万元(旧币)。我的老板也是排队中的一员。据当时《浙江日报》一篇附有照片的报道称,杭州胡庆余堂的老板出卖黄金时用大磅秤过磅,这在中国黄金买卖史上可能是唯一的一次。

宁波是一个港口城市,海运、水运都较发达,又是舟山渔场海产的集散地,台州、温州、福建等地渔民在舟山渔场捕获的海产都在宁波集散,市场交易相当活跃。但由于国民党军队败退后对沿海的封锁和轰炸,水陆交通断了,宁波经济出现断崖式下滑。

1952年底,宁波经济萧条加重,失业人员猛增,失业者想找个小工、小贩的工作或当个城市苦力的出路都没有。政府通过"以工代赈"的形式大力组织失业工人参与市区内马路修补、萧甬铁路重建、庄桥军用机场新建跑道等项目去敲石子,以缓解失业人员困境，但很少动员参军。那时石子都是手工敲的，每人每天定额是1立方米、约2600斤。

当时宁波人都很穷困，买不起东西，卖旧货的特别多。"和丰"纱厂的街面工房，每间（上下2层）只售100万元（旧币，相当于新币100元）；车桥街三开间前后各有两厢房的2层楼民居院落一座，共12间房，只售500万元（旧币）；1套柚木嵌贝壳的家具，包括2个立橱、2个橱柜、1张麻将桌、4只藤方凳、1把藤编高级转椅，只卖80万元（旧币）；1条6成新的毛花呢西裤卖7万元（旧币）；等等。

"五反"结束后不久，先后有三位领导同志找我个别谈话，第一位是当时店员工会主席，第二位是市工商联副主委，第三位是副市长兼劳动局局长和中级人民法院院长。他们三人来时都骑着自行车，其中一位有肩上挎驳壳枪的通讯员跟随，穿着类似新四军穿的灰色旧衣服。他们谈话的内容各有侧重，具体已记不清，中心内容是要依靠工人，要督促资方守法经商，要把经济搞上去。我那时太年轻、太不懂事，对领导的教导、关爱，理解不深，似懂非懂，但那几次谈话对我鼓舞很大。

我的精神面貌有很大改变，思想情绪由消极等待转入积极主动。

初中毕业

"五反"后期,我学徒期满,我与其他职工在一定程度上已能平起平坐。一些特定的由学徒干的清洁、卫生等工作我已经可干可不干,当然我还是会主动地多做一些,但在晚上打烊前,我已经可以名正言顺地去参加职业技术和文化学习了,这对我而言是又一次"解放"。

宁波经济的持续萧条,失业人数的不断增加,对我产生巨大的精神压力,当年作为一般店员,失业后重新就业的机会几乎是零。因此,我必须寻觅能迅速获得专业技术证书的学习机会,下决心发愤学习,以适应社会的需求,降低失业

宁波大中百货店的学徒工们(左一是陈青法)

风险。就在这个背景下,我自费参加在宁波青年中学举办的簿记学习班。

在那个年代,会计分为簿记和会计,簿记要比现在的会计原理深广得多,会计包括商业会计、工业会计、财务管理等内容,也要比现在的会计学深广很多。学习是业余的,每星期3个晚上,每晚2个小时,我在店内老同志的支持下,有课的晚上提前下班赶去上课。青年中学在北大路、苍水街交会处,走近路最快也得40分钟,教室里的光线很暗淡,连一盏日光灯都没有。在这个班中,绝大多数人年龄在20岁上下,我年龄最小。

学习班给每位学员发一个倒三角形蓝底白字的校徽,我很珍惜这个很普通的校徽,因为它标志着我也算"中学生"了。

由于认真和加倍努力,课程尚剩四分之一时,我几乎已将余下部分自学完毕,并能融会贯通。当时恰逢浙东会计师事务所的会计培训班招生,这是宁波第一次办会计培训班,而且是会计界享有盛誉的浙东会计师事务所举办的,更是机会难得。但它对入学的要求甚严,而我要挤进这个班学习的决心更强,道理很简单,因为若能拿到这个班的结业证书,在当年,几乎已无失业风险。多亏自己已从事商业会计工作和掌握了全部簿记知识,经报名处老师面试、考核,顺利地进入了会计培训班。

会计培训班设在已停产的自来水厂楼上,这个班,除了教授会计学,还教代数等与会计核算相关的文化知识。我是第一次接触代数，在学习代数时认识了26个英文字母，两者为我以后插班初中第四册提供了至关重要的帮助。

教会计学的是一位老者，他既是会计师事务所的所长，又是"太丰"面粉厂的财务科长。经过认真学习和艰苦努力，我终于取得了会计培训的结业证书。会计结业证书的取得，意味着我已经是宁波市最年轻，既有会计学历，又有实践经验的会计人员，是当年社会需求的紧缺人员。我已不用担心企业可能倒闭而引发的失业，那时我还不到16周岁。

在取得会计培训结业证书后，我迫切希望改变自己只有初小文化程度的现状。1953年夏，职工业余中学（春季班）第四册招收插班生，按理说，我是没有资格插入这个班的，但仗着在会计培训班学了一点代数知识，就壮着胆子报了名。从此我成了职工业余中学文化基础最差（初小水平）、年龄最小的学生。我加倍努力，千方百计在短期内补上高小和初中一、二、三册的基本知识。

职工业余中学位于解放北路，这里原是宁波专署的办公楼。教室设在朝南的单面楼上，通风很好，室内全是日光灯，光照比青年中学和浙东会计培训班明亮多了。它由宁波第三中学代办，校长也是同一个。

学校的日常工作由蔡老师负责，他也是我们的化学老师，这是一位50岁左右、非常和蔼可亲的男老师。他有点口吃，在上课遇到口吃时他就眼望天花板，我们当学生的没有一个笑他。晚上下课后，往往已经接近10点，我们有问题找他时，他仍很耐心地辅导我们。像我这样基础很差的插班生，有时连基础知识也不懂，但他从不奚落、笑话，或厌烦。他不论当晚有课没课，都是最早到校、最迟离校的，学生可以随时向他提问请教。他虽然只教了我们一年半，但却让我铭记终生。我非常尊重他，也对他的谆谆教诲充满感激。

我的数学老师是陈先生，他是一头白发的瘦小老者，自称曾在上海商务印书馆工作。当同学遇到书本上不易理解的内容时，他会搬出他编写的中学用教科书，来解答同学们的难题。当我们在学习几何学感到困难时，他鼓励我们一定要下功夫学习，千万不要丧失信心。他还在课间休息时告诫我们别受"人生在世有几何？何必苦苦学几何？不学几何几何好！学得几何能几何……"打油诗的影响。

职工业余中学毕业留念（前排左三是陈青法）

1955年1月,我从职工业余中学毕业了。我插班时全班有70多人,坚持到毕业的只有14人,毕业率不到20%,可见当年职工参加业余学习的艰辛。在这一年半中,老师们教得很辛苦,他们要创造性地悉心备课,在6个学时内教完全日制中学6天的内容,课本与普通中学一样,内容也不删减。学生们学得更辛苦,他们在做好本职工作的同时,每周还要花6个小时的业余时间掌握普通中学6天的学习内容。

那时工人能买得起旧自行车的极少,宁波也没有公交车。不论是寒冬酷暑,还是刮台风、下暴雨,哪怕是生病发烧,我都坚持步行去上学,因为要补上一个晚上的课,是很不容易的。

1955年1月的一天晚上,我拿到了宁波第三中学的初中毕业文凭。那天,我非常高兴,因为我是一个没有学习机会得到

初中毕业证书

19岁的陈青法

初小、高小文凭的孩子,所以这个高兴劲儿是正常初中毕业生无法理解的。我庆幸在一年半中付出的辛劳得到了收获,结出了我所期望的果实。这是我人生中第一张文凭,是在党的关怀下取得的。那时,我也产生了一点盲目和无知的自豪,认为我是宁波商业工会中,唯一取得会计结业证书和初中毕业文凭的,也是最年轻的会计。第二天晚上我把文凭揣在列宁装棉袄内,兴高采烈地去找三姐,报告我的成绩。三姐很高兴,她诚恳地劝我要花点时间谈恋爱了,我当面嗯嗯地应了几声,心底里下定决心暂缓,我心中还有要追赶的目标。

从我满18岁起到1956年9月离开宁波进大学学习,是我的青工时期,很短暂。它是我生命中至关重要的两年,有失败,也有成功,但成功是主流。在这两年中,国民经济稳步发展,人民生活明显好转。农村已由互助组发展为合作社,农民很满意当时的生产形式和生活状况。城市对民族工商业进行了社会主义改造。社会和谐、繁华,非常稳定。其间,国家还召开了第一届全国人民代表大会。我在这两年内各方面都得到了锻炼和提高,同时也见证了时代的变迁和发展。

去上海

1955年初春,我约小哥同赴上海,去见见世面、开开眼界,并探望大姐、大哥。这是我第一次去上海,当时爸爸也在上海。

这年年初,工人们觉得国家办了三件大事。第一件是一江山岛解放,国民党军队从大陈岛撤离,浙江沿海基本上已无国民党军队袭扰。第二件是解决了"高饶事件"。第三件是人民币进行改革,初春开始新、旧币的兑换,兑换比例是新币1元兑旧币1万元。

那时从宁波去上海,比新中国成立初期方便多了。被日寇拆毁的萧甬铁路已修复到庄桥站,海轮也复航了。我没见过大海,当然选乘民主三号海轮去上海。

民主三号海轮的前身是江泰轮,它与江亚轮一起,在日本投降后专走宁波至上海航线。宁波解放前夕,江亚轮沉入长江口,3000多人遇难,是宁波历史上最大的海难。舟山解放前,受国民党军队封锁,宁波至上海航运停航。舟山解放为恢复沪甬海运扫平了障碍。大约在1952年底,整修一新的江泰轮改名为民主三号，停泊在宁波招商局码头。宁波人民可以登船参观三天，工会动员大家都去参观。

我是第一次登上这么大的船，对什么都感到新鲜，尤其是客货轮的内部结构和布局。船上很整洁，所有船员都和蔼可亲，没有一点在大轮船上工作而盛气凌人的架子。船上一、二、三、四等舱位都开放，随我们任意进出。船长、老轨等高级人员的卧室陈设，可从门上小窗中窥见。五等舱设在底层，是通舱，与船外海面相平，是帆布双层床，每张床有60—70厘米宽。此外，还有散席，散席没有固定床位，分设在底舱和三、四等舱的走廊、过道上，画有铺位（席）标志，乘客凭船票到服务处领草席，到有标志的地方席地而卧。民主三号海轮的前甲板较大，至少可容50人同时观赏海面风光。餐厅很整洁，船上还设有平价的小卖部。

老百姓欢迎民主三号海轮复航的主要原因是：它具有快、省、舒适、方便、风光好的优点。快，指的是一个晚上就到上海；省，指的是散席和五等舱票价分别只要3万（旧币）、3.6万元（旧币，折合大米约30斤）；舒适，指的是船上空气好，卫生、洗漱设施齐全，随时可到洗漱间洗漱；方便，指的是行李不受重量、大小限制，只要你挑得动、扛得动，想带多少都可以，山珍、海鲜、活鸡、活鱼随便带；风光好，指的是在沿途不仅能欣赏大海美景还能游览黄浦江两岸风光。因而，宁波老百姓当年把"上海航船每日开"作为盼望好日子的内容之一。

船在航行途中，为防国民党军队突然攻击，从晚上10时起，窗的外侧全部拉上密不透光的帆布帘子。次日凌晨船进入黄浦江，在上海公平路码头停泊。我们下船后就想观光，不坐有轨电车，而是过外白渡桥沿外滩步行，以饱览上海外滩的风光。

我是第一次看到黄浦江上各种大型货船，第一次欣赏中外闻名的外滩建筑风光，包括上海大厦、苏联领事馆、黄浦公园、上海市总工会大楼、上海市人民政府大楼（汇丰银行）、中国银行大楼、沙逊大厦（和平饭店）和海关钟楼等，沿途经过延安东路、南京东路和金陵东路，一直走到新开河。我也是第一次见到有轨电车，它上下车很方便，载客量也较大，铃声尤为优美，如果城市里都把汽车喇叭声改成这种优美铃声，那就太好了。

当年，黄浦江边没有现在这么高的堤防，走在马路上就能看到黄浦江的江面。在上海我除了探亲，还逛了主要商店，包括第一百货公司（新新公司）、永安公司、中国医药公司（西施公司），以及宝大祥、协大祥等最著名的绸布店，参观游览了上海博物馆、西郊公园、中山公园、老城隍庙（豫园）、大世界游乐场和人民广场。

上海博物馆是陈毅同志题写的馆名，写得很好，是标准的行书。博物馆展出的藏品很多、很珍贵，尤其是钱币、瓷器、字画、珍宝给我的印象最深。瓷器中的乾隆宫廷用品，如直径约有80厘米的盘龙大彩盘、半透明的瓷碗，真是漂亮极了。

那时我的感受是，博物馆藏品是给人看的，不是藏而不露的。

西郊公园那时离市区很远，建成不久，进门的广场上树木刚刚成活，整个西郊公园内的绿化，没有急功近利地搞大树移植或不计成本地密植而大笔花钱。西郊公园内有一个很大的动物园，我在园内见到了一些过去闻所未闻、见所未见的动物，河马、山魈、大猩猩、貘、象、长颈鹿、蟒、虎、狮、秃鹫、鳄鱼等，的的确确使我开了眼界。中山公园小巧玲珑，园内大树蔽日，让我感到新奇的是会学人讲话的鹦鹉，它会对你说："您好""侬会讲上海闲话吗？"

老城隍庙（豫园）既是商场又是庙，也是公园。那时上海的城隍庙，谁都可以进去参观、烧香。庙内光线暗淡，横匾对联极不显眼，城隍身披黑袍，脸是黑的，殿堂不如宁波老城隍庙那样金碧辉煌。不过，庙内小商品琳琅满目，小吃也很多，尤其是五香奶油豆和南翔小笼包很有名气，吃南翔小笼包不用排队，进店坐下马上就能吃到。庙内的九曲桥极为精致。

在大世界游乐场的哈哈镜前，除呈现标准像的大立镜外，还有呈现高、矮、胖、瘦，各种怪态、极其逗人形象的镜子。大世界游乐场楼上，有很多剧场不间断地演出，进剧场不必再花钱买票，我在各剧场溜达了一圈，最后选择看杂技魔术表演。演员用长柄小网捞鸽子，小网往空中一捞，网中就有了一只鸽子，再一捞又一只，倒也稀奇，内容也很贴心。

国际饭店落成时是全中国最高的大楼，以前听老人讲，地上24层，由中国人设计施工，楼龄好像与我同岁。站在马路上看国际饭店要把头上的礼帽按住，否则头一仰，礼帽就掉了，老人们以此说明国际饭店大楼很高。到了上海，这个标志性建筑不能不去看一眼，顺道还参观了上海跑马场（人民广场），这是一个很大的广场。

在上海，我目睹了被日本鬼子轰炸后、建在废墟上的棚户区，包括大林路、斜土路一带，也第一次体验到上海居住、生活条件紧张且恶劣的一面。上海大多数居民，一家五六口人，祖孙三代，挤在一个10平方米左右的老式砖木结构房子里。每户人家几乎都搭有一个腰也伸不直的阁楼，供孩子们睡觉。一只煤球炉既用来做饭又用来烧水，而且几户人家都挤在过道或楼梯拐角烧。这么小的房间，还要放一只马桶，家庭主妇在天亮以前就得起床倒马桶，倒好马桶后不是上街买菜就是赶车去上班。几户人家合用一个自来水龙头是常见的事，小便池沿街而建，臭气四溢。这种生活条件，远不如宁波城乡，是现代人们无法想象的。

在新中国成立前后，上海租房有一个特点，租房要先交"顶费"。"顶费"不是租金，也不是押金，"顶费"是一次性的，要价很高，都以金条计量，"顶费"是不退还的。这与现在的押金完全不同，想住大一点的房子，首先要交高额"顶费"，交了"顶费"，还得交房租。

我的父亲母亲

我出生在一个很传统的农村家庭，在家里我是最小的男孩，父母老来得子，对我特别宝贵，特别关爱。从我记事起，爸爸妈妈从来不曾训斥我，更谈不上打屁股等惩罚了。

1955年和爸爸一起从上海回宁波时，本来我想让爸爸坐好一点的舱位，但被婉拒，只好按他的意见，坐五等舱回甬。这是我和爸爸一生中唯一的一次长途旅行，旅途中，行、卧、吃、喝等各个方面理应由我这个小儿子照顾，但事实上爸爸关心、照顾我们更多。那年爸爸已经72周岁，但身体还不错，上下船梯，不仅不要我搀扶，还时常伸出手来扶我一把，处处

我的父亲母亲（摄于1945年抗日战争胜利之时）

关心着我的安危，真是父爱如山！

爸爸大字不识几个，连自己的名字都写不好，但他处世经验丰富，颇有见识，留给我印象最深刻的教诲是"做人要堂堂正正，办事要正大光明""你长大后一定要学会只做里子，不要去争当面子，面子容易破损，里子经穿耐用"。

当1958年12月接到小哥来信说爸爸去世时，我悲痛欲绝。我一辈子最遗憾的事是没有很好地回报父母。我清楚地记得，1958年暑假我像往年那样回家探望父母的状况。虽然我离职后已没有经济能力给父母送上什么，但我给父母送去了一颗儿子的心。

我从12岁当学徒起，每次回家父母都显得非常高兴，千方百计让我吃些好的，睡个好觉，几乎不让我下地劳动。在那个年代，农村夏天炎热非常，蚊蝇成群，又没有通电，能睡个好觉是极大的享受。他们认为，有我这个儿子脸上光彩，因为我是全乡第一个上大学的孩子，更是第一个没念高小、初中、高中就考上大学的孩子，又是在全省得过第一且照片、文章上过党报的孩子。在父母心中，我从孩童时起从没给他们丢过脸，没有让他们有"抓头皮"的事。乡邻们的称赞使他们得到一些满足。

除此以外，作为儿子的我对父母的孝敬太少。早在1958年初爸爸就已经病了，我们不知道是肠癌。限于那时的家庭经济条件和医疗条件，爸爸得病后并没有得到有效的治疗。那年8月我回家时，爸爸身体已很虚弱，他对我假期回家显出比往年回家更为亲切的感觉，总希望我在他身旁多坐一坐、多待一待。他说话已不多，偶尔问问我女朋友的情况，他对我的回答总是感到满意和高兴，点点头，想一想，又问一问。

在我决定离家返校后，我感到他有点异样，好像还有什么话要对我说，但又没有再说什么。

在我离家那天早上，妈妈让我吃了一餐好饭，爸爸吃得不多，他一定要送我。爸爸身体虚弱，我不想让爸爸送，但是他送了一程又一程。农村的石板路很窄，只容一人步行，我在前面慢慢地走，爸爸跟在后面缓步而行，有时我们父子俩一句话也没有，有时候爸爸只是左关照、右叮咛。我那时太不懂事，不懂爸爸的心，只是有口无心地"嗯嗯"答应着。我几次停下脚步，叫爸爸回家休息去，不要再送我了，但爸爸坚持一程又一程地送我，一直送到离家有5里多路的铜盆浦渡口。

在渡口，爸爸总算停下了脚步。那时铜盆浦渡船是一只用人力摇橹能坐十来个人的小船，来回渡一次大约要半个小时。我们父子俩在等待渡船时，默默地坐在渡口的石阶上。我上了渡船后，一直摇手让爸爸回家，爸爸不但没有回家，随着渡船的离岸反而站了起来，在渡口一直注视着我离去，有时还向我招招手。我渡了河，上了岸，站在岸边向爸爸招手，示意他回家，但爸爸一直站在那里目送我远去。直至我快到芦头村时，回头望去，还能看见爸爸的身影，他仍站在渡船码头上。见我停步不走，还向我挥手。

爸爸站在铜盆浦渡口目送我的情景，一直清晰地定格在我

我的父亲（摄于抗日战争胜利之前）

的记忆中，我至今对这一幕还是记忆犹新，好像昨天才发生似的。这是我与爸爸永别的一天。我根本没有想到今后会再也见不到爸爸，更不知道爸爸的心思，只是觉得爸爸那一天有点异样。爸爸很坚强也很爱护我，他怕影响我的情绪，没有把真实的病情告诉我，他可能已自知不久于人世，但没有把这话说出来。在送我的一路上，爸爸从没说悲凄的话，更没流过泪，而我当时没有理解爸爸远送我的爱心和真情，只是领受着爸爸的深情远去。如果我知道爸爸送我是最后的一别，我一定会跪下向他叩三个响头再走。我不知道爸爸是怎么一步一步地走完返家的5里多路程的，他在送我时走路已很费劲，可以想象，返程时体力上更是不支，精神上更为凄恒。

得知爸爸去世的噩耗后，我一个星期几乎悲泪不断。作为一个男人，不能到处号啕大哭，我只能偷着哭，晚上闷在被窝里哭，白天在没有人的地方哭。在下放劳动的富屯溪边，在后山坳，我曾放声大哭，以释放我心中的悲哀。

同样，我也未能送别妈妈。

得知妈妈去世的消息时，我已经在甘肃支边了，我是1962年收到小哥来信，得知妈妈去世的，虽然悲痛欲绝，但无法还乡送别。母亲是一位平凡而又伟大的农村妇女，一生养育了12个子女，长大成人的有四男四女，另外4个都在幼年时夭折。在那个年代，要养活、照料好8个孩子是极不容易的。从我记事起，母亲都是不分白天黑夜地操持家务，在菜油灯的微弱光照下带领姐姐们编织金丝草帽，赚取微薄的加工费，以补贴家用。

妈妈在村里的人缘非常好，左邻右舍有困难她都照应帮助。她从不与人争吵，办事接物很有大家闺秀的风范。妈妈认识很多字，这在当时农村是少有的，但她不会写字。很多佛经，像《心经》《佛说阿弥陀经》她都能念下去，她曾叫我用毛笔抄录佛经后照本念。经文中的有些字，我并不认识，只能依葫芦画瓢。妈妈能把我抄写的佛经一字不差地念下来，我从她念诵声中认识这些字。妈妈有一手好针线活，她为爸爸和我们缝制的衣服都很合体,而且缝的针脚要比现在名牌西服手工缝的还要匀称。

在我12岁离开爸妈到宁波时,妈妈反复教导我"做人要脚踏实地,要有责任感"。妈妈非常疼爱子女,在四姐去世后,不论晴天、下雨,她几乎每天坐在河边,在酷暑下望着对岸四姐暂厝的棺木痛哭。妈妈在获悉二姐被日寇炸死在上海去武汉的轮船上时悲痛欲绝,在得知二哥得了肺结核后急奔上海把二哥接回家中精心照料。她与爸爸一起省吃俭用,尽其所有为二哥治病,前后历时2年。我儿时多次陪伴妈妈去外祖父(母)坟头扫墓。尽管妈妈患有风湿病走路困难,但她每年坚持要提着香烛去扫墓,来回要走10多里。她告诉我扫坟是她对父母应尽的职责。妈妈给我幼时留下的印象,就是一个大孝女。我一生都以有这样的父母为荣。

2002年春天,我们在鄞州区五乡镇仁久村"鄞县第二公墓"重建了爸妈的坟墓。我以最简洁的语言,写了一副"积德一辈子,流芳众乡邻"的对联刻在墓碑上,以此表述他们一世的为人。

布票和粮票

新中国成立初期，织物都是丝、棉、麻和人造丝，没有化纤织物，老百姓穿的、盖的、用的都是实实在在的棉、麻织品。用21支纱和32支纱纺织的哔叽布、斜纹布、竹布、龙头细布、英丹士林布，是绝大多数工人、农民穿的棉布。职员们穿的以42支纱织的府绸布、卡其布为主。穿丝绸、花呢、毛哔叽、麦尔登呢、直贡呢等毛纺织品的属"白领"人士。男人们是不穿大红大绿的花布的，女人也以穿碎花布料为文雅，至少在江浙一带的男女老少（幼儿例外），很少穿大红大绿。

1953年夏，国内棉花、棉纱、布等供应出现紧张，而市场上又积压了大量的进口花布，老百姓把从"苏联集团"进口的花布都称为"苏联花布"，其实很大一部分是波兰和匈牙利生产的。这种花布都是32支纱织的，门面很宽，在1.3米以上，全都是大红大绿的。

为了缓解市场矛盾，工会动员大家购买苏联花布，动员人人穿苏联花布衬衫。一时间，宁波大街小巷，出现了男女青年穿苏联花布衬衣的潮流，女青年之间开始流行一种叫"布拉吉"的连衣裙。当时，有人甚至以买不买苏联花布、穿不穿苏联花布衬衣来衡量青年职工是否进步、是否爱国。

很多中老年职工和实在不愿穿花布的男青年,把买来的花布当床单或当被里,我就是其中之一。

此后不久,1954年夏,全国发行布票,开始对人民生活用品实行定量供应。国家在发行布票前,做了充分的物质准备,宁波市场棉布货源特别充足,大约有一个星期的时间,所有布店放手让百姓购买,要买几匹都可以。

1954年、1955年,布票发得比较多,每人每年26尺,而且买丝绸、成衣(如衬衫)、成品(如床单)及针棉织品都不要布票。简而言之,百货店里的所有针、棉织品和布店里的丝绸都不收布票,那时布票的象征意义大于实质意义。但随着时间的推移,凭票供应的种类越来越多。到1961年3月,连毛巾、汗衫、袜子也凭布票供应,管理好票证成为家庭主妇理家能力强的重要标志。因为票证丢了,这家就难以生活。

从全国来说,各省区票证种类、内容有些差别。一般来说,主要票证有布票、棉花票、粮票、油票、盐票、肥皂票、煤球票、火柴票、肉票、蛋票、水产票、糖票、豆制品票、烟票、酒票、煤油票、糕点票、大白菜票。逢年过节还有一些补充供应的票证,如鸡1只票、鱼1条票、香肠1斤票、月饼1斤票。还有一种票证叫工业券,这种票是买旅行袋、铝锅、打火石、蜡烛、化纤产品、煤油炉等的券。再有一种票证是专用券,如自行车票、冰箱票、电热壶票、缝纫机票、手表票、电视机票,这一类票,一个单位一年只发1—2张。还有一些特殊的票,如1961年我们在甘肃结婚时,商业部门发脸盆票、热水

粮票

瓶票、铁锅票各1张,每张供应1个。

在物资匮乏的年代,各种票证已具有一定的价值,如20世纪60年代初,甘肃半公开的价值是1斤地方粮票4元钱,1斤全国粮票5元钱。80年代初,1张永久13型自行车票值200元,相当于正县级领导干部1个月的工资,1张18英寸彩色电视机票值1000元。在物资供应最紧缺的年代,有了票证也不一定能买到东西,最为突出的是粮票。据说,曾有人身上尚有数十斤粮票,却多日粒米未进。从改革开放到20世纪90年代初,各类票证逐步从中国社会消失了。

高考前后

从1952年到1956年我考上大学,是一个国泰民安,风调雨顺,经济发展很快,物价非常稳定,人心非常畅顺的伟大时代。时代给了我奋发向上的机遇,我在这个伟大的时代,一步一个脚印地向前迈进,达到预定的目标。

1955年春节刚过,我正在寻找补习高中文化的夜校,江东职工业余学校(工校)校长请我去当群众教师。作为一个工人,能为工友们上课,是一件应该做的光荣事,我搁下补习,很痛快地答应了。

江东工校在七塔寺旁边,离我工作单位有半个多小时路程,我教的是算术。上第一堂课时,我有点胆怯,费了不少心思。备好第一课后,我衣冠整洁地走上讲台,往下一望,教室里坐得满满的,连门口都坐了人,男女老少都有,而且绝大部分学生都比我年龄大。

教算术对我来说不难,但批改作业量很大。我每星期总共只上3个晚上6小时的课,但批改60多人的作业比上课时间要多。同学们的作业都做得非常认真,我心里不仅高兴,而且产生一种自豪感,越批改越有劲。就这样,我风雨无阻地抱着一叠作业本在灯光下跨过奉化江上的灵桥,来回于单位与工校之

江东职工业余学校聘书

间的路上。

1955年初,宁波市开始私营工商业的社会主义改造,我被任命为百货行业商业改造工作组副组长,同时被推举为劳资协商会劳方代表,叫我担任这些工作,可能与我从事会计和基层工会工作多年的经历有关。在我任江东工校群众教师初期,全市性的商业社会主义改造刚刚开始,我在业余时间安排上的矛盾并不尖锐。随着改造工作的深入和清产核资的开展,我作为副组长,不得不在学期结束之前,请市商业工会领导帮我辞了教学工作,专注于改造工作。虽然我只当了4个月左右的业余教师义工,付出了大约300小时的劳动,但我特别享受和满足于同学们每晚的笑脸迎送。

宁波市私营企业的改造工作,并不像当年北京、上海报纸刊登的新闻报道所描述的那么轻松、简单，北京、上海的报道都是：资本家打上"某某行业全面实行公私合营"横幅，敲锣打鼓上街游行一下就宣布全行业实行了公私合营。报道让人有一种错觉——私营工商业的社会主义改造是一个晚上就能完成的、与广大职工无关的、像吃早点一样简单的事。

其实并非如此。

我参与的宁波市工商业社会主义改造，首要的、大量的工作是清产核资，包括固定资产价值重估，账外物资清理，残次、积压商品的评定和折价，应收、应付款的核实，以及呆账、坏账的清理。总之，要正确核定每个私营企业的即时纯（净）资产。因为私营企业公私合营后，国家将以定息形式，按年利率5%返还资本家50%的资产，如资产不实，势必形成国家或资本家吃亏。当年，绝大多数中小企业，家底不实，账面资产与实际有一定差异，资本家都希望对已入账的资产高估一点，对呆滞物资不要打折或少打折，这样以后每年可以多拿点定息；对未入账的资产，希望不再入账，趁此机会抽走这部分资产。

这么多的私营企业要在短期内实行公私合营，商业改造工作是很繁重的。我除了对自己所在的企业要按政策认真清产核资，还要对全行业负责，不仅要逐项、逐店搞好清产核资，还要参与劳资协商，使核定的资产得到企业劳资双方的确认。

此外，还有一个调整商业网点的工作，因为在旧社会，资本家主要是通过占据有利的商业地段进行竞争，这个地段好，你开了店，我也再开一家。现在公私合营了，不调整网点就会造成很大浪费，要调整网点，阻力较大，被撤商店的资方和劳方都不愿意。资方不愿到新单位去当资方代表，老职工不愿意离开自己熟悉的、工作顺手的单位，到新单位去上班，这些思想工作也落在商业改造工作组身上，难度是显而易见的。

我认真参与了史无前例的私营企业社会主义改造，圆满完成了由我承担的各项工作，虽失去了文化学习的时间，但学到了很多经营管理、清产核资等方面的知识，开阔了眼界，锻炼了自己。

1955年，中华人民共和国国防部给我颁发了第256357号"预备役军士和兵证明书"，证件是彭德怀元帅签发的。

1956年春，参加省举重运动会回来后不久，商业工会党总支找我谈话，中心内容是宁波市兵役局已决定叫我应征入伍，兵种为空军飞行员；商业工会系统只有我一人，近期内进行体检，如体检合格很快就要入伍；要我做好思想准备，并安顿好父母，具体事情可到兵役局询问。当知道参军后能成为空军飞行员时，我非常高兴。在那个年代，空军是很多青年们最向往的兵种。我也觉得飞行员很神气、很威风，穿棕色的皮夹克、戴皮帽。能当上飞行员的人极少，因为要求很严，家庭出身不好的不要，三代内直系亲属有问题的不要，有海外关系的不要，身体不好的不要，本人思想品德有问题的不要，已婚的不要，初中以下文化的不要。我有幸通过了政治审查，当然

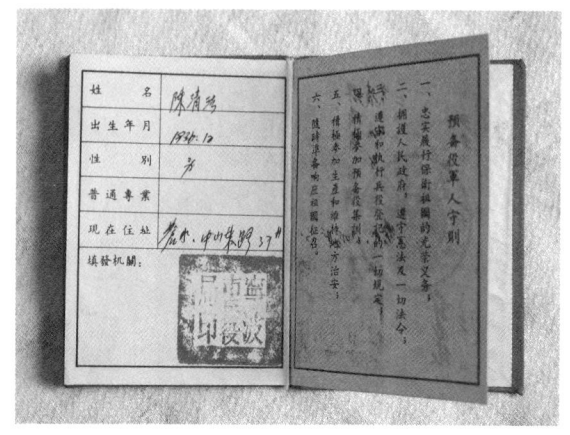

我的兵役证

高兴。

当时,我已一个多月没回家,现在要参军了,组织上也叫我安顿好老人,谈话后第二天,我就请假回家。一进家门还未坐定,爸爸就一连串地发问:"最近可好?怎么这么长时间未回家?有什么事吗?"我觉得爸爸话里有话,就把我可能要参军,组织上已经通知我去体检,如果体检合格,不久就要入伍的消息告诉他。爸爸不停地嗯嗯,最后说:"原来如此!"爸爸妈妈很支持我去参军,没有提出我应该找对象结婚,参军后没了工资影响家庭经济收入等一系列私事,百分之百地支持我。我也明白,老人们实在舍不得让我离开他们,但又觉得能当空军是光宗耀祖的事,他们有爱国情怀。事后爸爸告诉我:"前段时间,来了两个军人,找乡里的人,找村里的人,调查我们家祖辈三代及亲属的情况。连已经过世了几十年的外祖父母、祖父母、舅舅家都查得非常仔细，对你幼小时的情况也查来查去的，我们以为你出事了呢。"

不久我被通知去体检，全市参加体检的只有几个人，但我一个也不认识，体检对听觉、嗅觉、视力查得特别仔细。听觉和嗅觉检查很快结束，医生没有提任何问题。在视力检测时，医生重复了一下，第一次体检就这么过去了。几天后，通知我视力复检，检出近视30度，这是我为应对高考，常常深夜躺在床上看书付出的代价。

几天后，兵役局同志告诉我视力检查的具体情况，按规定，我属体检不合格。这个结论使我非常失望，但兵役局同志又告诉我，如果我愿意，他可以把我转入海军征兵。当时我正在全力冲刺高考，希望待高考以后再做决定。我因视力保护不好，影响国家对我的需要，也改变了自己的人生轨迹。对此我非常懊恼！非常遗憾！我自认为我的性格和自强不息、服从命令、吃苦耐劳的作风，应该很符合空军的要求。在参军的整个过程中，我表面上非常平静，体检前我内心非常高兴却不显形于色，体检不合格后我内心非常痛苦，但并未外露。

这是我青工时期的奋斗中遭受到的唯一挫折，我为此懊丧一生。

1956年，周恩来总理发出"向现代科学进军"的动员令，其后，宁波市委、市政府在宁波市人民大会堂召开了动员大会，主要是动员全市青年学文化、学技术，勇攀科技高峰。这个大会是落实周总理指示的动员会,它是在宁波当时没有一所高等学校、宁波人习惯于经商且潜意识中并不十分重视科学技术的背景下召开的,是一次唤醒全市人民重视科学技术的大会,意义非常重大。

会议有一项内容是各界青年就提高文化素质、努力攀登科技高峰表态,我也应邀参加了这次大会,并在大会上表明了"自己要在体育锻炼和文化学习上努力攀登"的态度。具体目标是一两年后,运动成绩达到国家二级运动员水平,为宁波市在全省运动会上夺得名次,在文化学习上达到高中毕业的同等学力。我是商业工会系统唯一表态的个人。

会后,我的压力比较大,尤其在文化学习上的压力更大,我当时的文化程度最多也只能算是初中毕业,要在两年内真正达到高中毕业同等学力,谈何容易。当时有利条件是商业改造工作已经结束,江东工校任教的工作也已完成,我能利用的业余时间比前阶段充裕些,但宁波没有夜高中和高中类补习班。在无补习班可读的情况下,我想方设法借到了一套高中教科书,买到了一套高考复习提纲,采取先易后难、不求全懂、跳跃式的学习方法自学高中知识,我的具体做法是:

第一,坚持先易后难,在需要考试的各科中,先学易于看懂、易于理解、易于记忆的,如生物课程中,拉马克的用进废退、达尔文的适者生存,都很易理解。在有限的时间内,可把生物课优先攻克。

第二,在一门课程中,不求全懂,只求弄懂百分之七八十，坚决避开自己的智力盲区或反应迟钝区。用有限的业余时间获得最大的知识面。

第三，避免脑子疲劳，把自己感觉枯燥无味的内容和有兴趣的内容搭配起来学。在一天中，先学枯燥无味的，如函数等，到脑子疲倦时，再学几何。这样，脑神经很快就兴奋起来，学习效率就会高得多。

第四，把语文、政治纳入小说、时事范畴来学习。在上班或休息（睡觉）前，看点语文或政治，在当时语文课本中有不少鲁迅的作品，如《狂人日记》《阿Q正传》，以及魏巍的《谁是最可爱的人》等，可用零星时间以休闲的方式学习，这样能节省很多学习时间。我确实是在考试前一天晚上，把脑子平静下来后，躺在床上，才完成语文课本的通读。

在当时的特定条件下，我这些特殊的学习方法起到了很好的作用，让我利用一年业余时间，通读了高中三年的课程，掌握了要点和重点。

党总支的关怀给了我莫大的鼓舞和有力的鞭策。

在冲刺高考自学阶段，我没把握能成功，自学处于半保密状态，从未张扬要考大学，平时言行处世保持低调。目的是万一考不上，自己好下台，也不失颜面。但俗话说得好，"纸是包不住火的"，我在业余时间学习的努力，终于传到了领导的耳中。

4月末，党总支知道了我准备参加当年的高考后，好好地鼓励了我一番，把我参加高考作为商业系统职工向现代科学进军的实例来赞扬，并通知单位，按中央规定，即日起我可以半脱产，还善意地"责备"我为什么不早点告诉他们，否则早就可以半脱产了。毫无疑问，党总支的这一关怀，对我来说实在太重要、太及时了。那时，我自定每天睡眠不超5小时，现在能每天多给我4个小时，这是多么关键，它给我的不单纯是时间，更多的是鼓舞和鞭策。我铭记终生。

高考结束后，我全日上班，自觉地加倍努力做好本职工作。在领导和同志们过问考试情况时，我仍低调应对，只说尽了努力，从不讲可能考上之类的话，更不讲大话、吹牛皮，就连在父母、兄、姐那里也从不说无把握的过头话。因此，同志们没有一个人把我另眼看待，也没有一个人觉得我可能要走。其实我心里有底，估计要离开工作去读书了，走与不走之间，心中矛盾逐日增加。

8月初，我接到重填志愿的通知，同时寄来的还有很多相关学校和专业的资料。当时学校和专业的介绍，全是黑白的铅印件或油印件，其中有浙江医学院、八一医学院、南京林学院、北京林学院、八一农学院等。

我原是报考上海医学院内科专业的，但这次重填，我鬼使神差地不填医学院，而是选择了南京林学院。从资料上看，我觉得南京林学院教授多，既有时任林垦部部长的梁希教授，又有当时林学界唯一的中国科学院学部委员郑万钧教授，加上林学院"黄河流碧水，赤地变青山"的口号很吸引我，就这样，填报了南京林学院。

几天后，我就接到了南京林学院的录取通知书。当我拿到通知书时并没有很激动，我的内心仍旧非常矛盾。一方面我达到了考入大学本科的目标，实现了"向现代科学进军"动员大会上表的决心，很高兴；另一方面，我有几个舍不得，舍不得离开我非常熟悉的宁波，舍不得放弃当时来说较高的工资，而去申请每月仅14元的甲等助学金，舍不得离开年老体弱的父母，舍不得抛下来之不易的主办会计岗位，舍不得离开举重队的同志和真诚的友谊，舍不得离开待我甚好的领导和同志们。

我经过几天的思想斗争，最后还是决定去上大学。促使我做出这个决定的因素有两点。一是父母的支持，他们觉得我能上大学是给家乡争了光，给老人争了光，因为我是村里、乡上第一个上大学的人；二是党总支的支持，他们认为我是响应周总理"向现代科学进军"号召的典范，是在短期内取得明显成绩的青年，是宁波市由学徒工考上大学的第一人。

决定去上学读书后，我很快办妥了手续。安排好工作方面的事宜后，我就回家告别父母，聆听父母的嘱托，并把多余的200多元存款交给了爸爸补贴今后几年的家用，又把100多元爱国公债留在三姐处请她保管。

我上大学时，已经连续工作了7年多，年龄也接近20周岁，社会认知和大多数新生相近。我是自己扛上所有行李到学校报到的。那时，只有极少数新生由亲人陪同来校，更没有用小车送新生上学的。这是当年新生入学的真实写照。

回望家乡

我的大学生活是在南京度过的,后来奔赴西北工作,但我始终是典型的宁波人,19岁前感受过的宁波文化与我终生相随。我深爱宁波文化!

宁波话是一种独特的方言,说相声的大师曾以"哆来咪发唆拉西"的形式用宁波话表演了一段师徒对话。

师傅:"来发,哆来。"

徒弟:"唆哆来?"

师傅:"西哆来。"

徒弟:"唆西哆来?"

师傅:"咪发西哆来。"

实际上他们说的是"来发(徒弟名字),拿来",徒弟问师傅:"什么拿来",师傅说:"线拿来",徒弟再问"什么线拿来",师傅回"棉纺线拿来"。

宁波话很有象征意义,例如把菜肴叫"下饭",称最后一个吃完饭的为"背桌凳脚",能够把吃饭用的桌子、凳子的脚背走,不是最后才吃好饭的人吗?把休闲式的吃、喝、玩、乐和田园劳作称为"解解心焦",休闲不就能解除心焦(烦)吗?宁波人大多从小就要求实话实说,对诚信非常重视。小孩子吵架时,往往会说"你拆乱话""你乱讲三千"。

宁波老话也叫宁波谚语,老话通常含义很深、很有哲理,值得玩味。像"儿子生一百,弗(不)值老头一只脚""人心高过天,当了皇帝想成仙""天高弗(不)算高,人心节节高""六十学跌打,腰腿石骨硬""大懒差小懒,小懒差脚板""讲讲神仙阿爸,做做死蟹一只""千里拜佛烧香,不如孝敬爹娘""闲话讲道理,带鱼吃肚皮""乌鲤鱼扮河桩,一天到晚嚼麦糕",还有"呒头苍蝇""擂倒牌子""跟屁虫""抓头皮"等等。

宁波姑娘出嫁要坐花轿。宁波花轿据说是世界上最漂亮的花轿,相传是皇帝特许的。传说南宋时,皇帝兵败,危急之中

记忆中的宁波花轿

被宁波姑娘所救,脱险后,皇帝为感恩,特赐宁波姑娘出嫁享受公主礼,坐龙凤花轿,一身凤冠霞帔。全轿雕龙附凤、精雕细刻、金碧辉煌、流苏缤纷,轿里朱红一片,轿顶如吴哥窟屋顶。两根大的轿杠从花轿的两侧穿轿而过,另有4根小轿杠,抬轿可以4人抬,也可8人抬,视道路宽度而定。轿的外部全部贴金,流苏也是用金线扎的,外表饰品都可一片一片拆卸装箱。这种花轿,早先贳器店都有出租,市内车轿街木器店有宁波最好的花轿出售。可惜,现在留存甚少。

宁波有两个城隍庙,这是全国少有的,一个叫老城隍庙,也叫郡庙,亦即现在的城隍庙。郡庙是老百姓烧香、休闲之地,抗日战争胜利后,郡庙进行了大修,庙前旗杆、拱墙、庙内大殿、戏台、廊房全部翻修一新。城隍庙塑像贴金后重新开光,庙内梁上金匾重垒,柱上均有木质精雕挂联。庙内戏台上是唱戏的,戏台下的广场上有说书的、拆字看相的、杂耍的,大殿内是拜菩萨、念经、烧香、坐夜、许愿的地方,五光十色。小吃在庙门外。

另一个叫新城隍庙,在大梁街与小梁街之间,亦即在老城隍庙的北面,与老城隍庙在同一轴线上。它在抗日战争胜利后没有进行大修,外墙已褪去庙宇特有的棕红,庙内虽有匾额、挂联,但显得陈旧,无金碧辉煌之感,香火不旺,人员稀少,无拆字看相、说书、杂耍等人流。1988年我返回宁波时,新城隍庙已被拆去。

孔庙在原体育场内,宁波解放初期庙内只有老旧但完好的

宁波老城隍庙大殿的屋顶

大成殿一座，内无一物。宁波人重商不重文，所以孔庙不如关帝庙，关帝庙有人出资修缮，至今仍金碧辉煌，殿内手提青龙偃月刀的关公立像威武异常，香火不断，而孔庙异常冷落。

宁波佛寺较多，市内香火最旺的叫观宗寺，与观宗寺相邻的有延庆寺，大梁街上天宁禅寺是敕封的。延庆寺的"大雄宝殿"匾额在南门外的段塘就能清晰看到，白底黑字，非常苍劲有力，传说是用大扫把写的，它与唐代建成的天封塔均为宁波一景。七塔寺是以武僧出名的古寺。在市区外，有建寺近千年的保国寺，此寺大雄宝殿全系木结构，千年不坏，是江南最古老的木结构建筑之一。

在东郊有建寺1700多年的天童寺和阿育王寺。天童寺是中国佛教著名寺院之一，被誉为日本曹洞宗的祖庭。1952年寺庙衰落，但我去参观时，尚有僧人260多人，寺内伙房铜锅甚大，内径在2米以上，是明代崇祯年间制造的，可煮米二石（300斤）。1955年，我曾在阿育王寺大殿内，面对四大金刚席地寝卧两晚，并承寺住持厚爱，参观佛祖舍利。可惜，我见到的舍利子是灰色的，据说，若是红色，就有好运。1949年，此寺因驻有解放军而遭国民党飞机轰炸，幸好只炸毁大殿一角。

宁波市内有一些石牌坊，到宁波解放初期，镇明路、公园路上还有贞节坊、状元及第坊等用青石构筑的牌坊。那时马路窄，牌坊就跨路而立，气势雄伟，多数牌坊都较完好。宁波有一些商店，门面（沿街前壁）是用紫色岩石精细雕凿后拼装成宫殿式的门楼，外形与澳门大三巴牌坊相似，澳门大三巴牌坊是圣保禄大教堂大火后剩下的前壁。门楼雕凿得很漂亮，工艺水平很高，雕有廊、柱、花鸟、人物及历史神话故事，富有文化内涵。这种门楼几乎都是三开间的三层楼（假四层），中间是正门，正门两侧是大橱窗。我知道的就有大有丰百货店、晋祥钱庄、方怡和南货店、老凤祥银楼（新华书店）四处。

宁波人爱听说书。"说书"在宁波有"文书""走书"之分。文书是一个人说的，台上只要一张桌子就行了。走书是两三个人组成一个台班，说书的在台上边走、边表演、边说，较文书更有声色，还有一两名乐师，边"和"边弹拉乐器。"和"也是唱的一种，是乐师把说书人最后一句词用长音重复一次，嘴上"和"时手上就同时弹奏二胡、琵琶或三弦。宁波的书场是开放式的，书台前摆上二四十条低矮长凳，每条可坐四五个人。听书的随到随坐，不想听了可随时就走，说书人从不拦阻，非常文明。书说到紧要关头，说书者就来收钱，每场虽有价码，但可少交，说书人从不强要。一般一场书收两次钱，已交过钱的在第二次收费时说明一下就行了，从不争论。

除了专门的书场，城隍庙里、各个航船码头都有说书的。抗日战争胜利后的宁波农村，秋收后晚上也盛行说书，农村说书的都是盲人，由小孩或妇女领路，一个晚上的报酬大约是5升大米。这些说书盲人很辛苦，晚上一场书起码要说三个半小时，边拉二胡边说书，说完书还要走路回家。但他们的记忆力特别好，他们学的说书，都是师父一句一句教的，全靠死记硬背，一个盲人能说好几部书。盲人说书，应是"非遗"，现在宁波农村已见不到了。

宁波小吃很多，著名的有赵大有正团，这种正团外裹松花，用"良湖"米水磨，买回家放上两天也不回生，内有各种馅子，大小不等，大的直径有20厘米，专供寿庆用；方怡和香干，这种香干块块方正，坚实鲜美，食后回味清爽甘甜；董生阳油包，此包馅料配上好板油，外盖大红方印，面白如雪，入口松软且带韧性；缸鸭狗汤团，用水磨糯米粉和桂花芝麻猪油馅做成，宁波有句童谣叫"猪油汤团缸鸭狗，吃了会钞（买单）铜钿（钞票）还不够，布衫裤脱了当押头（抵押品）"，可见缸鸭狗汤团吸引食客之旺；功德林素食，这是开在外马路上一家全素的食品店，专卖素烧鸡、素烧鹅、素火腿、素三鲜等高档素食，顾客买后除自己享受外多为孝敬信佛吃素的老人。除上述小吃外，还有满街叫卖的臭豆腐、粢饭糕、双嵌麻团、冰镇西谷米等等，都极具宁波特色。

宁波人爱看戏、听戏。宁波解放初期市区范围很小，大约是东起张斌桥，西至西门口，北起下白沙，南至镇宁桥。望京路、长春路、甬港路、新马路以外都属鄞县,在这个范围内有大世界剧场、民乐剧场、兰江剧院、甬江剧场、天然舞台、人民剧场(电影院)、民光剧场(电影院)等。宁波的地方戏叫宁波滩簧,后来叫甬剧,郡庙边的民乐剧场是专门演甬剧的,兰江剧院和天然舞台主要是演越剧的。宁波市京剧团主要演出地点在甬江剧场和大世界剧场。宁波市京剧团经常邀请全国京剧名角到宁波演出,对普及京剧、满足宁波人对京剧的需求起了很好的作用,宁波解放初期先后来宁波演出的京剧演员有梅兰芳高足、程派名家新艳秋,以及厉慧良、张翼鹏(京剧名家盖叫天的大儿子)等多位名角。

我的业余时间很紧张,所以很少去看戏,但凡名角来宁波,我都会挤时间去看上一场。那时看戏很方便,出门走几步就到剧场,远的也不会超过一刻钟。票价也很便宜,电影票是0.2元一张,甬剧、越剧、京剧门票是0.3—0.4元一张,来了名角也不会超过0.5元。那时,大米是0.104元1斤。

宁波农村庙多,每隔四五里就有一个。自日本鬼子投降后,每个庙到夏收后就开始演戏(庙会),少则一天一夜,多则三天三夜。庙里演戏的原因很多,有菩萨开光、有善男信女还愿、有某某荣归故里、有某某人寿,当然也有乡亲们出份子钱(每家出一点)演戏的。除了庙里演戏,祠堂也演戏,但比较少。戏班是自己雇船到演出地点的。

宁波的庙会不卖日杂用品,但小吃摊特别多,有两种当时盛行的小吃,一种叫"刨冰",所谓刨冰是宁波"冰厂"里冬天贮藏的天然冰,与现在冷冻用大冰块相似,用木工刨子刨成碎片,放在小碗里加点糖和醋,用小勺子吃。另一种叫"食化",是用多年生藤本植物木莲的瘦果加糖精、薄荷和大量的水,做成透明而极稀薄的凉粉(比豆腐脑还稀),装在大缸里,卖者用蚌壳当勺子,一蚌壳一小碗,口感也很清凉,解渴。

农村演戏有一些习俗,比如演关公戏的演员出场前必须在关公神龛前跪拜;演盘丝洞等戏的演员,暴露较多,必须安排在晚上,而且演员出场前汽灯必须加罩以减弱灯光。有钱的认为这出戏演得好,或者这个演员演得好,甚至这个演员年轻貌美或潇洒,都可从台下往戏台上丢赏钱,赏钱可多可少,在1947—1948年货币贬值时,我见到有人成捆地往台上丢赏钱。戏班领了赏后,必须谢赏,一般由"跑龙套"的化装成"天官赐福"后拿着绣有"谢赏"两字的旌旗在台上鞠躬谢赏,有权势者赏给演员个人的,演员本人必须上台谢赏。

宁波没有杂技团,老城隍庙一带有看西洋镜的,宁波解放后也慢慢消失了。但街头演杂耍的挺多,常见的有两类,一类是卖狗皮膏药、大力丸的,他们有一定的武功基础,有的练得还不错,这一类人又可分为两路,一路是当地的,另一路多为山东、河南人士。他们的共同点是以武术、气功等招引路人驻足观看,然后推销狗皮膏药、大力丸等,或以推拿、针灸等方法赚钱度日。经常表演的内容有耍大刀(120—180斤重)、卧钉板(人卧在钉板上,身上压一块厚重石板,用重锤猛砸至石板断裂)、劈青砖(有一手拿砖,另一手劈的,有把多块砖垒放在地上单手猛劈的)、手指钻青砖(用食指在青砖上钻一个洞)、指掰青砖(一手抓住青砖,一手用拇指和食指用劲把青砖像掰糕点似的一块一块地掰碎)、长矛顶喉(矛尖刺在喉上,直顶至连接矛尖的钢筋弯成弓形)、钢筋缠身(用10毫米粗的钢筋从手臂缠至全身再解脱)、掌击瓶底(一手紧握啤酒瓶的瓶颈,另一手猛砸瓶口,以压缩空气把啤酒瓶瓶底击落)、扎银针(让病人坐在椅上,托起病者下颚,使其面朝天看不到特长银针,将一尺多长的银针从膝盖沿大腿方向直插进去),还有耍石锁、石担、三节棍的,舞枪弄棒的。这些人士在招揽生意时还有一个共同点,他们都会手抓石灰在地上"写"广告。

另一类是专卖"利和洋行"缝衣针的。宁波街头有一位中年男子,他在街边、墙角铺上一块布,撒上几十个铜板,顺手拿起三枚缝衣针一甩,便都扎在一枚铜板上。他边甩边叫"一元三枚",为了表示优惠,在口叫"再加一枚"声中,顺手又拿起一针甩到同一铜板上,之后又扎一枚,此时,铜板上已扎有五枚缝衣针。这些针和铜板都是真的,常人是无法将针插入铜板的,更不要说用手指捏着甩了,可见其功夫不浅,也可算一种杂耍吧。杂耍是不向围观者收钱的。

第三部分

青春

我们是新中国培养的第一批知识分子,我与灵兰,以及当年的同学们,怀揣报国之志,满怀信心。从那时起,我们的人生便同国家的发展历程紧密相连起来。正是那些青春的梦想,坚定的信仰,让高山低头、大海让路的勇气,在后来的漫长岁月中,给了我们翻山越岭、斗天战地的力量。

我的母校

1956年9月初,我来到南京林学院,当时是五年制本科,我学习了四年又四个月,1960年12月毕业离校,我提前毕业了。

这几年间,我体验了20世纪50年代大学生活的方方面面。

南京林学院1952年建院,东邻紫金山,面对玄武湖,西靠沪宁铁路,是林业部直属三所林学院(东北林学院、北京林学院、南京林学院)之一。它的前身是中央大学(后为南京大学)森林系、金陵大学森林系。1955年华中农学院森林系(包括武汉大学森林系、南昌大学森林系、湖北农学院森林系)并入学院后,校址从市内丁家桥搬迁到市郊蟠龙路上的板仓村。

学校周围没有任何公共交通,从学校进城,一般都走两条道。一条是穿过玄武湖公园,出玄武门到中央路乘坐公共汽车;另一条是沿蟠龙路经太平门到鸡鸣寺公交车站。不论从哪条道进城,都要步行近1个小时才能到公交车站。

公历一九五六年·农历丙申年

星期一

九月

3

去大学读书

农历七月廿九

一九五六年九月三日到校

玄武湖公园很美、很幽静，自然色彩非常浓郁，园内有一个小餐馆、一个旱冰场、一个游船码头和一个动物园。公园后门距校门很近，只有1公里左右，故公园成了南京林学院学生休闲的主要场所。

整个校区，没有任何商业、娱乐场所。在校后门外有一排简易平房，内有一个简易理发店和一个小卖部。离校区2公里多的板仓村，才有一个农村供销社。校区幽静而远离繁华的环境，很适合学生读书做学问，但交通实在不便。

我们上大学时，校园还正在建设中，展现在我面前的总共只有带大屋顶的三层楼房四幢，其中两幢是教学楼，两幢是学

我的母校南京林学院（摄于1956年）

生宿舍楼，带有面积约100平方米的浴室。另有正在建设的教学楼两幢，地基刚刚挖开，其他再无永久性的建筑。开水房是临时的，是用汽油桶改制的老虎灶。大、小饭厅加厨房，都是用毛竹和稻草盖的临时性建筑。大饭厅（学生叫草房大饭厅）也是学院的大礼堂，小饭厅东侧还有两排草房教室。学校有400米跑道的体育场，狗牙根草皮刚刚成活。

学校虽然处于在建过程中，但给我的印象却富有生气。在校四年多，我们目睹建成的建筑有教学楼两幢（连之前的教学楼共四幢），图书馆一幢，用南京太平门城墙砖砌成的学生食堂（大饭厅）和教工食堂（小饭厅）各一处，学生勤工俭学参加土建的学生宿舍一幢（连之前的宿舍楼共三幢），还有医务室、印刷厂、院林场的场部等一批砖木结构的平房，以及用毛竹和稻草搭建的风雨操场。

我们进校时学校设有造林、森林经营、木材加工和林产化工4个专业，1957年造林和森林经营2个专业合并为林学专业后整个学院只有3个专业。

南京林学院是院系调整后新组建的学院，它集中了长江以南各高校林业（学）方面的顶级教师。

郑万钧老师是世界著名的树木分类学家，是当时林学界唯一的中国科学院学部委员，他亲自给我们上树木分类学的课。干铎老师是全国森林经理学科的带头人，给我们上森林经理学的课。叶培忠老师是全国树木育种的创始人，他为我们讲授树木育种，从他那里，我们得以了解奥地利生物学家孟德尔创建的遗传定律、德国动物学家魏斯曼的种质连续学说、美国生物学家摩尔根的遗传基因学说，获得了科学领域的更多知识。

全国著名的林学专家陈植教授讲授造林科学。陈植老师平易近人，课外解答问题时也极其耐心，他深入浅出的教学方法极受同学们欢迎。他还是全国园林植物栽培的奠基人。

我的数学老师姓严，新中国成立前曾任清华大学督学，是一位二级老教授，擅长微分数学。

此外，还有很多教授，我虽然没有机会听他们的教导，但他们的学术成就是公认的，如新中国第一任林垦部部长梁希教授。学校还拥有一批优秀的青年讲师，负责辅导学生。

当年教学的特点是，教授们都亲自上课。

当时我们的学习安排很紧张，每星期有30多节课，星期六下午还有2节课。学生生活比较单调。星期一至星期五晚上是自修时间，不准安排文娱活动。星期六晚上"学生会"常在饭厅播放免费电影，如没有电影，则会在教学楼的大教室内办一场舞会。星期天休息一天，学生们一个星期的生活琐事，都要在这一天处理完毕，若能挤点时间到玄武湖公园内休闲，便是难得的轻松时光。学校的学籍管理非常严格，一门课程补考不及格就要留级。我们这个班，第一年就有两人留级。由此，既促进学生努力学习，也促使师生们对待考试更加严肃、认真。

学生在校内吃饭是一件很有意思的事。刚进校时，我们吃饭不用饭菜票，八人一桌，四菜一汤，按班编桌，每人一份。

1957年秋摄于南京林学院（前排左一是陈有法）

一个班的学生只能在自己班的饭桌上用餐，凑齐八人后，将菜分成八份，每人一份，菜的量不少，质量也不差。分菜的工作往往由班里的女同学承担。米饭等主食盛在能装约200斤量的大木桶里，放在食堂的过道上，学生想吃多少盛多少。

主食除了米饭，还有馒头、面条，但每餐只有一种主食。面条都是清一色的肉丝面，肉丝很多，口感也不错，也是用大木桶盛着放在食堂的过道上。男同学有喜欢吃肉丝的，只要用长柄面勺把面条沿桶周一搅，肉丝就会集中在桶中间，这样捞上来的面有一半是肉丝，这"活儿"都是男同学干的，尤其是运动员。女同学看着"捞肉丝"的只是笑，她们没有吃整碗肉丝的本领。这种吃法延续了整整一年。

1957年夏起，实行饭菜票制，吃饭要凭票买饭了。学生们为了吃到合口味的菜，下课后都是急行军似的往餐厅跑。虽然食堂每餐都有七八个菜，但去得迟了，好菜肯定没有了。那时全国虽已发行粮票，但大学生可以放开肚子吃饭，因为地方政府对大学生实行定粮加补贴的政策，伙食科每月按定粮发给学生饭票，不够吃者可用钱（不要粮票）再买饭票。从1959年下半年起，地方政府给学校的补贴粮少了，学生已经不能放开肚子吃饭，食堂凭粮票才卖给学生饭票。我因是学校运动队的，体育教研组每月给我补助5斤，加上班上女生调剂给我一些，我每月实际可吃到45斤左右。学生在下食堂帮厨时看到大、小食堂几乎不存在浪费粮食的现象。当年虽未号召"光盘"，但人人自觉"光盘"。

　　我是土生土长的宁波人，我习惯于宁波的生活方式，讲宁波话、吃宁波菜、听不懂普通话。在进大学前，我对大学生活充满期待，但从进入大学的第一天起，就感觉现实与想象有一段很大的差距。这个差距主要不是在吃、住和经济条件方面，在经济上，我从每月50多元的工资改为享受14元一个月的甲等助学金；至于日常生活，也远不如我当会计、在工会任职时丰富、自在和富有情趣。然而，我经历过日伪统治、国民党统治，当过农村的放牛娃、城市商店的童工，吃过各种苦、受过各种难，对于生活条件的滑坡，我也有一定的思想准备。摆在我面前急需解决或克服的难题，除了早日适应新的群体，还需要克服语言上的障碍。

　　宁波人都讲宁波话，宁波话与普通话有很大差异。从

1953年起宁波也推广普通话，但只有学校开始讲普通话，大街、小巷、广播里仍旧是宁波话，其他所有场合，包括全市性的群众大会，都讲宁波话。我听不懂普通话、不会讲普通话的弱点，严重影响上课听讲和与老师、同学之间的交流。在那时，除了高等数学和物理有苏联的高校教材，所有课程都没有书，都是老师们先讲课，过1个星期左右学生才能看到油印的讲义。尽管我上课集中精力，专注听课，但笔记本上只能记下老师在黑板上书写的文字。语言障碍已成为我学习、生活和思想交流的拦路虎。

除此之外，我还得攻下外语堡垒。我在进大学前，没有学过一天外语，外语基础是一片空白。当年高考，工人可以免考外语，入学后，学校规定：华侨和工农兵学生可申请免修。摆在我面前的问题是，修还是申请免修？那时学校开设的外语课是俄语，很多同学中学时学的是英语，从表面上看，我和大家起步是一致的，但实际上我要跟上普高同学非常困难。因为俄语对他们来说是第二外语，他们能够轻松地应对学习内容，对我而言，可像登天似的难办。就连最简单的字母发音，我也无法念准。当老师把我从座位上叫起来回答问题时，我又急又羞，满脸通红，发不准音，答不出题，低垂脑袋，恨自己外语天赋太差，"羞愧难当"是当时窘境的真实写照。

面对现实，我是随一些同学申请免修俄语，还是克艰奋进？在进行了激烈的思想斗争后，我下定决心攻下这个堡垒。这一抉择过程，使我悟出了一个道理："适者生存"，我只要适应学习的生境，就能变被动为主动。

对我来说，要适应大学生活，并取得好的成绩，比考上大学还难。经过不懈努力，我总算赢了。

忆南京

南京林学院位于钟山西北麓。毛主席诗词"钟山风雨起苍黄"的钟山，就是这个钟山。钟山又名紫金山，山有三峰，形似笔架，又如座钟。居中的主峰，称北高峰，海拔448.9米，为宁镇山脉的最高峰；东为第二峰，名为小茅山；西为第三峰，称作天堡山，亦名西岩峰，紧靠南京东侧城墙边，其延伸到城内的余脉叫富贵山。全国著名的紫金山天文台就在紫金山上。

中山陵在紫金山南麓，是全球华人共同景仰的纪念地，也是南京林学院学生必去的地方。我在南京林学院读书时，除玄武湖公园作为节假日休闲地外，中山陵是去得最多的地方。

从南京林学院到中山陵，可走大路，也可走小路。走大路要从人行宫坐公交车山中华门后再转中山陵，要转半个南京城，走路加坐车起码要2小时。走小路则从太平门沿城墙根的马车道到富贵山坳，从左侧下坡，沿林间小道可直达廖仲恺墓，再沿小道经明孝陵即达中山陵，边走、边玩、边欣赏林内幽静美景，最多也只有2小时。如果沿小路直奔中山陵，1个多小时就能到。这是一条我常走的路径，是一条很值得游玩的幽静小道。

廖仲恺是孙中山的战友，1925年被人暗杀，1935年迁葬于此。墓道分左右盘旋而上，墓室呈圆形，整个坟墓简朴而庄严。

明孝陵是明太祖朱元璋的陵墓，位于紫金山东坡山麓的一个小丘上，其右侧是廖仲恺墓，左侧是中山陵，据说明孝陵建成时曾有守兵10万。现在地面建筑已经焚毁殆尽，只剩威武庄严的石人、石兽排列在800米长的甬道两侧。甬道尽头有形如城墙的"方城"基座，方城上的楼阁早已被毁，在方城基座洞门正上方，有石刻金字"明孝陵"三字，朱元璋和马皇后就葬在后面直径约400米的馒头形小丘下。

在明孝陵甬道一侧有三国时东吴皇帝孙权的墓葬，此墓原有甬道，甬道两侧有石雕，据说在建造明孝陵时，石雕移往他处。现在的孙权墓是孤坟一座，外观是个土岗，周围植有红梅，因梅花甚多，亦称梅花山，它是我所见过的最美的梅园。

中山陵是孙中山的陵墓，墓道较长，约有700米，陵在山腰，登陵有台阶392级，陵的外形如一口大钟，具有唤起民众之意，陵的上部是祭堂，祭堂内有一座14尺高的大理石孙中山坐像，坐像身穿长袍马褂。有资料曾提及，坐像经过聘请专家试雕、向国内外悬赏征集雕像模型、向国内外招标等三个阶段征集模型，但三次应征的模型均未入选，最后经上海一位雕刻师推荐，由法国著名雕塑家保罗·朗特斯基完成。坐像连同底座总造价150万法郎，外加运费10万法郎，坐像于1930年11月12日举行揭幕典礼。宋庆龄等有关人员认为坐像不仅形似，而且神似。

从1929年陵园建成时的老照片看，那里原是一片荒山，建陵后经20余年的努力，荒山已成林海，陵园已是公园，尤其甬道两侧的雪松，形如宝塔，挺拔而苍翠。我们去中山陵，游玩和休闲的成分要比瞻仰的成分多，只是到了墓室，才规规矩矩地肃然起敬。中山陵有管理人员，但日常未见卫兵值勤。

中山陵一带景色很美，美在有树，山腰小溪有水。以法国梧桐为主的林荫道，在炎夏没有直射的阳光，中山陵墓道两侧的雪松，挺拔粗壮，四季常青。

台阶两侧的五针松、圆柏，似五百罗汉，整个山坡苍松挺拔，郁郁葱葱，山间小溪，碧水长流，水生的螺蛳俯首可拾，林间鸟语花香令人沉醉，流连忘返。那时中山陵一带向全民开放，谁都可以去休闲、瞻仰。

从中山陵往前，可到灵谷寺。灵谷寺是一座古刹，有千年的历史，搬迁到现在这个地方也有五六百年的历史。灵谷寺内既无佛也无僧，只有一座全部用砖砌成的无梁殿，这是我见过的最大的无梁殿。近处建有阵亡将士纪念塔（灵谷塔），有六七十米高，是当年与中山陵配套建的塔。它是钢筋混凝土建筑，不像杭州六和塔雍容大度，也不像西安大雁塔庄重肃穆，它的外形精巧玲珑。入塔后可沿塔内中柱上的台阶盘旋而上，俯视钟山东坡景色。

灵谷寺周围的森林树种，要比廖仲恺墓、明孝陵和中山陵的复杂多样，后者主要是马尾松人工林，前者有黄连木、麻栎等阔叶树，夏天枝茂叶旺，林冠分外浓郁，气温凉爽。

钟山（紫金山）东南坡，森林郁郁葱葱，正是前人出力流汗才有如今的美景。钟山（紫金山）西北坡，那时远看青山一片，实际上都是通过封山育林封育起来的灌木丛，几乎没有乔木，严格地说不属森林，仍是荒山，只是没有秃而已。1957年春起，我院林学系师生，曾两度上钟山造林。这是一件很有历史意义且值得回忆的义务植树活动。

我们造林的树种是马尾松，马尾松是荒山造林的先锋树种。造林时用2年生的苗木，高约25厘米，用"一锄法"造林。一男一女为一组，男同学拿镢头，女同学拿苗木。一镢头下去后，用手往下轻按镢柄，使地面出现一条缝隙，女同学迅速将苗木根部送入缝内，并轻轻摆动，使苗根舒展，然后男同学拔出镢头，用镢背砸密缝隙，这就是"一锄法"造林的全过程。一个组一天可植约1000株，用这种方法栽马尾松是很成功的经验。马尾松幼年耐阴，在草丛下能良好生长，栽植3年后就迅速生长，素有"3年人不见，5年不见人"的林业谚语。

我们学生上山造林的热情非常高。早晨提前开饭，带上苗木和镢头上山，走路加爬山，半个多小时就能到山顶，颇具雄赳赳气昂昂之势。工作是连轴干的，中午只是小憩一会儿，午饭是食堂大师傅用箩筐挑着白面馒头加榨菜送上山的。2两一个的馒头男同学一般吃三四个，我是运动员，出力多、体力消耗大，一次吃了五六个。下午4点多才下山返校，我的小组两次上山栽了2000多株马尾松，虽劳累但感觉很兴奋和有意义。

60多年过去了，上中山陵的游人如织，能参加钟山植树的却很少，当年我院师生（连同送饭的大师傅）参与植树的大约只有400人。每当我坐在火车上看到钟山西北坡千余亩苍松时，就会想起当年男女搭配植树的情景，倍感自豪。

初恋的感觉

在我们家乡，盛行从小定亲的风俗，双方父母说定亲事，孩子到十七八岁就结婚。但我有一个"不达目标不谈朋友"的自我约束。我当初的目标是获得高中毕业同等学力，赶上同龄人的文化水平。从进入大学起，我自知"先天不足"，不得不把全部精力用在填漏补缺上，以跟上学习进度，并力争超赶"学霸"。就这样，我在学习上颇有收获地度过了大学第一学期。在学校度过寒假后，功课不紧。周末傍晚，按往常我会到阅览室自修或阅览各种报刊。

那天傍晚，我突感心神不定，似有无所依从、失魂落魄、情绪自控力淡薄的感觉，就很反常地在校园散步以平抑心绪。

方灵兰在南京林学院校门口（摄于1960年）

南京三月初的晚上还是很冷的，我毫无目的地在校园里溜达，后来伫立在校门口的小桥栏杆旁。不一会儿，有两位家在南京的女同学过来，叫我一块儿到校外走走，我不假思索地婉拒了她们，仍旧伫立在栏杆旁未走。

过了一会儿，又有一个人散步到小桥边，她就是以后与我同舟共济、奋斗一生的爱妻方灵兰。在相互打过招呼后，她停住了脚步也倚靠在小桥栏杆上，我们就开始闲聊。不一会儿天就黑下来了，不记得是谁提议"到校外走走"，于是，两人就往玄武湖后门的方向缓缓走去，越过蟠龙路就进入去玄武湖后门的小道。

这是一条我们几乎每周都要走一两次且非常熟悉的小道，

虽然是泥路，但因为平时走的人多，路面被踩得很是平整，而且它不像蟠龙路那般冷清。它是南京林学院师生往返城区的必由之路，我们当时就是冲着此路人多而且熟悉才去散步的。不知什么原因，那晚小道上有一小段路面出现积水和泥泞，在我跨过泥泞后，回头见她尚未跨越。夜色很暗，她跨越似有难度，我本能地伸手拉了她一把。

在她顺利地跨过泥泞后，我并没有意识到应该松手，她也没有发出把手抽回的信号，我们就很自然地手拉手、肩并肩地边走边聊。大约是苍天有意，平时行人较多的这一小道，从我们手拉手后，几乎没有行人。事后想想，如若当时见到来人，肯定要松开手了，也许冥冥之中，自有天意。

我是第一次拉女孩的手，只觉得被我轻拉的手很柔软很好玩。我不时地用手轻轻地揉一揉这只手，就这样我们很自然地迈出了心心相印的第一步。这一步，既没有激情，也没有心潮澎湃，更没有刻意做作，是十分自然、纯洁、平静、舒畅、愉悦的过程。

这一步，从黑暗中跨越泥泞开始，直到并肩走入校门各回寝室结束。

第二天晚上，我们又相约走了一圈，这次是从教丁宿舍区往太平门方向，沿蟠龙路返回。就这样，1957年3月5日深夜，在回各自寝室前相互告别的一刹那，我突然将她拉入怀中，在第一次拥抱中我们确定了双方的关系。

那时，天色暗淡，天空没有月光，春寒依旧，大地没有鲜

公历一九五七年 · 农历丁酉年

星期一

三月

小桥上的相遇

4

农历二月初三

牵手当天

花。以"闭月羞花"来形容我们的恋情似不为过，这并不是说我们外貌怎么美、多么帅，而是感叹这爱情的美妙。满天星星闪闪发光，为我们的爱情作证。

我们的爱是很自然的，既没有人牵线作伐，也没有相互暗示过爱慕之心，从来没有说过"你好美""我爱你"等甜言蜜语，更谈不上情书往来。如果那晚没有心神不定，我绝不会独自出去散步；如果散步时我随同两位女生走了，就不可能与后来的爱妻闲步小道；如果小道上平坦而无泥泞，我绝不会去拉她的纤手；如果小道像平日那样来往人多，她肯定会把手缩回去，也不会有以后的发展。坦率地说，我们双方都不是一见钟情，在半年多的同学相处中也从未有半点私交。在此前，我们只有互相尊重之心，并无爱恋之感。

是什么力量促使我们这么快走到一起？应说完全是"缘分"。

我从懂事起，就受到"一个男人应有责任感，尤其在婚姻问题上更应有责任感"的教导。这主要来自爸妈的说教，他们使我逐步建立起男人应对社会、家庭尽责，男孩应对女孩一生负责的道德观。所以，当我与她确立关系起，我觉得我就应当承担起责任。我懂得我在此前是一个可以跟任何女孩相处并从中选择一个相爱的"自由人"，但从我和灵兰确立关系之日起，我必须严格约束自己，坚决做到在任何情况下都不与其他女孩"打情骂俏""谈情说爱"。

从确立恋爱关系到1961年8月26日在甘肃省武威县黄羊镇结婚登记，我们一起经过下放劳动、江苏省林业普查、课程设

倚靠在小桥栏杆上的灵兰

计、毕业论文答辩和毕业分配、奔赴大西北的历程。她的父亲是周恩来总理任命的高级干部，不幸受屈成为"历史反革命"。一系列政治、人文和生存环境的波动，使我俩的恋爱关系经历了长达4年半的严峻考验。在这4年多的时间里，我俩共同维护、巩固、发展了确立双方关系时的约定。

我们那时候的毕业生是由国家统一分配工作的。当年的毕业生分配面向全国，相对偏远的西藏、新疆、青海、宁夏、甘肃、云南、内蒙古等地区都有指标。我和灵兰都有一股沸腾的热血和立志报效祖国干一番事业的心。甘肃是第一志愿，我们在志愿表上写明了我俩的恋爱关系和要求分配在一起的愿望。当年我们根本不知道甘肃灾情那么重。分配时我们也遇到了难以理解的事,比如参与分配工作的学生党支部书记在分配名单二榜公布后次日就告诉我,"你可改分到北京的林业部森林病虫害进修班,但名额只有一个,而她(指我未婚妻)必须带其他6名同学去甘肃,不能更改分配到河北等离北京较近的省"。

我们经认真思考,决定放弃我去北京进修班的机会,一起到甘肃去。

灵兰的高中时代,后排左四是方灵兰

沸腾年代

1958年2月12日,中共中央、国务院发出《关于除四害讲卫生的指示》,提出除四害的任务,四害即苍蝇、蚊子、老鼠、麻雀。为什么把麻雀当成四害之一?据说是因为庄稼成熟时麻雀破坏庄稼很严重,它不仅吃谷类作物,而且把大量谷类作物的种子啄落,使农地减产,所以当时国家动员全民消灭麻雀。我们南京林学院全校师生在南京市统一指挥下停课打麻雀,那是一个阴天,我校的包干区是板仓村公路以西,铁路以东,龙蟠路以北的广大丘陵区。当时满山遍野的人都拿着长短不等的竹竿,大家用竹竿赶麻雀,不让麻雀有休息的时间,目的是让它飞得筋疲力尽时掉下来后再去捉。成群的麻雀在我们的驱赶下,一会儿飞向东,一会儿飞向西,待一群麻雀落地我们去捕捉时,它们早就飞上天了。当时很是热闹,我也筋疲力尽。可惜,我们班一只麻雀也没捉住。

我敢肯定地说,这种成千上万的人拿着竹竿,满山遍野捉(赶)麻雀,比电影里农民起义的场面要大多了,它在中国历史上大概是空前绝后的。科学家事后对麻雀食性进行研究后提出:麻雀吃虫为主,对农业是利大于弊。后来,麻雀被移出四害名单。

我们也参加了大炼钢铁运动，从废弃的水泥桩中砸取钢筋给学校炼钢用，这是我牺牲举重锻炼时间的义务劳动，是劳动强度很大的辛苦活儿。为了响应号召，15年内赶英超美，校内也建小高炉炼钢。南京林学院炼钢由后勤处负责，小高炉建在草房小饭厅后面，有6—7米高。在后勤处敲锣打鼓报告炼钢成功的"特大喜讯"时，我参观了土法的炼钢炉和炼出来的"钢"。

这个特大喜讯报道的第一炉钢，看上去极像一堆炉渣，表面凹凸不平，上有很多气孔，有100多斤。据说这是用很好的旧钢铁，炼了几天几夜，烧了很多好煤才炼成的。学校里出了第一炉"钢"后，再没见到"特大喜讯"之类的报道。

南京市的大炼钢铁很有气派，由市长亲自监督，地点在红山根，离我校不远。我们学校在市政府的统一安排下也参加红山根的炼钢。自从学校参加市里统一组织的大炼钢铁后，校内的炼钢好像停了下来。我们学生的具体任务是把炼钢用的沙子从下关码头背到红山根。那是1958年9月，开学不久，南京天气还很热。因为参加炼钢是政治任务，所以学校要求男女同学齐上阵，小病小痛一律不准请假，也就是说全班一个人也不能少。背沙子要有口袋，没有口袋我们就用长裤当口袋，把裤脚扎紧就成一个人字形的口袋，装满沙子后绑住裤腰，骑马似的跨在双肩上"行军"，很有特色。背沙那晚，食堂提前开餐，我们吃完晚饭，整队出发，步行至下关码头，在码头上装上沙子后往红山根炼钢基地背。

出发时，整个队伍浩浩荡荡，在极其昏暗的路灯灯光下，快步行进。回来时是负重行走，女同学少则二三十斤，男同学多则五六十斤。刚开始背时男女同学还能应付，正如古人所云"十里没轻担"，走了不多久人就越走越乏，一些同学实在是背不动走不快了，只好互相帮着行走。那时，从学校到下关和下关返回红山根的马路，晚上灯光非常暗，路上车极少，行人也很少，没有等候红绿灯的事，我们这支背沙队伍在横穿马路时，可以直通无阻。但路实在太远，直到下半夜2点多我们才返回学校。

每个同学返校后的第一件事就是喝水。因为自晚饭后已经"急行军"似的走了八九个小时，而且有一半时间背着沉重的沙子，全身不知出了多少汗，却没有喝上一滴水。那个年代社会上还没有矿泉水之类的商品，到了晚上马路上也没有卖棒冰之类的小商店，所以，整个晚上，我们根本没有补充水分。现在，人们可能不理解为什么要用人背？为什么不用车拉？用架子车拉也要比人背省力而且能提高效率。答案很简单，当年没有车子。在当时，这样的干法，叫"蚂蚁啃骨头"。

那天晚上，我们是第一次到红山根炼钢现场，全场火光冲天，几乎映红了天的一方。背沙路上，抬头看到红山根的火光，给又渴又累、体力消耗近乎极限的我们带来了希望，因为它告诉我们，目的地快到了。大家受到火光鼓舞，提起精神，无形中加快了步伐，本来已经十分疲乏一声不吭的队伍，又出现了互相鼓励的声音。那晚，红山根炼钢现场人声嘈杂，车水马龙。我们班只是一支小小的背沙队伍,大家把沙子倒下后,提着曾经装沙的裤子急急地返校。

5年以后,我有机会从另一个角度推断出当时林区为大炼钢铁滥伐森林的情景。1963年,我在甘肃省小陇山林业总场下属的张家川林场工作,得知1958年地方政府动员农民放下农活,进山砍树炼钢。当年砍了多少木材已无法知晓,但到1963年时尚有近3000立方米桦木没有运出林区。这些困在山里的桦木大多数已腐朽变质,因为桦木树皮不透气,素有"桦木不剥皮,三年变成泥"之说。

在白龙江林区、舟曲县境内的沙滩林场,我也看到了大炼钢铁时未运出的上万立方米"困山材"。在祁连山水源涵养林区、永登县境内的连城林场、肃南县境内的寺大隆林场、天祝县境内的西营河林场均有大量的、为大炼钢铁采伐而未及时运出林区的"困山材"。可以这么说,甘肃的所有林区尽管当年交通极其不便,但有成万甚至十几万的农民放下秋收秋种,为大炼钢铁进山砍伐森林和拉运木材,其声势之大是前所未有的,其毁林、砍树之多无法统计。大炼钢铁时,绝大多数炼出的铁是用废旧钢铁和民用铁器作原料,农村有把铁锅砸了送去炼铁的,城市里甚至有把铁门拆了去炼铁的。

1958年秋冬,我和同学们在福建南平进行劳动锻炼时体验了当时轰轰烈烈的人民公社化运动,我到过那里的王台人民公社、蛟湖人民公社。1960年,我在南京市龙潭人民公社、新沂县马陵山人民公社、溧阳县上兴人民公社进行林业调查和毕业设计，跑遍了这几个公社的山山沟沟。这些公社都是由几个乡镇合并起来的。像溧阳县，全县只有三个公社，每个公社当时确实很大。公社化后，千家万户的自留地、自留山、屋基地都收归公有了，房前屋后的树也归公了。农村办了畜牧场，农民已不准养鸡、鸭、牛、羊、猪等家禽家畜。农民家里不开伙，家家户户都吃食堂，家里的铁锅已经砸碎去炼钢了。老百姓开门七件事柴、米、油、盐、酱、醋、茶都归公了。我在中国西北干旱山区看到，农民的水窖也归公了。所有生产工具大至牛、马、水车，小至锄头、镰刀都归公了。农村除了供销社，没有个体小商店和小商小贩。从这些方面看，公社确实是割净了私有制尾巴。

1958年11月，我在福建省南平市莱州试验林场劳动锻炼，因为有事去邻近的蛟湖人民公社，亲历了公社化初期的吃饭全过程。公社的饭厅是用竹木刚搭起来的，不算太大，放有十几张八仙桌，每桌配有四条长凳，桌上是四大碗菜，一盆汤，米饭是盛在大木桶里的。我看有人进棚坐下就吃，心里嘀咕着我是外来人，要不要先办什么手续。正在犹豫时，有人跟我打招呼，叫我和大家一起坐下吃饭。

在我的记忆中，菜的量很多，味道也不差，还有点肉。饭是随便吃，自己到大木桶里去盛就好了。吃饱喝足后，大家都是抬起屁股一抹嘴就走。我开始也跟大家离开座位往外走，走了几步觉得不对，心里想着哪有白吃白喝不打招呼就走的事，又不是上了"梁山"，于是就回头找到叫我坐下吃饭的那位同志交饭钱。

他告诉我:"现在公社化了,吃饭不要钱和粮票了。"

我离开饭厅,想起了旧小说中大户人家做寿庆,吃寿饭的人都可以坐下就吃,吃了就走,也觉得这有点像某个少数民族结婚吃喜酒,不论认识与否,只要赶上就可坐下吃喜酒,吃饱就走。这就是在人民公社化运动初期我在公社食堂吃饭不要钱的亲身经历。但是,这样的情况没持续多久。

人民公社成立初期流行一句口号,"放开肚皮吃饱饭,鼓足干劲拼命干"。我们下放到福建不久,当时正值秋收,当年地(田)里的庄稼长得特别好。闽北一带丘陵梯地都种水稻,稻穗金灿灿沉甸甸的,但绝大多数都没有及时收割,很多糯稻过了收割期后倒伏在田里,损失很大,真是可惜。

福建"放开肚皮吃饱饭"的号召只维持了几个月。在这几个月中,我们这些学生经历了以挖山、改土、搞丰产林为主的强劳动,每天劳动时间均在12小时以上,有时晚上架起篝火继续挖土搞深翻。说实在的,劳动强度已超过了身体的承受能力,但是确实做到了"鼓足干劲拼命干"。

到了1959年2月,"放开肚皮吃饱饭"变为按"定粮吃饭"。就在那个月,莱州试验林场派我去工台公社开会,工台公社所在地离林场较远,我下午匆匆赶去。会议很简单,十来个人,只讲一个问题,即实行定粮,要求林学院的学生从南京办好粮食关系,当地才能供应粮食。会议结束已到吃晚饭时间,我在公社又吃了一餐不要钱的饭,这也是我在这个政策下吃的最后一餐免费"公社饭"。这餐饭是在昏暗的夜色中吃的,没有灯光,菜全是素的,主要是水煮芭蕉芋,量较多,我当时虽已较饿,但仍觉得无味。

前后两餐免费"公社饭"留给我的印象差异极大。饭后天已全黑,在暗淡的月光下,我急步沿公路返回,按公路的里程碑计算,我的步行平均速度是每小时7公里多。这是我走得最快的一次长途夜行,主要原因是公路一侧临山,一侧临富屯溪,沿途没有村舍,而山上狼嚎声不断,我心里多少有点紧张。

后来我才知道,人民公社在初期是一级核算,也就是把过去以生产队为核算单位改为以公社为核算单位。这一改,把生产队与生产队之间、大队与大队之间的差异全拉平了,出现在一个公社范围内干好干坏一个样的"一平二调"局面,严重抑制了生产积极性。在完善核算制度后,改为"队为基础,三级核算",这一改比公社核算好了很多,但仍为大队、公社平调生产队开了口子。这种情况在中国农村延续了20多年。

下放劳动

1958年9月,开学不久,学校宣布二、三、四年级学生全部停课,下放到基层林业单位(林场、伐木场、贮木场等)劳动锻炼一年。在全国高校中,南京林学院是唯一让全体学生下放劳动一年的。在这之前全国进行了教育方针的大讨论，最后确定的教育方针是"教育为无产阶级政治服务，教育与生产劳动相结合"。于是，我们学校改变了教学计划，把学生全体下放劳动。

我们那时已是"大三"，遵循达尔文"适者生存"的定律，在适应"下放劳动"中求生存，争取在基层学一点专业知识。

我们班是到福建省南平地区的莱州试验林场，这是福建省林科所的直属林场，林场面临富屯溪，溪旁有几株粗壮高大的柳桉和一片40多年的人工樟树林。林场的这些树木告诉我，在抗日战争爆发之前，我们的前辈已艰辛地在搞国外树种引种栽培和樟树造林试验。林场离火车站有4里多路，只有一条一侧傍山，一侧临溪，仅能通架子车的小道。场长随身带驳壳枪防身，晚上狼群在富屯溪对面的山坡上嚎叫。

到这个场劳动的有两个班，我们被安排在莱州工段，二年级的一个班被安排在宝珠山工段，每个班都有1—2位专业老师与同学同吃、同住、同劳动。与我班一起的有两位老师，一位是刚刚在"拔白旗"运动中被批判过的森林学教研室的老师，另一位是森林经理学教研室的老师。带队的是林学系党总支书记，他是林学系下放到福建全部学生的总负责人。学生自扛行李到南京下关车站上车，上车后只有一小部分人有座位，大部分人因没有座位而站在车内和车厢连接处，在整个行程中同学之间轮换着坐。我和其他同学还协助列车员送水、扫地。

我主要是提着长嘴茶壶给旅客倒水,送完一个车厢的水起码要来回4次。由于车厢内很挤,加上闷热,喝水的人多,送水的活儿就显得很累,往往一次下来就汗流浃背,我也体验了列车员的辛劳。到下半夜,车过鹰潭,我也实在困乏,就钻到座位底下蜷缩着睡了一觉。

当年火车很慢,第二天傍晚时分我们才到莱州。莱州车站是一个只有站台的在建车站。站台东端离隧道口很近,站台没有棚,没有房,下车就是小道。在林场人员的带领下,我们自扛行李,沿着站台、顺着小道去林场。当晚,我班师生住在莱州工地,上宝珠山的同学暂宿场部一宵。次日,我班一部分男同学送二年级同学上宝珠山工段。宝珠山是闽北的高山,山顶有一个较大的台地,有一个自然村,宝珠山工段就设在村里。从莱州工段上宝珠山工段,要走3个多小时由小石板铺就的、只有50—60厘米宽的山路。女同学的行李全由我班男同学挑着上山。

我们这些学生第一次爬这么高的山、走这么长的上山路。开始的时候,大家还有说有笑,但不到1小时,就应了中国农民"十里无轻担"之说,个个都已气喘吁吁,肩膀开始红肿疼痛。我们饥肠辘辘,随身带的水也已喝完,有人开始喝小沟中的溪水,采摘野果充饥。这是一段非常辛苦但也大开眼界的历程,也丰富了我们的人生阅历。

正在"饥渴交迫"的时候,我们发现路旁山坡上有一株已经红熟的野柿,几个男同学就卸下担子,拿起扁担去采野柿。

从路上看，我们觉得用扁担是可以把野柿打下来的，但到柿树下一比画，发现扁担根本够不着。几个人商量着上树去摘，确也被我们摘了几十颗，拿到路边大家分着吃。野柿长得像个小的鸡蛋，一口一个。第一颗吃进嘴里很快就落肚了，第二颗就感觉涩，但还是下肚了，吃到第三颗就觉得口腔、喉头涩得难受，已经难以下咽了，没有人敢再吃第四颗了。此时，大家相视而笑，乐观而快活。

在休息间隙，大家在欣赏山色风光时，突然发现左前方约200米处，有一小群野猪从山坳一侧沿梯田的田埂往山坳另一侧走去。正在我们观察时，有一只小野猪从田埂上摔了下来。福建闽北山区梯田的田埂有70—80厘米高，这只小野猪摔到下面梯田后打了个滚就蹿上去跟上猪群走了。在野猪过田埂时，我们大喊大叫，想吓一下野猪，不知是野猪听觉有问题，还是它们根本不怕人，头也不回，仍旧慢条斯理地走着。这群野猪总共有五六只，好像是母猪带着一窝猪仔，估计猪仔也有70—80斤重了。

快到宝珠山顶时，那里有一段山凹弯道，比较平缓，海拔估计已经超过了1000米，在东南沿海地区，超过1000米的山算是很高了。那天是一个多云的天气，我们走在绕山小道上，白云在脚下涌动，人在此境飘飘欲仙，放眼望去，青山峻岭，云卷风起，天在头顶，脚下是祥云朵朵。这是一个很难碰上的美景。云雾如再飘高一点，飘到腰上部，我们就成"神仙出海"了；如果飘到颈部，那就像囚犯落水；现在飘在膝盖以下,正像脚踏祥云的神仙遨游四海。可惜这么好的美景只延伸了200多米,再往上走就没有此景了。到工段后,我从山顶平台遥望四周,没有挡住视线的山峰,若能在此处观看日出,景色完全可与黄山光明顶比美。可惜我们当天要返回莱州工段,只能返身急步赶路,傍晚到达,倦身就睡。第二天全身疲乏,肩膀红肿,小腿肚酸痛难忍。

我们到林场正值热火朝天的"大跃进"日子。"大跃进"时期的一个重要特点是"放卫星"。莱州试验林场在福建省相关"打擂台"的会议上夸下海口,要放杉木速生丰产林的"卫星"。这个"卫星"的主要指标是杉木造林8年成材(成材是指立木胸高直径达到20厘米),10年采伐,亩产木材3000立方米。当年福建南平王台乡溪后的杉木丰产林,39年生亩产78立方米,年平均生长量为2立方米,据说是当时全国最好的杉木丰产林。莱州试验林场定的指标大约要高出其150倍。

我们到来后,成了林场实施"放卫星"的主力军。林场确立的"卫星"措施是深翻土壤3尺,分层施肥(主要用花生秸秆、红薯藤和林下枯枝落叶),选择一级苗造林。同学们的主要劳动是"撩壕整地",亦即把地表比较肥的表土"撩"到新挖壕的底部,依次埋上有机肥,最后把黏性极大的底层红壤土"撩"到新壕的上层。用人力把3尺厚的土层翻个底朝天,是非常吃力的活儿,是林业重体力劳动。在"放开肚皮吃饱饭,红薯整笼上桌来,鼓足干劲拼命干,誓把卫星送上天"的口号鼓舞下,全班男女同学齐上阵,白天、晚上(烧篝火)连轴干。就这样，苦干了近2个月。

对"卫星"的科学性，师生们存在三种看法，一种认为这是没有科学根据的吹牛，理由是杉木的光合作用根本不可能产生这么多的干物质（木材），这种意见是从能量转换和植物光合效率去分析的，我是持这种观点的。另一种认为10年亩产3000立方米是可以达到的、是科学的，这些人以水稻亩产万斤和红薯亩产30万斤为"例子"，他们是"人有多大胆，地有多大产"的坚定维护者。再一种是只干活不说话，随大流者。经过近2个月的苦干，丰产林整地告一个段落，同学们转入挖木薯、杉木幼林抚育和苗圃管理方面的劳动。

那段时间还是有很多收获的，比如关于"坐殿"的收获。"坐殿"是采伐树木时的一个专用名词，它是指大树在采伐时根基部已被伐木者锯（砍）断，但高大的树干连同树冠不倾倒下来，像一尊佛坐在殿堂里一样巍然屹立的现象。坐殿只发生在对大树的采伐中，小径树木是不会发生坐殿的。坐殿是采伐时不易避免又非常危险的问题，因为伐木者根本无法判断坐殿木会在什么时间倒下、往哪一个方向倒，而且很有可能会朝伐木者逃离的方向倒下，很容易发生巨大树冠砸死伐木者的严重事故。

采伐大树有一定程序，首先是选定树倒方向，其次是在伐根部位的树倒方向开"马口"（那时都用鹰嘴斧开马口），最后是在马口反方向稍高部位用弯把锯把它锯断。拉锯过程中要及时打入楔子，使树干倾斜并按选定的方向倒下。马尾松松脂极多，尤其在伐根部位更多，下锯后树干在锯口排出的松脂，能把弯把锯牢牢地胶住，使你无法拉动，这就要及时用煤油洗擦锯条。因此，上山伐木必须全副"武装"：头戴棕笠，腰挂煤油瓶，手提弯把锯和鹰嘴斧，肩负扁担、柴筐（两片毛竹片做成"凵"字形的筐）和两三个铁楔子。

初期，我多选择20多厘米粗、易于控制树倒方向的树。随着技术水平的提升，伐50—60厘米粗的树，均能得心应手，树倒时的心情也由紧张转为成功的欣喜。但事情不怕一万，就怕万一，某天下午，一株胸径50多厘米、树高20米以上的大松树在采伐时坐殿了。这是一株长在山脊凹地上的老树，树冠大而匀称，稍向山坡延伸，采伐时全部工艺过程我都认真对待，一丝不苟，马口开得也较大。随着进锯，我先后把3个铁楔子全部打进了伐根，而一般情况下一两个楔子就够了。树干锯断后，应该倾倒的树身就是巍然屹立，纹丝不动，百分之百是坐殿了。我抬头观察，树冠没有丝毫倾斜的迹象。

从理论上讲，只要有微风，树身就会顺风而倒。根据经验，局部流动的空气会出现"多米诺"效应而形成气流，使树身倾倒。按照伐木工的经典操作办法，我首先摘下笠帽（伐木工笠帽的主要功用在此）使劲往下坡抛去，期望笠帽运动时形成的气流能使树身倾倒，但这一招没有成功，继之我脱下上衣又照样往下坡方向抛去，还是没有达到目的。

那时我已无计可施，心里开始焦急，但我很清楚，万万不能离开树身逃离，因为逃离就有很大可能被树冠砸死。我做出随时可以跑离的姿势,仰视树冠上小枝的动向,以便树梢稍有倾斜时迅速逃离。天色渐渐昏暗,树梢仍纹丝不动,形势对我越来越不利,危险越来越大,我也越来越焦急。

傍晚山顶空气冷却比山麓快,空气冷却后密度增加,比重增大,会往山麓下沉形成山风。大约又僵持了半个多小时,山顶便来了一阵山风。树冠在微风中轻微摇晃一下后,树身慢慢倾斜,然后迅速往下坡方向倾倒。我的大脑飞速思考起来,不能跳到正后方,因为树身倒地时有可能树干"后窜"把我砸死;如果跳到侧方,树身倒地时伐根也有可能滚转伤人。就在这一刹那,我迅速地跳到树倒方向的侧后方。

当我在倒木下取回衣、帽,收拾好工具,准备下山回工地时,再回视那巨大的树体,不久前的焦虑已荡然无存,从内心发出"胜利者"的笑声。

事后,我反复思考发生坐殿的原因。我仔细观察了马口的深度、高度,锯口的高度和进锯的斜度以及"留茬"情况,这些都没有一点问题;我的采伐方式是正确的,技术是熟练的,也没有问题。问题出在我对时间因素考虑不周。因为在傍晚以前,顺山坡而上的垂直气流,托起了稍稍向下坡延伸的树冠。本来已受3个铁楔子抬举,重心已向下坡的树身,由于气流的上托而处于新的平衡,致使树身坐殿。

坐殿是一场争夺生命的博弈,为此付出生命和伤残者不少。通过这一件事,我明白了一个道理,正确的技术要取得实践成功,还必须与当地、当时的生态环境相结合。推而广之,书本上所有的经验、技术，运用时必须与当地、当时的实际情况相结合。我由此逐渐养成了坚持"两当"（当地、当时）的习惯。

把树伐倒仅是第一步，剩下来还有打枝（把所有枝条都砍掉叫打枝）、截段（把树干和粗的枝条锯成60—70厘米长）、劈柴（用鹰嘴斧或玻璃斧把木段劈成适合烧火的木柴）、挑运到厨房等工序。

在下放劳动期间，我见到了许多珍贵的树木。比如，福建王台的"杉木王"。王台在福建南平，离莱州火车站不太远，是当年公社所在地。王台再往富屯溪上游走是溪后，这是全国闻名的杉木丰产林所在地。以世界著名的树木分类学家、南京林学院院长郑万钧院士（学部委员）为首的科研组曾对这里的杉木生长、发育、生态及丰产经验进行深入的研究和总结。

我们去参观丰产林时，是从莱州走到王台，再从王台经森林铁路（路轨只有1米宽的运木材的专用铁路）乘火车去溪后。我第一次见到这种小火车，我们站在装木材用的车厢里，车走得不快。丰产林是在一个山坳里，那时林木年龄是39年，每亩有木材蓄积（带皮）78立方米。林内空气湿度很大，光照微弱，林下除散生蕨类植物外几乎没有其他灌木和杂草。林内杉木修长、通直、圆满，林木自然整枝很好，枝下高甚高，全是无节良材。林内建有全国唯一的森林生态气象观察站，这套自动化仪器是苏联以苏卡乔夫院士的名义赠送的。

在离王台不远的公路边小山包上，有一株被当地百姓称为

"杉木王"的大树。整树虽显老态龙钟，但枝叶仍相当茂盛，胸径在1.6米左右，树并不太高，约为23米。据测量，蓄积超16立方米。它是我见过的最大的杉木。

福建有悠久的栽杉历史。从前，林农用伐根上萌发的萌生条插条造林，认为经过火烧清林的伐根萌发的萌生条最好。百姓以卖杉木养家，一般30年左右就砍伐，养到50年才砍伐的就很少了。山区有个习惯，生一个女儿造一片杉木林，等女儿出嫁时卖青山，即将一片山上的树卖掉，让买者采伐，用卖青山所得置办嫁妆。在福建，杉木长得比较快，20年左右的杉木就可在民用建筑上做檩条，30年左右的就可作梁、柱用，50年左右的可作大梁、大柱及高级"寿枋"（棺材板）。很少有百年不采伐的，像王台这株"杉木王"，很显然是老百姓人工栽植、共同保护、公共所有的风水树。

这株"杉木王"逃过了大炼钢铁时被砍的噩梦，这是老百姓共同保护的功劳。

联合国粮食及农业组织在20世纪七八十年代，曾出版过一本关于杨树与柳树的书，此书称柳树胸径超不过30厘米，高在13米以下。

我从宁夏的西吉、固原、隆德到甘肃的定西、武威、张掖直至酒泉，在近1500公里的范围内，考察过左宗棠领兵西征时一路栽植的柳树，老百姓称为"左公柳"。左宗棠西征应在1840年鸦片战争以后、林则徐被发配新疆之后的几年，距我考察时已有100多年。"左公柳"以甘肃酒泉市东关的酒泉公园内泉水旁的一棵长得最为高大，胸径达60—70厘米，高13—14米，而且树势仍很旺盛。而在海拔2400米的定西华家岭上长得最差，胸径一般只有30厘米左右，树高不超过7米。

《水浒传》中鲁智深倒拔垂杨柳，按作者描述此树最粗不会超过30厘米，否则无法弯腰倒拔。哈尔滨的太阳岛、南京的玄武湖、武汉的东湖、昆明的滇池、杭州的西湖以及九寨沟等山水名胜区，都没有太大的柳树。

后来的林业工作中，我也见过许多珍贵的树木，比如甘肃天水跑马泉的"垂柳王"。在甘肃省天水县马跑泉乡马跑泉泉眼附近的平坦地上，生长着两株大小与外形均相似的垂柳。我测定后的结果是胸围352厘米，树高一株是26米，另一株是24.5米。此两树的树干高耸而挺拔，没有丝毫腐朽迹象，树冠千枝下垂，迎风飘摇，树姿美不可言，堪称世上一绝。在20世纪80年代初的一个冬天，我坐北京吉普前往，专程测量并摄下它俩的美姿，封它俩为"垂柳王"和"垂柳皇后"。这是我见过的最大垂柳，全世界有可能还有更大的，但至今未见报道。

我还见过一株乾隆皇帝御封的"大树王"。

被帝王封"王"的树大概只有这一株了。在北京团城，有被皇帝封为"大将军"的一株油松，但没见过被封为"王"的古木，这可能是因为皇帝忌讳"京城"出现两位"王"并立。被乾隆皇帝封为"大树王"的是浙江西天目山上的一株柳杉，单株材积40多立方米，是福建南平王台"杉木王"

甘肃省天水县马跑泉边的"垂柳王"

的2倍多。1992年,我登西天目山考察,目睹了这株已经站着"涅槃"了的"树王"。它长在西天目山海拔1000米以上的登山道旁边。

被封为"大树王"后,它称"王"了200多年。我去考察时它已"驾崩"多年。从遗存的树体看,全树自上至下树皮均已剥落,但主杆表面木质良好,尚未出现腐朽,树冠上粗约15厘米以下的枝条已腐朽脱落,这表明死亡已达10年以上,但绝不会超过20年。

天目山管理部门为防大树树体倾倒，根部周围用水泥浇灌以压紧根系，但未对树体进行防腐处理以延长存留时间。

在"大树王"附近，尚有几株与其同一世代的活的大树，胸径均在2米左右，树高在25米以上。从邻近大树仍能良好生长分析，"大树王"是因福得祸。它得到乾隆皇帝封"王"，是莫大的"福气"，但封王后，参观、参拜的人多了，根际土壤被万人踩踏，破坏了它赖以生存的土壤生境。树干你抱我摸，想在其身上取得"精气"的人多了，偷剥树皮妄想治病的人也多了。这样长年累月，糟蹋百年，焉有不死之理。荣耀来自皇封，早死也因皇封，所以是因福得祸。

我是56岁登西天目山的，当天往返，感到很费劲。我想乾隆皇帝应该也是当天往返，因为山上没有合适的寓所可供皇帝过夜。西天目山从山麓沿石阶上山，到"大树王"处的高度差在1000米左右，相当于登10个中山陵。

200多年前乾隆皇帝登山时，路况应该比现时要差些。乾隆皇帝登山是观景、咏树、参禅，骑马走这条山道上山、下山也很困难，索道在那个朝代还没发明，让人背着走也不太可能。因此，这位皇帝大概还是靠两条腿走上去的，就算是走一阵、骑马一阵、坐轿一阵，也要比坐小卧车上雁荡山、庐山艰辛多了。

理发师

在莱州火车站附近,有横跨富屯溪的铁路桥,当时有一个高炮连守卫。我们参观过整个阵地,并听取了连长和指导员的介绍,当时的印象是战士们在一级战备时紧张又辛苦。阵地上的高炮都是小口径半自动的,炮弹由战士逐发装填,射程高度好像不到3000米。

同学们到莱州试验林场后,理发要到莱州火车站附近的小集镇上,来回一次,走路就要1个多小时。

小镇上有两家简易理发店,但排队等候的时间比理发的时间要长得多,这对我们忙于深翻整地、身体极度疲乏又难得休息的同学来说,很成问题。为此,我决定去理发店偷学手艺,解决同学们的理发问题。理发要排队,我一早就坐在理发店里的长凳上,名为排队理发,实为仔细观察理发师的每一个动作。等排到我可以理发时,我借故溜走一会儿,然后回来再次排队、观摩,反复几次后才坐上理发椅理发。

福建理发师用的推剪与江浙沪不同,江浙理发师是单手(一般是右手)拿推剪理发,集市上买来的推剪就直接可用。而福建理发师在推剪的两个柄上用竹子接长约20厘米,双手各拿一个推柄理发,掌握推剪下刀片的手基本不动,掌握推剪上刀片的手左右迅速移动而切断头发，有点像园林工人用大剪刀修剪绿篱。除此之外，其他要领和各地一致。

经几次现场偷学后，我就在同学的头上实践。为了避免闹出电影《女理发师》中华家芳将"大包头"理成"小平头"的笑话，我采取分次剪短的方法，先少剪一点，再修理一点，以剪去头发的长度来控制发型，这样理好的头发与他上次在理发师那里理的相似。经过1个多月的实践，我的技术已有些长进，同学和工人都喜欢我理的发，理一个发的时间也由1个多小时缩短到半个小时左右。

1959年初，南京林学院院长来视察和慰问下放师生，同学们推荐由我给院长理个发，以示下放成果。院长坐在院中的方凳上，我带着七分担心、三分信心"上马"。院长头大、后颈很肥、前额有被日本侵略者军刀砍后留下的深而长的疤痕，我不免有些紧张，但我决心要理好。在院长的"一路"鼓励下，我用了1个多小时才完成这个任务。我非常细心地理完，留下的头发不论从哪个方向梳，都是整齐划一的，找不出一根特长的头发，"发脚"非常匀称。

我清楚记得院长在开始理发时说的一句话，"你敢理就是进步"，就这一句话，使我的紧张心情放松了一半。其实，到真正开始理后，我已经不紧张了，只会考虑如何理得更好。

毕业后，我约有10年时间在西北边疆工作，搞林业野外调查、研究，长期与林业工人同吃、同住、同劳动，深知深山老林中林业工人对理发的需求和理一次发的不易。工人们理发

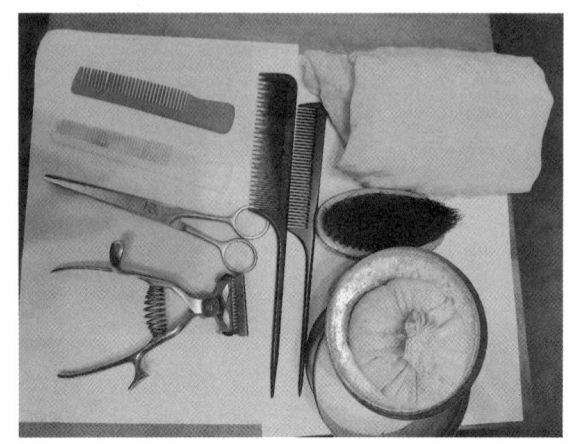

至今仍保留着的理发工具，这是我用于义工的第六把推子

要起早下山赶到集镇理发店排队等候，摸黑才能返回工地，赶路、理发要花一天时间。

于是，我显示自己所长，在工人中开展义务理发，并坚持了几十年。我给很多林业工人理过发，有巴丹吉林沙漠和腾格里沙漠边缘治沙林场的工人，有甘肃小陇山林区、洮河林区、祁连山林区、西秦岭林区和子午岭林区的工人。工人们的头发的确很长、很脏，但他们的心灵最美。他们对我的要求很淳朴"只要剪短就行"，洗头、刮胡子都由他们自己解决。

我一个休息日从早到晚，可以理20多位。理发在旧社会属下九流的活。我这一辈子，选择这个作为义工，在业余时间，义务理发1万多人次，这算是我回报社会的一部分。

炼山

我们到福建的时候，田里甘蔗还没有收割，但已经有了一定的甜度。在地头，吃几节甘蔗是没有人干涉的，工人们为了搞笑，模仿学生用力拔甘蔗的姿态，引得大家捧腹大笑。其实，在田里要吃甘蔗得学会空手折断甘蔗的窍门。常用的方法是一手抓住甘蔗上部，一手用力向甘蔗中段垂直猛拍，顺手拿住被拍断的蔗秆中段，这就可以吃了。

在工段要吃甘蔗也很方便，我们只要跑到工段医务室，借口感冒头痛，年轻的女医生就会开"甘蔗三根煮后喝汤"的处方，凭处方我们可以去库房挑3根又粗又长的甘蔗。这个偏方，在温病初起时，有一定作用。有的人吃上一两次，出一身汗，病就好了。时间一长，与女医生熟了，比较调皮的男同学没病也跑医务室，弄来甘蔗给大家吃，1根甘蔗起码可截成3节，1个人去开1个处方就能供9个人各吃1节。

在莱州试验林场附近，尤其是顺富屯溪而下的临溪山坡上，有很多马尾松和毛竹的混交林。福建的林农擅长杉木栽培，好像不热心搞竹林。我在福建没有见到人工栽培的毛竹纯林，毛竹都与马尾松、油桐等价值较低的树种混生。在那里还有一种习惯，上山砍毛竹有人管，上山挖冬笋没人干涉，谁都可以进林挖笋。福建气候比较温暖，2月初冬笋已长得很壮实。

一个星期天，我一个人一大早就沿富屯溪边的小路到蛟湖人民公社方向的山坡上去挖冬笋。我的目的有两个，一是给食堂改善一些伙食，二是把书本上关于毛竹生长、竹鞭走向与发笋规律的知识到实地去验证一下。

我顺着溪边的小道，边走边欣赏山溪美景，在选定一片毛竹混交林后就上山进林。在一杆新竹旁，先看天（看竹梢下弯的方向、判断竹鞭的走向），后看地形，再用镢头进行探索性浅挖。在挖到第一株冬笋时，我的高兴劲儿就不用说了。

每挖到一株冬笋，我都会仔细观察笋与竹鞭、竹梢的生长关系。福建的竹林与浙江不同，林内没有人去挖冬笋，所以笋多，比较容易挖到，这就使我越挖越有劲，越挖越想挖。

当天我足足挖了一担，有百十斤重，挑回来是往上游方向走，重担加上坡，就没有去时那样轻松自得了。尽管我能用两个肩膀轮换挑担，但仍感到吃力，可是心里美滋滋的。我不仅实践了书本知识，还挖到了冬笋，而且是满满的两土箕。

福建林农造林要先劈草、炼山。把造林地上的杂草灌木砍倒平铺在林地上叫劈草，把铺在林地上晒干的灌木杂草用火烧叫炼山。这是南方各省造林前普遍采用的方法。

福建的荒山，灌木杂草非常茂盛，杂草中有一种叫菅草的禾本科植物，它有2米多高，外形有点像芦竹，成丛生长。叶子边缘的锯齿非常锋利，稍有不慎，就会把手割开一条口子，割开时特别痛，弄得鲜血直淋。因为它的伤口面不像是刀割的平面，而是锯切的毛面，所以被菅草割破的伤口很难愈合。

这种草在造林地上长得很密集，秆茎又粗，手又不能去握，所以用一般的镰刀是没办法割的。福建人用柄长1米左右的砍刀砍，作业时沿山的等高线自上而下地一行一行地砍，设置炼山时的防火线。

福建林农习惯是7月砍，8月炼，这是因为这两个月农活比较空，而且是旱季，砍倒的杂草灌木经一个多月曝晒已经干燥，易于炼透。我们是在"大跃进"的年份下放的，因此劈草炼山季节也有点反常。

11月"卫星林"深翻整地结束后，我们才抽出手来对周边的造林地进行劈草，劈草不久后就选了一个晴朗、干燥的下午进行炼山。炼山前四周设置了防火线，点火是从上坡开始，使火势缓慢地往下燃烧，这些顺序都是对的，但在干燥天气的下午炼山是很危险的。

同学们对炼山感到新奇，看着山火缓慢地往下蔓延，觉得很有意思。有人还不时地进火场把没有烧透的杂草灌木拨弄一下。渐渐地，我们失去了对山火危险性的警惕。

到下午四五点，炼山面积还不到一半，眼看在天黑前已难以烧完，有人提出干脆在山脚一带也点火，形成上下合围的两道火墙。在山脚点火不久，被火焰灼热的上升气流与傍晚的谷风汇合，顷刻间火势迅猛异常，火焰已高达2米左右，火头跳跃式突进，遇干草迅猛燃烧，形成了一片火海。刹那间火焰包围了一位留着长辫子的女同学，她正在很卖力地拨弄没有烧透的杂草灌木，听不清同学们对她的高声叫喊，对危险全然不觉，立刻就有被上下合围的火墙"包饺子"的危险。

在这关键时刻，我出于本能毫不迟疑地冲进火墙，一把拉住她的辫子，猛跑几步将她拉出火海。因为速度快，冲得猛，两人衣袖、裤腿均未被烧着。

大蛇

福建多蛇，而且多大蛇。遇见蛇时，我总是不由得怀念起自己的家乡宁波。

家乡是平原地区，坟丘有很多蛇，虽无极毒之蛇，但蛇的种类也不少。乌梢蛇、黄蟒蛇个体都很大，数量最多的是一种水蛇，俗称"泥蛇"。"泥蛇"到处都有，河岸边有，水稻田有，池塘及低洼地有，坟丘地也有。

乌梢蛇是较多的一种蛇，几乎每个坟丘都有，大的长达2米，体重有达三四斤的，这种蛇还会竖起大半个身子来向人示威，关于乌梢蛇的轶事比较多。菜花蛇（亦叫黄蟒蛇）是一种常见的"家蛇"。称它为"家蛇"，主要原因是此蛇多寄居屋内，以捕鼠为食。

除这三种蛇外，"火赤链"也是常见的蛇，此蛇到处都有，墙根瓦砾堆有，河岸地埂有，坟丘地也有，尤其在闷热潮湿的雷雨天的晚上，此蛇大量出洞。

我曾见过蛇吞食青蛙的场景。青蛙像中了魔似的，纹丝不动地看着蛇，蛇在吃青蛙前也是一动也不动地看着青蛙。这样相持一会儿后，蛇猛地向前咬住青蛙的头，整个往里吞，一条很小的蛇，可以吞下比它的头大得多的青蛙。

当我把被蛇吞进一半的青蛙救出来后，青蛙很快跳着逃走了，这与蛇吃它前一动不动、呆若木鸡完全不同。

蛇吞吃黄鳝时，几乎可以吞下与蛇身大小相似的黄鳝。

牛吃蛇很少见，但牛确实能吃蛇。我放牛时，就目睹过牛吃蛇的全过程。在牛吃蛇时，牛会低下头来，气鼓鼓地两眼瞪着蛇，此时牛眼的形状很奇特，圆而突出，而蛇也不逃离。牛猛地一吸气，蛇就被牛从鼻孔吸进去了。牛吃的都是指头粗细的小蛇。据说，牛吃蛇后力气大增。

在福建，我没有机会碰到特别大的蛇，但两次遇蛇的经历给我留下深刻的印象。

一次是在劈草时，有一条约70厘米长的蛇从大约1米高的杂草上面飞速游过。此蛇全身红色，周身的鳞片发出耀眼的光，身上略带黑色细环，几乎是直线游进。在我受惊吓后再定睛看时，蛇已不见踪影。此前，我也知道蛇的别名是"草上飞"，但没见过在几尺高的草上面能飞速游动的蛇。

另一次是在雨后，在场部通往丰产林的小道上有一条深沟，沟上有一座用几根杉条拼起的"小桥"。我在过小桥时偶然见到沟底有一条茶缸粗的大蛇在缓慢地游动，由于已近傍晚，加之沟底光线暗淡，看得不十分真切。从外形看，好像是乌梢蛇，但乌梢蛇一般来说没有这么大，游动起来也没有这么缓慢，这条蛇起码有10斤重。我曾在甘肃迭部林业局见过被车轮压死、重有5斤多的乌梢蛇。虽不确定这条是否为乌梢蛇，但肯定不是蟒蛇，因为蟒蛇蛇身的花纹和头部形状我是非常熟悉的。

见到大蛇的事传开后，林场的干部告诉我们一个故事，说：一个农民在毛毛细雨的夜晚回家，路过一片稻田，在暗淡的光线中见有一只"大白鹅"站在田里。他暗喜来了好运，就悄悄地走近"大白鹅"，迅速出手抓住"大白鹅"伸长的脖子。他正在庆幸运气不错时，手感告诉他抓住的不是一只"大白鹅"，而是一条盘身昂首的大蛇。当蛇头有力地挣扎，蛇身猛地跃起缠住他身体时，他单手已难以支持。若松手肯定会被蛇咬伤，俨然已处于骑虎难下的境地。他只得用双手紧紧地卡住蛇颈，伸直手臂，使蛇头远离自己的脑袋。由于蛇身缠住了身体，他只能艰难地往家中走。快到家时，他大声喊来妻子开门配合，在他双手将蛇头送进门缝后，叫妻子使劲把门关上，让蛇头紧紧地卡在门缝中。最后，蛇身慢慢地从农民身上滑落，蛇已窒息死去，此时他已筋疲力尽。

干部在讲这个故事时，有声有色，有地点、有人名。大家相信他的故事具有真实性。

异乡的春节

我们到莱州试验林场连续苦干了近两个月,在丰产林深翻整地结束后,才实行星期天正常休息。在这个人烟稀少的莱州工地,休息主要是恢复一周强劳动的疲劳,有时间缝洗衣物,没有任何娱乐生活。

当然,你可以利用休息日搞些公益性的事,如帮厨、砍柴、挖冬笋、理发和搞些小试验,如嫁接、树种生物学特性的调查、某个树种造林成活率的调查等小项目,也可看一些书。但绝大多数学生是处理个人生活,或花半天时间去一趟莱州车站所在的小集镇,买些松脆的油炸面条吃。车站刚建,人很少,都是临时木板房,也无其他食品。

元旦是在冷冷清清的气氛中度过的,学生应有的寒假被取消了,谁也不准休假或回家。到春节前夕,我们已经劳动了一个多学期。在那个年代,大家的想法都很简单,只是盼望春节能好好休息几天,恢复一点体力。

好消息终于来了,福建林学院邀请我们在莱州试验林场劳动的两个班60多人去过春节。福建林学院是刚刚建立的,新校址在南平市西芹镇,离南平约25公里,正在建设,当时暂在福建林业学校内办学。那时林业学校归林业学校,林学院归林学院。院长原是我校林工系的副主任。

我们在莱州车站上车，2个小时左右就到南平，袁老师亲自到车站接我们。在福建林学院，袁老师把我们当作上宾，跑前跑后，几乎天天陪着我们吃饭、聊天，给我们介绍学院筹建情况。他是一位很富活力、很有情感的留美学子。我们住在他们的招待所，吃的是贵宾餐，晚上还安排文娱节目。袁老师还把供给他们教职工的橘子无偿分给每个同学，每人几十个。福建的橘子味道很好。

在一片"福建林学院对我们真好"的感谢声音中，我的第一感觉是老师对我们真好。在我以后几十年的工作中，凡有机会遇到老师时，我都以报恩之心报答每位老师。

福建林学院的饭菜很丰盛，也很可口。我们这些下放到福建的学生，自工地实行定粮吃饭后，吃的是份饭，每个人用一个瓦罐（钵斗）蒸饭，每人一份菜。这里是8人一桌，满满的一桌菜，现在虽记不清吃什么了，只留下吃美、吃好、吃饱的记忆。在莱州，有时也吃红烧猪肉，但肉是半生的，表面上看是熟了，用嘴一咬却是鲜血犹存，很多同学吃不惯，但福建的同学很欣赏，在福建林学院，我们吃到的是正宗红烧肉，红烧狮子头也做得特别好吃。

福建林学院很美，建在南平市内一个小山丘上，进校门后，拾级而上，校舍是一层一层地盖在山包上。校内的绿化很成功，因为它建校较久，加上福建树木长得快，所以已是一座花园式的学校，尤其是我国特有树种——福建柏的优美树形和旺盛长势，给我留下深刻的印象。

南平是富屯溪、沙溪、建溪三条大溪的终点，下接闽江。我在江边的山丘上观景，江面交汇处非常宽阔，比上海外滩的黄浦江宽多了。江面交汇处漂浮着三条溪赶来的很多木材，有放筏的也有赶羊的（单漂）。筏子很长很大，一个木筏有二三百立方米木材，这要比甘肃洮河林区一个木筏只有十二三立方米木材大多了。当时我不理解的是这么大的江面、这么好的水道，怎么没有船只停泊港口。

我们在南平待了三天就返回莱州，这三天，我们是白吃、白喝、白拿、白住，一分钱也没花。除了听袁老师的情况介绍和参加两校统一安排的文艺活动，其余时间都是自由支配的。这是下放劳动五个多月以来，唯一的、非常美好的、非常自由的、充满了师生情谊和物质享受的三天。

茅山

1959年3月，我们班从福建莱州试验林场撤至江苏的茅山林场劳动，和半年前到莱州时一样，没有迎送和告别，非常冷清。在我们到茅山林场前，已有两个班在那里劳动，一个是同年级的二班，一个是四年级的毕业班。茅山林场是江苏省实验林场，始建于抗日战争前，是县团级事业单位。场长是一位50多岁由部队转业的团级干部，个子高大而外形粗犷，人很憨厚。

茅山林场场部都是砖木结构的平房。房后是20多年前栽的一片马尾松与茶树混交林,因马尾松早已郁闭,林下光照不足使茶树生长很纤弱。房前是桃园,下植草莓,实行桃与草莓混植,我是第一次见到栽培草莓品种和这种混植方式,感到有点新奇,两种混交(植),对我学习充分利用光照和地力具有启蒙意义。

林场的大宗经济作物是茶叶,绿茶、红茶、砖茶都生产,这是我第一次见到茶叶的生产工艺过程。我们班到林场后的一项主要劳动是茶叶短穗扦插育苗,从整地、筑床、剪穗、扦插、搭篷遮阴、浇水到除草,都由我们学生操作。林场养有一只600多斤重的"卫星猪",这只猪本来早就应该宰杀,1958年的"放卫星"使它多活了一年多。我们去后不久就宰杀了,猪血是用大木盆盛的,有四五十斤,这只猪太大了、老了,肉并不鲜嫩。

在茅山马尾松林下,有一种灌木叫乌饭树,是当地老百姓在立夏节吃乌饭的主材料之一。我已经记不清吃乌饭的史话和乌饭的具体做法,只记得我采了很多乌饭果交给厨房,吃了很多由糯米做的、乌色的(不是黑的)乌饭,口感很好。这是我第一次吃乌饭,也是我到现在为止唯一的一次。

茅山是一个山系,它跨江苏南部几个县,这个山系在新中国成立前似乎已没有森林,植被主要是茅草,我想茅山大约是茅草多才得名的吧。这个山系的东南端叫"大茅山",大茅山比附近的山要高一些。大茅山东南方的山，就不是茅山山系了。抗日战争时期，茅山是陈毅同志率领新四军的抗日根据地之一。

茅山林场场部在大茅山西坡山麓的平川地上。离林场约3里有小镇叫茅山，小镇只有一条由条石铺砌的东西向街道，街道两侧都是砖木结构的平房，街上有一家简易浴室，浴池中心是一只大铁锅，街的另一端与登大茅山顶的条石路衔接。

从进入茅山镇到大茅山顶的道观，都是1米多长的条石铺就的登山大道。离山麓不远的台地上，有一个好像叫"三清观"的小道观，道观内的道士对我们这些大学生很客气。

小道观内藏有几件"宝"，其中之一是一方砚台，这方砚台只要呵上几口气，就能在砚台上凝结小水珠磨墨写毛笔字。我曾亲自试过这方砚台，砚台并不大，雕刻也说不上讲究，呵气后确能在砚面形成如雾凝结的细小水珠。

沿着上大茅山的石阶继续往上，就到大茅山山顶，顶上有约1公顷大小的平台。登顶眺望，西、南两面是一片平原，茅山林场处在正西面，东、北两侧均是山丘，没有平川。平台上建有一座气势雄伟的道观，坐北朝南，正门外有一个开凿在岩石中、可贮约100吨水的贮水池。

在江浙民间很有声望的"茅山道士"，应该是居住在这座道观里修道的道士。当地老百姓中传说：道教历史中极有影响、功夫很深的张天师曾在此修道，他武艺高强，行走如飞，他能用竹篮在山下打水后飞速跑到山顶道观而不漏尽。

我对张天师是在武当山还是在茅山修道并不在意，对竹篮打水也是不信，思想上习惯于"竹篮打水一场空"的说法，但认为这个老道肯定走得飞快。太乙宫里保存有较多的岳飞遗墨，主要挂在进大门后左侧的廊房里，道长告诉我是真迹。其中有两幅我还记得清，一幅是"还我河山"的四字横幅，字较大，每个字起码有1尺见方，一幅是《满江红》的词，有"怒发冲冠凭栏处"等名句，这两幅都很陈旧，但完好无损，是裱装好的。

茅山林场要以大茅山西坡为中心造一片林，取名"东进林"，其意是纪念新四军由此东进抗日。大茅山的山麓地带造林条件较好，我们去之前早已绿化，但山体仍是荒山。

在东进林施工前，已请陈毅元帅题了"东进林"三个字，原稿是竖着书写在信笺上的。施工时要把这三个字放大，横排在大茅山整个西面坡上。坡面上的"东进林"三个字，选用马尾松造林，三个字周边选用麻栎造林，其目的是利用两个树种的叶色差异和常绿与落叶的不同特性，使"东进林"三个字能显现在山坡上。这个任务落在我们班。

全班苦干了一个多星期，胜利完成任务。

从上年离开学校辗转到茅山林场，又在茅山林场完成春季造林、育苗、松毛虫防治等工作，我们已经连续劳动了8个多月。在此期间，没有接受任何形式的教学，更没有寒假休整。在下放一年期满即将返校前，学校对我们这批"在校学生"开始进行现场教学。

我们这个年级在茅山林场有两个班，合并一起在一间大平房内上课，平房内除了一块陈旧的小黑板和一张三斗桌当讲台，再无他物。学生都自带小凳，小凳是五花八门的，有用3块小木板钉的，有用一小段圆木的，有用市售帆布活动小凳的，也有用3块砖的。课程是造林学，这是一门非常重要的专业必修课。

教师是上一年才毕业随队下放劳动的女孩。

上课时学生"赤手空拳"没有任何书本和资料，坐下后听女老师不断地"背"一个上午的书。她既无理论，又无实践经验，也没有讲课的经历，更不懂教育学和教育心理学，同学们听得枯燥无味，私下议论，听她上课，不如自学。当时仍以劳动为主，每周上课约三个半天。这种情况延续了近一个月。

之后，和我们一起下放劳动、每月只发35元生活费的原二级教授陈植老师开始给我们讲课了。

他曾经是我校造林教研室主任，早年毕业于日本帝国大学，对城市园林和造林的造诣较深，那年61岁。陈老师讲课，很有条理，深入浅出，既有理论，又有实践，不快不慢，易于记录，很受同学们欢迎。

返校学习

到6月初,这门课只讲了不到三分之二,学校突然通知全体师生撤回南京,但又不准回学校,莫名其妙地在南京中华门外的南京农学院内待了一个星期,名为"下放劳动总结",实为无人管理状态下的休闲。在南京农学院,我们才得知南京其他高校都没有下放劳动。

我们到校后离暑假已很近,现场教学没有教完的造林学,由林学系主任二级教授马教授用专题讲座的形式补充讲授,将8个班学生分为两批同步上课,在暑假前夕匆忙结束了这门非常重要的专业课。在我看来,学校以专题讲座的形式给学生讲专业重点课,是一种凑合,但从党委书记的角度讲,算是贯彻了"教育与劳动生产相结合"的方针。

经过一年的下放劳动,我们于1959年9月恢复正常上课了。原来的教学计划因下放劳动已被打乱,加上学制由五年改为四年半,这就要求在毕业前的一年半时间里,我们要完成教学计划中三年的课程。而在这一年半中,江苏省林业厅还额外抽调我们用2个多月时间参与全省林业普查,加上教学计划内必须实地完成的造林学课程设计、毕业设计和林学系首届毕业论文答辩的时间,留给学生接受课堂教学的时间不足两个学期了。这使得树木育种学、森林学、特种经济林学、森林昆虫学、森林病理学、森林经理学等极为重要的专业课程课时不足，只能压缩教学内容。这对希望能系统、全面掌握各学科知识的同学来说，是一大遗憾，但又促使他们更加刻苦学习，因为删压掉的内容，尚有机会可请教老师解答、辅导。

造林学课程设计是黄老师指导的，课程设计是结合南京市需要进行的。我负责龙潭人民公社造林设计，黄老师在工作开始不久来检查、指导过一次，以后就让我独立工作了。他在业务上是青年讲师中的佼佼者。

造林学课程设计是在比较艰辛的条件下进行的，一是天气已较寒冷，农作物易遭霜冻而萎蔫，野外工作没有任何防护用品，双手、耳朵开始生冻疮；二是吃不饱，常是饿着肚子翻山越岭到现场考察立地条件。但这对我巩固专业知识、提高实践能力、掌握这一领域的全面技能很有帮助，它使我有机会独立完成了三个第一次，第一次将比例尺为五万分之一的军用地形图用于林业设计，第一次利用"江苏省造林典型设计"等多种资料于设计，第一次综合运用基础知识和专业知识编写造林设计文书。

1960年春，江苏省林业厅抽调我校林学系大四学生约270人，搞全省林业普查。我们班负责徐州地区，由南京林业学校的一个毕业班配合，学生混合编组，历时2个多月。5月初，我们在徐州地委招待所内集合时，尚未感觉粮、油、食品供应紧张，每餐都能吃饱。但走到街上，另有一番景象。徐州街上早点多煎饼,但煎饼都用野草——刺儿菜代替蔬菜,刺儿菜叶缘有半厘米长的软刺,吃时口腔很不舒服,口感与正常煎饼相差甚远。小商贩说,粮供应少了,他们只得用刺儿菜代替蔬菜和粮了。

招待所的宿舍是筒子楼,一个楼层设有一个漱洗室和男女卫生间,卧室看上去还算整洁,白布床单,白被套,服务员每天打扫卫生,用高粱秆编的刷子使劲刷床。

头一天晚上,每个同学都带着满意的心情睡"放心"觉,可是睡后不久,就觉得有小爬虫缠身,次日清晨起床,每人都能捉到虱子。这些虱子又大又肥,被子里有、衬裤里有、汗衫里有,大白天痒起来,弄得人东抓抓、西抓抓,很不雅观。尤其是衬裤里的虱子,使人最难堪。我是第一次碰上虱子,在我的家乡宁波,臭虫多,但臭虫不上身,从来没有臭虫爬到衬衣里的。

从第二晚起,我们男生商量后干脆脱光衣裤光身睡觉,以免白天受虱子之奇痒,但起夜上厕所很不方便,总不能光着身子在走廊上跑呀。

在徐州招待所的经历,教会了我应对虱子的办法,也克服了我对虱子的心理障碍,它对我毕业后适应虱子更多的甘肃工作有很大帮助。20世纪70年代前的甘肃,到处都有虱子,集体宿舍里、地县两级的旅店和招待所里、老乡家的热炕上都有虱子。

1961年春,我住在民勤县北关国营旅店,虱子多得使我整夜无法入睡。1963年春，我在两当县站儿巷镇车站的车站旅店里，一个晚上用手电筒光捉到20多只虱子。1964年冬，在漳县大草滩镇的小旅店里，一个晚上也捉到几十只。每次出差回家，为消灭虱子和虱子产在内衣、内裤衣缝中的卵，都得用农药"六六六"粉浸泡（后改为开水煮）。现在六七十岁以下的人们，应无法想象那个年代的卫生状况和虱子给人带来的尴尬。

徐州新沂县马陵山人民公社靠近山东枣庄一侧的台地上，有一处二三十间平房围成的崭新院落，院落外有整洁雪白的围墙，整个院落远离居民村宅，孤零零建在高地上非常显眼。因院外台地是很好的造林荒地，所以引起我对这个院落的关注。

公社干部告诉我，这是一处麻风病院。我是第一次离麻风病院这么近。公社干部劝我不要再靠近，至于周围荒地，他们也建议不要划入宜林地，因为谁也不愿接近麻风病院去造林、护林。

1964年严冬，我在甘肃省甘南藏族自治州的卓尼县民族用品商店门口的街上，见到了一个约40岁的男人。这个人没有鼻子，脸上长鼻子的地方只有一个流淌着血水的孔，一只耳朵也没有了，耳根也在淌血，呈现出一副狰狞的面目，更使人害怕的是一只手有两根手指烂了，一根手指已烂掉了一节，相邻的中指烂掉了两节，血水不断地从烂掉处慢慢地往下滴，但这个人的表情平静而麻木，没有显露出任何痛楚。

陪同的洮河林业局干部告诉我："这是一位从大峪沟麻风

病院逃跑出来的麻风病人,像他这样是属于很严重的病人了,流淌的血水会传染,所以谁也不敢碰他,大多数的麻风病人外表是没有症状的。"

在甘肃省天水地区的徽县境内,也有一个麻风病院,建在小陇山林区的山沟内,我只是站在对坡眺望,不敢盲目靠近。

我所见到的麻风病院,都是新中国成立后新建的。人民政府在百废待兴的年代,花大力气防治性病、血吸虫病、克山病、麻风病、甲状腺肿大等严重危害人民群众的疾病。

我从下放劳动时起,就见缝插针地着手油桐、樟树、楠木三个经济树种第一手资料的收集。在当年,业界对这三个树种的研究还处于空白状态。

我在福建莱州试验林场,对樟树进行了造林成活率调查,带领工人造了一片楠木林,还利用零星时间对油桐散生木进行了较多的调查。

马陵山油桐人工林引起我重视的原因,在于它栽培于天然分布区之外,面积较大又达盛果期(5—6年生),因而具有较大的科研价值。我在繁忙紧张的野外普查之余,硬挤时间,对这片油桐林从根系生长到树冠发育进行了系统的测量,取得翔实的数据,为毕业论文编写收集当时具有国内补缺、领先水平的资料。在数据收集过程中,南京林业学校毕业班的一位同学给了我很大的帮助,她是我很得力的助手。

在徐州,我们登了云龙山,游了兴化寺。云龙山山体是石灰岩，我们去时已用客土造林的办法在山上栽了不少侧柏，给原先裸露的荒山秃岭披上了绿装。兴化寺当时僧人不多，香火不旺，给人败落之感。寺的最大特色是依山崖而建，全是石佛，有一尊由山崖巨石雕凿而成的巨大坐佛，高达10米以上，此佛头部雕凿于距今1500多年的北魏，佛身、佛座雕凿于300多年前的清朝康熙年间，前后用了1100多年才雕凿成这一尊巨大石佛。坐佛两侧的石崖上还雕凿有各种仙境和很多大小佛像，这些石佛都很完好，亦有千年以上历史。

我去参观时，正值炎夏，外面朝阳如火，炎热难受，但进入佛殿，给人潮润、清凉、舒适但光线暗淡的感觉。

毕业

1960年9月初，开学后就要离校进行毕业设计，全班分三个组，以组为单位进行毕业设计，我分到溧阳县上兴公社设计组，灵兰分到金坛县的设计组。上兴公社在溧阳县西北部，坐上南京去溧阳的班车，于中途下车后大约走3公里，就到了公社所在地——上兴镇，我组共有10多人。

男同学都有扁担（下放福建时带回的纪念品），每人肩挑一担行李，女同学就轻轻松松地跟上走。上兴公社是当年溧阳县三个公社之一，面积很大。公社设在镇边一个很陈旧的平房院落内，院内还有一个小院，女同学住在小院内，男同学住大院，我是一个人住一间。

公社干部很少，公社书记毛书记兼任社长，公社没有副职，更没有人大、民政、工、青、妇、民兵（武装）等职能部门。毛书记很辛苦，几乎每天骑着一辆旧自行车下乡，很少见他坐办公室。公社配有一位很朴实、富有经验的秘书，他什么事都管，衣食住行、上情下达、来往接待、结婚、离婚都管。公社有个很简单的食堂，吃饭的人不多，公社的大门白天敞开，老百姓可随意进出。在我的印象中，把公社所有干部都加起来还没有我们学生人数的一半。这就是当年的人民公社，确实兵精政简。

我们组毕业设计的内容是公社范围内曹山的造林设计，这是学校与南京市共同定的任务。

从公社到曹山有一条简易公路，是1958年大炼钢铁时修的，我们去时已经废弃了。我们到公社后，每天到曹山搞外业调查，10多个人没再分组。组长是位女同学，她主要负责公关联系，解决吃喝拉撒住，我莫名其妙地被同学推为"业务负责人"。现场调查包括土壤调查、植被调查、造林树种的选择、造林类型和方式的确定等等一系列业务问题，同学们推让我先提出意见，然后大家补充。内业设计由我执笔。业务上大家偶尔有一些争论，但很易统一认识，实际上我成了"小老师"。

组内流传着"与陈青法有分歧的问题，百分之八十五他是对的"这样的说法。我听到后，嘴上说着"没有，没有，我对的只占十分之一"，但心里很得意。我开始认识到喜欢听奉承话也是我的缺点之一。

从公社到曹山约有10里路，要走1个小时，沿路有水稻田、池塘和大小不等的荒野土丘，土丘上野生的黄花菜很多，正是开花摘采的季节，池塘边的青蛙又大又多。

那时全国已进入三年困难时期，公社伙食也较差，吃不上肉。

我看青蛙又多又大，是改善大家伙食的绝好食材。一天下山时间较早，在回来路上，我指挥女同学采黄花菜，我带男同学到池边捉青蛙。我从小就会捉青蛙，那天捉了几十只，回到公社厨房，七手八脚地把青蛙杀了，把黄花菜煮了一下，做了一大脸盆黄花菜炒青蛙。

我请来毛书记和秘书一起改善生活，他们两位都愉快地来了，在我们的盛情下也吃青蛙，毛书记很高兴、很平和地与我们边吃边聊，没说半点儿青蛙的事。

第二天早上，秘书找我了，传达了毛书记让我们以后不要去捉青蛙的意见。毛书记没有为此批评我们一句，只吩咐秘书想办法给灶上弄点肉来过中秋节，给我们改善一下生活。我明白这话的深意，连连点头，深感惭愧，向秘书表示再不捉青蛙。

我毕业在即，在毕业设计中的收获，除了专业知识得到巩固、实践、开拓和综合运用，还从吃青蛙事件中得到深刻教益，静思再三。毛书记的工作方法值得我终身学习，我也梦想着今后工作中能有这样的领导为我师长。

后来，在2019年末的某天，我偶然在中央电视台上看到

南京林学院毕业留念（后排左二为陈青法，二排左五为方灵兰）

对曹山的报道。远处的曹山已是林海苍松，曹山连接上兴镇的碎石小路已成康庄大道，大道两侧是花坛、曲径、荷池、园艺小品组成的园林，原来的水稻田、池塘和荒丘已成繁花似锦的旅游胜地。

  回想当年，我们这群青年学生，心中只抱着"绿化祖国"和"赤地变青山"的宏愿，还没有想到把上兴镇与曹山规划设计成美丽且富有诗意的园林化乐园。

  我深感祖国发展真快。

  回校不久，右下腹麦氏点部位持续疼痛，校医诊断是盲肠炎，叫我到南京市第一人民医院（一院）复诊。一院诊断为慢性盲肠炎，理由是白细胞计数为每立方毫米8000，体温只有37.5摄氏度。我遵医嘱服药一星期，病情不但没有好转，反而疼痛加重。再次去一院复诊，仍诊断为慢性盲肠炎。因毕业在即，医生应我恳切请求同意开刀割除。

次日，我被安排在男女混住、有10余个病友的大病房。手术前进行了一系列检测，白细胞计数仍为每立方毫米8000多一点，体温也只有37.8摄氏度，医生仍按慢性盲肠炎做开刀的准备。

原定上午手术的是三位病人，我是第一位。在手术室，大夫拿着粗大的针筒从腰脊椎注射麻醉药，折腾了半天只注射进60毫升，留下140毫升怎么也注射不进去。

我听到医务人员在简短商量，最后外科主任表态照常开刀。

护士叫我抬抬脚，以测试麻醉情况，而我的双脚仍能随意活动。外科主任像命令似的叫护士把我的手脚全都绑在手术台上，并在我的胸部加了一个半圆形的弓形罩，使我不能直视手术，但能在无影灯中看到个大概，并叫一个护士陪着我说话。主刀大夫是溧阳县医院一位来进修的40岁左右的医生，一院的外科主任站在我的右侧。我的腹部是割了三刀才打开的，前两刀没有痛感，第三刀就很痛，但很短暂。打开腹部后，主刀的进修医生轻声而很沉闷地说了一句，"不好，已经穿孔"。与此同时，外科主任迅速地接手手术，护士们也很紧张地忙了起来，镊子、药棉、瓷盘声不断。

我能从无影灯中看到医生用药棉清理我腹腔内的血。最难受的是医生用力把我的肠子往外拉时，我只听到主任医师一边自言自语"腹肌非常好"，一边用劲拉我肠子。拉肠子时的难受劲儿实在无法用文字表述，真的比死还难忍受，它也加深了我对宁波老话"牵肠挂肚"的理解。最后是缝线，此时全身并无痛感。

原定1个小时可以做完的手术，医生、护士整整为我辛苦了3个半小时。我是在完全清醒的状态下经受这个手术的，因手术时精神紧张，能强忍疼痛，回病房后，精神放松，顿感筋疲力尽。我昏睡到下午3点多，护士叫我吃面才醒来，从头天晚上不让我进食起，我已一天多没吃东西了。前后住院10天，学校在这10天内已把"特种经济林"这门课集中讲完，我在病床上也整整自学了9天，才不至于落下太多功课。

我能在南京开刀是很幸运的。

4个月后我分配到甘肃武威地区民勤治沙站工作。民勤县有一个县医院，手术室已经关闭了，我趴在窗外往里看，其规模与南京市第一人民医院的手术室相当，也有无影灯等设备。但据说医生技术不过关，几个月前做盲肠炎手术，接连死了几个病人，所以再不做盲肠切除手术了。如果我拖到毕业后在民勤县治病，极有可能死在民勤。从这个角度说，我是很幸运的。

住院开刀不仅治好了我的病，还让我获得莫大的启迪：与生物打交道，一定要重视个体特性。

医生两次错判我是慢性盲肠炎，我想，关键在于他们以群体特性作标准，忽视了我具有体温较低、白细胞指数低的个体特性。我为此多受了病痛，但也启迪了我：在与生物打交道时，例如在选种、育种、造林、森林抚育、精英树选择、防治病虫害时，一定要注意个体特性。林木、森林、森林生态系统都由生物体构成，密切注视群体规律时一定要注意个体特性，才能有所创造、有所发现，从而把工作做得更完美。

毕业论文答辩是在1960年，是建校以来的第一次论文答辩。学校规定，原则上每班推选一人参加答辩，我们这个专业有9个班、270多名毕业生，能参加答辩的只有几个人。

我有幸成为班上唯一参加答辩的学生，又被学校安排在全

毕业论文答辩

校第一个上台答辩。答辩前,我用了几天时间整理了在福建和江苏收集的油桐资料,写成了一篇名为《油桐生物学特性和栽培技术调查》的论文,这是我生平第一篇业务论文。

论文答辩非常隆重,以院长为首的院领导和教授们都参加了。我感到自己是最幸运的,因为我是南京林学院有史以来,第一个上台面对恩师进行答辩的学生。

答辩是在一个阶梯大教室,平时可容五个班学生160人上课,那天走道都被挤满了。我深深地向恩师们和在座同学鞠躬后,抬头见到这么多人,心里很紧张。这比我1955年在宁波市人民大会堂表决心时还紧张三分,我在台上倒拿着鸡毛掸子当作教鞭,大约紧张了5分钟后,我就放开讲了。

在我把论文主要内容讲解完后,起码有七八位老师提问,除了有一个问题我如实地告诉提问老师"我不懂,请老师指教",其他问题都作了解答。出乎我意料的是,在我如实回答"我不懂,请老师指教"时,全场师生热烈鼓掌。

答辩完毕,我是在掌声中走下讲台的。

离校

毕业离校前夕,我和灵兰商定一起到宁波告别我的老母亲等亲人,顺道在杭州下车玩上一天。

当时的杭州火车站,比上海北站、南京下关车站漂亮,是宫殿式的五彩大屋顶。出站后经解放路步行到西湖边，可以沿西湖转一大圈。除了观赏柳浪闻莺、平湖秋月、花港观鱼、断桥残雪、中山公园等沿湖景点，还可以到岳庙、黄龙洞等处一游。

那时候杭州没有出租车，街上的公交车也很少，我们也囊中羞涩，只能全程步行。我们一整天几乎走遍了杭州主要景点，在晚上11点回到杭州火车站，在车站候车室的木条长椅上半睡半躺着等候凌晨从上海过来的客车去宁波。

那时的杭州，自然风光美极了，山水景色极致协调，人在其中，悠闲自得，真有心旷神怡的感觉。市区很干净，入夜后路灯光照不太明亮，街上车极少，但社会治安特别好，当我们半夜三更在非常清静的街上漫步时，根本用不着提防。

1961年1月初，我们3个专业约10个班的学生要离开母校了。那时候全校也没有告别宴、谢师宴之类的活动。学生们整理行装时几乎没有丢弃的物品，个人的生活用品如竹壳热水瓶、脸盆、旧衣服等都各自带走。因学校远离市区且附近没有任何公共交通，也无法叫到三轮车、架子车、黄鱼车之类的运输工具，更没有出租车（南京那时没有出租车），而学校也没有安排校车送离校同学到公交站，同学离校时携带行李只能用两种办法，或是到太平门内去找三轮车，坐着三轮车回校，装上行李后再去下关火车站，或是肩挑、背驮、手提，经龙蟠路把行李弄到太平门内有三轮车的地方，再找三轮车去火车站。

我们离校那天的天气阴沉，雨后的龙蟠路泥泞难走，两人把全部行李,包括四季衣衫鞋帽、两副铺盖、两条棉絮,一套教材和全部中、外文工具书,外加上海、宁波亲眷们送的糖年糕和饼干等供旅途充饥的食品捆绑成重达150斤以上的一担,用一根竹杠由我挑着。盆、热水瓶之类的用品由灵兰肩背、手提带上。我那时盲肠炎开刀不久,身体虚弱,挑着这重担,开始走不了200米就得休息一下,往后感觉越挑越重,迈步艰难、走路不稳。难以想象,我们俩离校这天,是什么力量让我超越自身极限,一步紧跟一步走完这3公里路到太平门内找到三轮车的。我们从早上一直忙到下午4点左右,才在下关车站办完行李托运手续。

第四部分 丹心

20世纪五六十年代，大学生毕业后选择去祖国最需要的地方，热情高涨地参与到轰轰烈烈的新中国建设的伟大事业中，是十分自然的。对于我们这代大学生而言，家与国无法分离。一路走来，尽管有诸多泥泞，然而，我们始终感念祖国的培养，也无悔于自己的选择。

我们这届毕业生，分到甘肃的共有8人。此前，历年分到甘肃的加起来只有3人。这次学校指定由我未婚妻灵兰带队，到甘肃省民政厅报到的8人中有7人是林学系的，1人是林化系的。我们离开母校前约定各自动身，在兰州报到日前会面。我和灵兰在南京下关车站乘上海开往兰州的车，属中途上车，没有座位，车厢内很拥挤，我们东挤西挪地挤到由卧铺车改为硬座的车厢，总算找到了一个临窗的活动小座位。火车在傍晚5点左右驶离南京下关车站，摆渡过长江到浦口，第三天深夜11点多到兰州。

南京到兰州全程坐车54个小时。车在第三天早晨抵达天水，驶入新中国成立后新修的天兰铁路，因路基不太结实，车开得很慢。下午进入定西地区，铁道两侧是黄土丘陵，沟壑纵横，难觅寸草，路轨两侧小道，不时能见到身穿黑色破旧棉衣，腰系一条草绳，身背一个背斗的老百姓在扫铁道。我看到他们很细心地把机车烟囱冒出来散落在路基两侧的煤灰，清扫在一起，很细心地用手一小把、一小把地收拾到背篓里。据说，一个人一天只能扫半背篓，背回家当燃料。扫不到煤灰的百姓，就上黄土坡上捡枯草、挖草根。给我的感觉是越往西走越荒凉,老百姓越困苦。车到夏官营时天已黑了,不知什么原因停车1个多小时,此后车又走了1个多小时才到兰州站。

黄羊镇

兰州站是用毛竹搭起来的,四面透风,几盏白炽灯的灯光显得非常暗淡。地面都是用墙砖平铺的,高低不平,站内到处是灰、沙土和垃圾。车站外面的广场大而荒凉,地面也都是用砖平铺的,没有一株小草,更没有花木。广场的灯光更为暗淡,近乎昏暗无光。

我们在饥寒交迫的情况下步入昏暗的兰州站。"饥"是因为经过沿途三天两夜的旅行,加之车上的供应极差,随身带的糖年糕之类的食品已所剩无几,到兰州站时早已饥肠辘辘。"寒"是因为在数九寒天,我们从车厢下到站台,上身只穿着南方的薄棉衣,下身只穿棉毛裤。光着脑袋,露着双手,穿着球鞋,这样的装束,根本挡不住兰州已是零下十几摄氏度的寒风,我们冻得浑身瑟瑟发抖。这是我们到兰州后经受的第一个考验。

办了报到手续后,民政厅安排我们到白银路上的民政厅招待所住宿。那时已是深夜,晚饭是没地方吃了。

招待所是由几排平房组成的小院落,每个房间里有四张床、一个取暖的煤炉子和一把烧水瓷壶。这是我第一次接触这种取暖的炉子。没到天明，炉子早已熄灭，房间已成了"冰库"。灵兰的房间也是如此。我折腾了半天，也没有把煤炉子的火生着。

招待所是没有热水供应的，因此，没有炉火就没有热水可喝，更没有热水可以洗脸，最后还是请求服务员帮助我们解决了难题，我也在这个回合中初步学了一点儿生煤炉子的技巧。当我提着烧水瓷壶去打水时，自来水龙头里流出来的是比上海黄浦江水更为浑浊的黄水。

招待所没有饭吃，吃饭要跑到街上的国营饭店去吃，因为那时没有任何私人饭店和个体摊贩。国营饭店1天只供应2次，上午餐10点开始供餐，下午餐则要到下午4点才开始。吃饭要凭粮票、介绍信和钱，三者缺一不可。每人每餐凭介绍信供应4两，吃一餐就在介绍信上盖上章，写明"某月某日上（下）午已供"等字样。

所谓的饭就是一碗光面。

我俩在上午10点左右进入酒泉路上的一家国营饭店，服务员端上面条时，说着一声："小心呀！"我还没有反应过来，站在我身后的饥饿者猛地用双手插入很烫的面碗中，迅速捞起面条，一边猛吐几口唾沫在面条上，一边又猛吃、急逃。我称他们为"饥饿者"，因为他们的衣着确实不像乞丐。当我们从目瞪口呆的状态中反应过来后，反复跟服务员商量，想再用粮票和钱买一碗光面充饥时，服务员一口咬定"上级规定，不能再卖"。

就这样，我们只能拿着粮票和钱眼睁睁地再度挨饿。

宁波人习惯把劫匪叫"抢饭"，但宁波历来没有抢饭的，只有抢劫钱财和要饭的。这是我第一次亲身经历了被"抢饭"者抢去了饭。一个饥饿者，到了从别人碗中不顾一切地抢吃的地步，我想他一定饿到了极点。服务员提醒我们要"小心"，说明这种"抢饭"已不是个别现象了。

我们抽空在市区内走了一圈。兰州市内没有高楼，省委、市委的六层楼是最高的，民房多是平房。庆阳路上由上海迁来的信大祥绸布店可算是最大的商店了。老百姓千家万户取暖、做饭、烧水都用煤炉，兰州民用煤都有烟，煤炉的铁皮烟筒接在土坯墙上，向外冒着滚滚浓烟。冬天乌黑的浓烟把兰州整个市区的天空罩得严严实实，晴天也见不到阳光。人只要在马路上走上10分钟，鼻孔里都是黑灰，擦得再光洁的皮鞋一会儿就蒙上厚厚的一层灰。

兰州标志性建筑是黄河上的铁桥——中山桥，人称"千里黄河第一桥"。桥址处海拔1540米，我俩在铁桥边观赏被严冰封死的黄河，打趣说我们这是"不到黄河心不死，到了黄河流眼泪"。

兰州严寒的气温冻得人难以忍受，住所没有热水，有钱有粮票却吃不饱饭，甚至没有饭吃，整天处于半饥饿状态。招待所的住房冷得像冰窟。这些生活条件对我们来说实在太苛刻、太严厉了些，但我俩并没有流眼泪。

《黄河大合唱》的开场就是那句："朋友，你到过黄河吗？"当我们真的站在中山桥的南桥头时，我们可以高声地回答"我们到了黄河"，但是黄河没有咆哮，而是在厚厚的冰层下默默流淌，它好像在为千千万万个甘肃受灾同胞向我俩倾诉着幽怨。

黄河上的冰并不是平整的一片，而是高低不平的。我们在市委大楼边的河堤上观望，印象最深的是载重大卡车在黄河凹凸不平的冰面上行驶。南岸在市委边的河堤旁，北岸处在南岸斜对面的一个河岸缓坡上，中间形成了一条河面冰路。老百姓随意在冰面上来往，也有不少孩子在冰面上玩，河对面坪上住的百姓，因为没通自来水，络绎不绝地到河面上凿冰担水。黄河在兰州段的冰封景观，自从刘家峡水库建成后，再也见不到了。

市区内"烂尾楼"特多，在民政厅招待所后面的坡上，就有好几幢，在盘旋路、天水路、平凉路、白银路，凡我们到过的地方，到处都有"烂尾楼"。

我们将要在这座城市生活近30年。

在确定具体单位的时候，甘肃省民政厅的同志征求我俩想去哪里的意见，告诉我们："你们两人是省科委要来的，具体去向是省农科院或中国科学院兰州分院。农科院是在黄羊镇，你们到农科院林业研究所是搞林业研究。中国科学院兰州分院是在兰州市内，主要搞罗布麻研究。"

公历一九六一年 · 农历庚子年

一月

星期三

4

农历十一月十八

去黄羊镇

一九六一年元月四日奔赴黄羊镇

甘肃省农业科学院林业研究所（后排右二是陈青法，前排右三是方灵兰）

我俩当时曾意识到黄羊镇各个方面肯定会比兰州更差，但我们舍不得放弃在学校用了4年半的时间，非常艰辛、非常认真、非常刻苦学到的林业知识。我们自信不论在林学基础还是在林学专业相关的边缘学科的知识方面，我们在当年应该是上乘一流、不辱母校的。如果我们去搞罗布麻研究，那就意味着多年所学的知识将毫无用武之地，我们心里实在舍不得。

所以，最后我们决定去黄羊镇农科院林业研究所工作。

在我们去火车站往黄羊镇托运行李的路上，分配到中国科学院兰州分院的两位同学奉命赶来传达分院希望我俩能去他们那里工作的意见，并强调一切有关手续由他们办理，行李由他们来接。

我们又一次放弃了在兰州工作的机会。从现在的眼光看，我们当时的选择确实是不合时宜的，后来的事实表明，我们这种"吃了秤砣"的思维，给自己增加锻炼经验的同时也增添了很多磨难。

黄羊镇位于河西走廊的丝绸之路上，离兰州200多公里，要坐火车翻越乌鞘岭才能抵达。火车翻越乌鞘岭时，要用两个机车车头，一个在前面拉，一个在后面推。据说这是全国唯一的一段以这种方式运输的铁路。这一段铁路，不仅坡度大，而且弯道也很大，坐在火车内就能看到火车的头和尾，这么大的铁道弯道恐怕也是全国独一无二的。

火车从兰州到黄羊镇要开上一夜。黄羊镇的海拔（1700多米）、纬度都比兰州高，所以更冷。车站在祁连山麓，到农科院要步行3公里。农科院人事处的韩科长帮我们用架子车拉上行李接到院部，当晚的饭是韩科长亲自送到宿舍的。我们两人的饭菜是四个馒头和一"马勺"有几片薄薄肉片的烩菜。据说，那是最好的接待了。

黄羊镇建在黄羊滩，离武威县几十公里。镇上只有一条不到200米长、用碎石铺成的马路，路的东侧是农科院的围墙和农田，西侧有供销社、人民银行、邮局、新华书店、人民公社及农机站等一溜小平房，再往里就是水利学校等单位。一条平日干涸、没有半滴水的黄羊渠，从镇的中间穿越而过。"一五"计划期间，全国重点项目——黄羊镇糖厂在2公里外

25岁的方昊兰

开建后,甘肃省随之将这块紧挨腾格里沙漠的黄羊滩规划为文化中心,将省农科院、水利学校、畜牧学校、农业大学、机械学校迁建在这里,形成了有六个大单位上万人的居民点。

在这个居民点内,没有医院(卫生院),没有中学,没有菜场(集贸市场),没有电影院,没有任何小吃摊和小饭店,除了一个小小的供销社门市部,没有任何商店。主要的文娱生活是每逢星期六各单位轮流举办舞会。当时在一些男青年中,广泛流传着"黄羊镇真荒凉,又有风沙又有狼……就是缺少大姑娘"的顺口溜。

1961年我俩到甘肃省时,是甘肃人民极为困苦的一年,也是我们经历人生考验最严酷的一年。我们在黄羊镇度过3个年头,亲历了衣食住行各个方面遇到的困难。据此,可一窥甘肃人民当年的困苦生活，以及我们的奋斗精神。

学校分配时，我们根本不知道甘肃当时的困苦情况，也不知道它要比全国普遍省份困苦得多。

离开南京前，我们只是从气象资料上得知兰州冬天的气温要比南京低得多，担心南方过冬的单薄棉衣无法抵御甘肃的寒冷气候。我们把这一担心向林学系党总支做了汇报，党总支的回应是："你们是支边的学生，到那儿后，单位会给你们发棉大衣和御寒物品的。"

我们是带着到甘肃能穿上棉大衣的承诺，带着组织上一定会关心我们这些满腔热血的支边大学生的希望走向黄羊镇的。但甘肃太困苦了，我们没有得到组织上发的棉大衣，也没有得到一寸布票和一两棉花的补助。街上也买不到棉裤、棉帽，我们只好在严寒中光着脑袋、缩着脖子上下班。我唯一得到的补助是一双布底灯芯绒面的男棉鞋，这还是老所长刘时望同志给我争取来的。

那时我们还未结婚，分别住在四面透风、没有房顶、只有一个小小的煤炉取暖的集体宿舍。农科院都是平房。我们住的是土木结构的，顶棚是用细麻绳拉成井字后，用旧报纸糊的，房与房之间的土坯墙只垒到顶棚高度。顶棚以上各房都是通的，因此保暖性甚差，而且只要一间房子开（关）门，整排房屋的顶棚都会上下波动并发出很大的哗哗声。

一到晚上，成群的老鼠在纸糊的顶棚上打架，吱吱的叫声和乱窜声能把人从睡梦中惊醒。我们从学校带去的适用于南方的被褥，根本抵御不了西北高海拔的彻骨寒冷，也找不到麦草、破麻袋、柳树叶等作御寒铺垫，我们穿上毛衣后蜷缩着睡觉还常被冻醒。

我们俩在零下20多摄氏度的严冬中艰难度日，灵兰的脚后跟经不起严寒的侵袭，几乎全部开裂，鲜血从裂口处不断外渗。在当地也无法进行必要的医药治疗，刺心的疼痛使她直流泪。于是，我只好在有机会的时候，就抱着她的脚放在我胸口取暖。

由于我们严守着"干部不准把困（灾）难告诉家人"的纪律，远在上海、浙江的亲人们根本不知道我们在零下20多摄氏度的黄羊镇的困苦。

我们一声不吭地挺过来了，坚强地在祖国大西北扎了根，为南京林学院争气，为江南父老争气，无怨无悔。这就是我们当年的精神。

毕业分配时，党总支针对支边学生担心吃不上米饭的问题，告诉我们：国家对支边大学生吃大米是会照顾的。但是，甘肃那时太困苦了，从我们到甘肃直至1964年的整整三年中，我们都没有见过食堂中有大米饭。

在校时，大学生的定粮是35斤，我每月还有5斤的运动员补贴，总共40斤。

到了黄羊镇，定粮一下子降为26斤，每月实际到手的饭票只有23斤。那时国家规定干部是28斤，甘肃降为26斤，而且单位每月还要扣救灾粮、种子粮、节约粮各1斤。

23斤粮食也不是面粉、大米，而是南方人不习惯吃的东北豆饼、高粱和洋芋（4斤抵1斤粮），还有一点黄米（谷子，也称糜子）。当时更没有油和肉吃，甘肃每月每人供应1两油，实际上广大职工每月连半两都吃不上。如果在菜汤中能观察到浮在水面上的极小油点，这就是油水最多的一餐了。

当时国家是不供应肉、禽、蛋、鱼、糖的，黄羊镇什么副食都没有。记得有一年春天，农场的一匹老马死了，食堂事先告示："后天中午供应咸菜烧马肉，每人一份，过时不补。"到了那一天，大家不仅都排队买，一些同志还想方设法多买一份。咸菜烧马肉又酸又老，并不好吃，但是由于长期吃不到肉，所以大家还是感觉非常香。

在这饥荒的年代，主持农科院常务工作的刘副书记、刘所长等一批老干部是值得我们敬佩的，他们在生活上从不多吃多占、严格自律的精神，激励着我们。

结婚登记

1961年8月26日，是我们结婚的喜庆日子。从1957年3月5日我俩确立恋爱关系起，爱恋了4年又5个月。

我们在黄羊镇人民公社办了结婚登记，经办的同志二话没说就把结婚证给我们办了。从当时看，这是一张纸质很好的证书，从现在看，这是新中国成立后我得到的各种证书中纸质最

结婚证

差的。但它是我们俩心中分量最重、最珍贵、最需要呵护、最值得回忆的证书,比各种荣誉证书、职称证书、资格证书珍贵得多。

那时的物资极为匮乏,我们凭结婚证在供销社领到的供应票是1只热水瓶、1口小钢精锅、1只搪瓷脸盆和2斤硬质水果糖。除此之外,国家再不给结婚者供应任何物资,连1寸布票、1两棉花票、1两油、1斤面也没有补助。2斤凭票的硬质水果糖要12元,是我月工资的五分之一。

我们的婚礼是在院党委的关心下操办的,由团委书记主持婚礼,老所长作证婚人,我们双方父母都因路途遥远没有到场。

婚礼在会议室举行,简朴、热闹、文明、雅致。

公历一九六一年·农历辛丑年

星期六

八月

26

农历七月十六

结婚日

结婚当天
喜结连理

限于那时的条件，除了我的头发是新理的，我俩里里外外、上上下下，没有一件衣服、一双鞋袜、一床被褥、一条毛巾是新的，都是平日穿的、用的，但都很整洁。会议桌上是一杯杯清茶，没有点心、饮料和水果，桌上撒了大约1斤的硬糖。硬糖总共供应2斤，新房里留了一点。

婚礼由院党委主办，很像现在电视剧中八路军干部的结婚场景。农科院院长、书记和各研究所的领导都到现场祝贺。会议室挤得满满的，后到的客人已无座位，小孩子们从人缝中挤入，抢会议桌上的喜糖。新人没有浪漫场景和贵重纪念品交换与馈赠等节目。整场婚礼进行了1个多小时，在欢乐声中，我们被送入"洞房"。

我们的婚房比电视剧中老八路结婚时的婚房还要简陋三分。组织上给我们临时安排了一间土木结构的平房，用石灰刷得里外洁白，并装上了一盏40瓦的白炽灯。当时按规定，宿舍只能使用25瓦的白炽灯。

新房配备的全部家具有一张用一块半床板和四条长凳搭的床、一张三斗桌、一把靠背椅和一只方凳。两人的被褥搬在一起，就是我们婚房的全部床上用品。其他杂物，如书籍、脸盆、痰盂等都在床下。十几平方米的婚房虽显空荡，但非常整洁、宽敞。

我俩结婚都靠自力更生，没有得到双方亲属在财物上的任何帮助和支持。因经济非常拮据，我们也没有送给双方亲属任何礼品。

结婚后于1974年和吴兰一起亲手做的木桌

婚后,我就急匆匆赶到民勤治沙站,主持防护林研究的收尾和年度总结,而内心萦绕着新婚温情,盼早日回家团聚。

1962年初,我俩新婚不久,受组织上照顾一起到腾格里沙漠边沿的民勤治沙站蹲点。新婚后能在一块工作让人很是高兴。虽说此前有三对夫妇住在单间,但我们两人只能分别住在男女集体宿舍。因治沙站深入沙区远离村落,周围没有任何民居可供借宿。我们就成了白天一起吃饭一起工作,时时见面共商议的恋人,晚上是各回寝室、各展被褥、不能温存独自眠的"特殊"夫妻。整整4个月,我们过着"白天似度蜜月、夜夜分房住宿"的婚后生活,我想在对方寝室多逗留一会儿,也得避嫌。

在黄羊镇,省农科院、农业大学等六大单位都没有小车,周边也没有公共交通。各单位连自行车也极少。农科院唯一的一辆汽车是苏制嘎斯货车,司机是一位姓何的同志。在那个年代,开货车的司机是很有地位的。接送党委书记、院长往返车站的是他,任何人想带点什么得拜托他,连打火机要点汽油也得求他。在物资极端匮乏的年代,除了总务科长,就数他在院里的名气大。

员工要到火车站买票,来回7公里,除了步行,别无他法。当年,全省客运班车,除兰州发车的外,到各县的清一色都是装有二排长凳的解放牌敞篷车。先上车的坐在长凳上,后上车的坐在自带的行李上,没行李的就扶着汽车的车帮站着。1961年3月,武威、民勤的气温还在零下,我要去民勤治沙站蹲点,从武威到民勤县,汽车每天早上只发一班。

100公里的路程中,我在敞篷车上迎着风沙,在滴水成冰的气温下穿着南方过冬的衣服,在没有任何御寒劳保衣物的情况下整整站了4个多小时。到民勤下车时,风沙把每个人都"打扮"成出土文物。多亏车慢,如果车速快一点,定能把人冻僵。

1962年6、7月间,农科院把我俩从民勤治沙站紧急召回。从民勤治沙站到黄羊镇,总共180多公里路程,我和灵兰整整用了两天一夜,经历了难以言传的艰辛。

那时灵兰已怀孕5个多月,我们从民勤治沙站把两人的全部行李和图书资料,包括两个铺盖卷、一只大板箱、一只大旅行袋、两只网兜,用牛车拉到15里外的民勤县汽车站,而后自己扛进车站,再装上班车。中午坐敞篷车从民勤去武威，傍晚从武威汽车站把全部行李像蚂蚁搬家似的扛到武威招待所。

第二天上午，按农科院总务科的安排，把全部行李再从招待所一件件扛到兰新公路边的指定点，等候从武威九条岭运煤返回黄羊镇的车。在焦急等候几小时后，远远地盼到拉煤车驶来，当我们欣喜而又急切地呼叫时，司机看着我们和一堆行李，在两人期盼的目光中疾驶而去。那时已是下午4点左右，在我又急又恼时，好心人告诉我们傍晚有一班火车，城里南关什字有去火车站的一趟公交车，提醒我们赶快去赶火车。

我们饿着肚子急急忙忙把行李扛到1公里外的公交车站，赶上到火车站的末班公交，再把行李从公交车站扛到500米外的火车站台。上火车时多亏好心的列车员帮助，才把全部行李在火车离站前一刹那扛上车厢。到那时，我们已经有10个小时没吃、没喝，浑身精疲力竭。

黄羊镇是小站，只有我俩下车。列车员告知"只停车1分钟"。我俩必须在火车离站前卸完全部行李。车到黄羊镇时，我俩焦虑得手忙脚乱，挪、扛着行李，挤开车厢内占道的乘客往车门走。下车后我们要背、驮行李先翻越铁道，那晚天特别黑，黑得伸手不见五指，翻越高低不平、铁轨凸起的铁道显得更加困难。

过铁道后，还得走三四公里荒无人烟的路，路两侧是戈壁石砾滩，前些日子这儿还发生过抢劫、杀人、抛尸路下涵洞的凶杀案，有时还有饿狼出没。在这漆黑的夜晚，我俩随时都可能遭遇不测。那时,我俩无人同路、无人相伴、求助无门,只能硬着头皮、怀着恐惧的心情和抵御不测事件的思想准备往前走,精神高度紧张。由于灵兰身体不便,我们采用一程一程往前挪动行李的办法,即由灵兰看护行李,我分批扛着行李往前移。考虑黑夜中的人身安全和体力状况,每次只向前移动两根电杆(约100米)的距离,以便我能前后照应。把全部行李向前移动一段,我至少要来回三趟。我俩用了3个多小时才把所有行李搬到农科院大门口,那时已是深夜11点多。任凭我们怎么叫门,也没叫醒传达室的老汉,最后我只得冒险翻入高墙去打开大门。

3个多小时负重夜行,天佑我俩避过了野狼袭击和可能发生的抢劫、杀人事件,灵兰亦未因过度劳累发生早产,总算平安到家。这是我和怀孕近5个月的妻子,集疲困、饥渴、紧张、担忧、恐惧、无助于一身的一次迁移,也是超越自我、使我们铭记一生的一次艰险夜行。

1962年以前,甘肃是没有自由市场的。一方面,老百姓家中确实穷得不能再穷了,没有多余的物品能进入市场;另一方面,农民没有自留地、自留畜,自己院子里的果树也归公了。甘肃"割资本主义尾巴"是非常彻底的,不允许农民有"资本主义倾向"。在城市,也没有任何小商小贩。这个时期,我在兰州市、武威县、民勤县从没见过卖食物的小贩。

1962年春节前后,黄羊镇火车站的出站口附近,开始出现自由市场。我闻讯后偷偷地去过一次,看到市场总共有二三十个人,卖农产品的农民和看热闹的各占一半。农民清一色是男的,出售的全是初级产品,有小麦、胡萝卜、洋芋、包心菜、甜菜等。每个农民只出售一种产品,且数量很少,比如卖小麦的,口袋里的小麦不到10斤,卖包心菜的就这么三四棵菜,卖胡萝卜的背篓里大约有20斤。市场上没有蛋、禽、肉等农产品。农产品的价格贵得出奇,小麦是5元1斤,比国家收购价高70倍。洋芋是1.2元1斤,胡萝卜、包心菜是1元1斤。当时大学毕业生的工资是平均每月54元。

自由市场刚开放时,农科院党委专门传达了中央有关文件,我现在只记得两点内容,一是要开放农村集市了,二是干部不准进集市。

1962年5月以后,允许干部进自由市场买食品了。就在甘肃农业大学校门口的马路两侧,农民群众自发地形成了一个自由市场。这是一个真正的自由市场,其形式很像当年政治经济学课程中讲述的原始社会末期"用羊换米"的商品交换,只不过现在一方是货币罢了。市场上经常有上百人,农产品也多了点。蛋、禽、兔、猪、羊肉也开始有了。买方主要是中青年干部和家属,偶尔看到一些文质彬彬的教授、研究员以及行政领导干部的身影。

那个时候,食堂允许职工买些原粮自己做饭,美其名曰"开小灶"。职工因精简在家,也有时间"开开小灶"。因此,干部们也从自由市场高价买些肉来,按大家的说法叫作

"打打牙祭"。客观地说,从允许干部进自由市场起,甘肃干部挨饿的少了,浮肿的少了,干部饿死的事再听不到了,但甘肃农民挨饿的还有很多。

1961年,中共八届九中全会决定对国民经济实行"调整、巩固、充实、提高"的总方针,也叫"八字方针"。

当时甘肃在贯彻"八字方针"中对机关和事业单位干部影响最大的是精简下放。农科院传达甘肃省精简下放的规定是:不论你是工人、干部,还是具有专、本科学历的工作人员,不论你是当地干部还是支边的干部,一律都是精简对象。全院要"精简百分之六十",我俩亦在精简之列。我俩被宣布精简下放时,感到很委屈。我们支边甘肃,克服常人难以想象的困难,从不叫苦喊屈,无条件服从组织上的任何安排,勤勤恳恳、兢兢业业,却突然遭到"扫地出门式"的精简,我们很是委屈。后来应我们请求,党委和人事处处长共同商定,同意我俩"自行联系工作"。

当我们联系工作成功,持公函去办调离手续时,人事处处长深感歉意地告诉我们:"省政府最近通知,大学生不精简了。"他恳请我们留下工作。农科院党委副书记此时透露,精简大学生只是当时甘肃的规定,不是全国性的。

1962年8月我接到小哥来信,得知母亲仙逝的消息。我的内心虽然十分悲痛,但因受疾风暴雨式的精简下放规定的影响,又受困于甘肃生活的艰难困苦,无法回家祭奠。

三口之家

就在我们面临是否要被精简下放的境况时,儿子出生了。如果按现在胎教的观念,我们的孩子在娘胎里大概是忧愁多于欢乐。我们愁精简后失业,更愁失业后在举目无亲的黄羊镇,在那个经济上近似死水一潭的甘肃,没有任何能重新就业和自谋职业的途径。但是我们多少还有一点革命乐观主义精神,还对事业抱有希望。

有了孩子以后,生活依然艰难。记得1963年农科院派我去兰州大学听谈家桢教授讲学,在听课间隙,我抽空到兰州饭店东楼对面的自由市场给爱妻买了三四斤梨带回黄羊镇。梨实在太贵了,我1天的工资只能买到1斤梨,我是下了狠心才买的。灵兰把梨洗净后削皮,吃了梨肉后,舍不得丢弃梨皮,把梨皮煮一煮再吃。

　　后来，我离家到小陇山开展科研工作，灵兰带着儿子到兰州搞研究。有一次，我在大家的鼓动下，临时决定趁机赶回兰州与爱人和儿子相聚。国庆前夕，中午我搭乘装满箭竹的货车，坐在箭竹堆上，从党川林场出发，中途转乘火车、公交，再步行，经20多个小时奔波，于国庆节上午10点多，才到达兰州远景山麓的施家湾苗圃，见到分别已近7个月的妻

兰州施家湾远景山上的沙冬青林（摄于1980年）

儿。妻子很惊愕、很高兴，她压根儿没想到我会到兰州看望他们，儿子对我则是"似曾相识"。可喜的是，与灵兰同住一室的同事已带孩子回市区家中，这个7平方米的小房可暂作我们三口的"家"。

儿子很乖，可爱极了，在妈妈的指教下很快就与我亲热起来，"爸爸、爸爸"叫个不停。但是，一到晚上，孩子就是不睡觉。往常晚上8点多他就应该睡下，可是那晚过了10点，他仍依附在妈妈怀里，实在疲倦想睡但又强打起精神不睡觉。我们轻轻地把他放到床上，他就醒来，也不哭闹，就是不睡。把他抱起，他又依附在妈妈怀里，睁着圆圆的一双眼睛，微笑着对我说："爸爸，你的家呢？你怎么不回家睡觉呀！"就这样，反复地问："爸爸，你的家呢？你怎么不回家睡觉呀！"

是的，我们夫妻在同一单位工作、从事同一专业，应该是聚多离少的。可是，婚后22个月中我们夫妻相聚的日子屈指可数，自孩子生下来后，儿子一直跟随妈妈，千斤重担全部落在他妈妈身上，而这次又是连续7个月见不到爸爸的面、得不到爸爸的爱抚。儿子幼稚而亲切的提问和他可爱的形象，深深地印在我的脑中。

我于次日傍晚匆匆离开妻儿，3号早晨又赶回了小陇山。这就是我们在西北28年奋斗历程中，美好、温馨又紧张的一瞬。

我们夫妻比不上搞原子弹的英豪们，他们的家眷有时几年不见丈夫踪影。但我们夫妻确实已为祖国、为甘肃、为工作尽心尽力了，我想我们应该是不负韶华的。

我们的事业

我们的事业是从黄羊镇开始的，我们在那里度过了相当艰苦的岁月。

1963年10月，林业研究所划归省林业局领导，所址从武威县黄羊镇迁到兰州市内，暂居段家滩原省林业学校旧址，一年后搬迁至北园街。在此前一年的秋天，国务院批转了中国科学院一个关于科学研究的有关规定，文件的具体名称记不准了，这个规定有六十条，我们平日就称之为"科研六十条"。这个规定涉及科研的方方面面，是一个很全面的系统性文件，农科院为此安排学习了一个冬季。

通过学习，我当时认为，这是一个非常重要、非常完美的文件。"科研六十条"对科研数据的真实性有极其严格的要求，对数据的取得、复核、分析整理，均作了具体规定，要求科研人员有端正的品行、科学的态度、认真负责的精神、一丝不苟的作风，保证科研数据的真实，实事求是。

经历一个冬天的反复学习，我已能把"科研六十条"对研究工作的要求，自觉地作为个人行为的总则，"求真务实"几十年，受益匪浅。回顾我在民勤、小陇山的科研经历，我想我践行了"科研六十条"的要求。

我是带着被褥等行李,坐了4个多小时的敞篷汽车,行驶100公里从武威到民勤的,是以"河西走廊沙区农田防护林营造技术及防护效果研究"课题组负责人的身份去的。虽是3月,但民勤仍非常寒冷,从敞篷汽车上下来时,我已冻得全身麻木,不能走路。民勤那时是没有什么运输工具的,比如人力车。我下车后背着行李到县委招待所,招待所给我的回答是:"现在客满,没法安排,你先等着,看看到晚上是否有人走。"服务员看我拿着省农科院的介绍信,认为我是省上下来的干部,答应让我在招待所吃饭。

当时吃饭要凭介绍信,一天两餐,每餐四两。这顿虽然是差得不能再差的饭,但对一个饿得头已发晕的南方青年来说,真是莫大的"恩赐",否则我得饿到次日上午。到了下午5点多,招待所下了最后"通牒":"今晚无法安排,北关有个国营旅社,你赶快去看看。"任我困难摆足,好话说尽,服务员就是一句话:"没办法!"

在人地两疏的民勤,我只得再次背起行李,拖着极其疲乏的身子,步履蹒跚地找到北关国营旅社,此时天已经黑了。只见一人多高的门柱上有几盏小煤油灯闪着极暗淡的光,柱上挂着一块"北关国营旅社"的牌子。进门的右侧是牲口棚,黑暗中看去,拴的几乎全是骆驼。左侧是一排平房,每个房内有一个贯通全房的大炕,炕上可安排五六个人睡觉,每人的宽度就是一个"草芯枕头"的长度,大约有60—70厘米。

北关国营旅社是没有热水供应的，露天的简易洗脸架上，放着几只脸盆，旅客自己到大口井处去打水。民勤提取井水，与江浙一带不同，是从大口井中提水。我在昏暗中学着赶驼人打水的方法，第一次从大口井中打了一盆水。

国营旅社的被子又硬、又薄、又脏，与我年幼时见过的从"江北"逃荒到南方的难民用的被子相似。那晚，从我进被窝起，虱子就围攻了我一个晚上。我在又冷、又饿、又有虱子围攻全身皮肉的困境中度过了这一夜。

赶骆驼的农民和我紧挨着睡在一个炕上，但他们都有"老羊皮袄"（一种没有面子、用老绵羊皮手工缝制的大皮袄）盖在身上。次日早晨，天还没全亮，我被冻得几乎一宿未眠，困得正进入蒙眬时，被驼铃声吵醒，睁眼一看，睡在我旁边的赶驼人都已摸黑起程了。我顺手拉过他们曾盖过的被子暖身。

隔天上午我打通了治沙站的电话。那时打电话很费劲，到县邮电局打一个电话最快也得1个多小时。午后，民勤治沙站的同志赶了一辆牛车来接我。甘肃的牛车很有特色，除了用黄牛或牦牛（藏民地区都用牦牛）拉，全车没用一枚铁钉和一点儿橡胶，全部用木材制造，车架、车轮、车辐、车辕、车轴都是木头的。车轮特别人，直径有1.4—1.5米，适合高低不平的路况和在沙区行走。"车小轱辘大"是对这种牛车的准确描述，并被外地人当作"怪"现象之一。

在去民勤治沙站的路上，我遇到了中国科学院地理研究所的赵松乔副研究员，他是一位很和善的浙江老乡。能在去民勤治沙站的沙路上遇到一位同乡结伴同行,是我到甘肃3个月来最高兴的事。我们谈了一路,他像是我的老师和朋友,没有一点来自北京的架子,很亲切,与他的谈话对我面临艰难恶劣的生存环境,起到了鼓励和指导的作用。可惜他安排好地理所的研究项目后,就离开了治沙站。

民勤建城是在西汉,历史上曾是一个水草丰盛的古城。万里长城沿民勤北面而过,城墙上烽火台的遗址,仍高耸在沙漠中。祁连山雪水沿石羊河一直流到民勤北部的东镇,形成东湖。它是甘肃"金张掖""银武威"的一部分。

1961年3月初,我第一次到民勤,目的地是离县城15里的民勤治沙站。这个站是中国科学院地理研究所与甘肃省农科院于1958年联合组建的。站址是在腾格里沙漠边沿的半固定沙海中,三面紧邻沙丘,只有东面是开阔的沙荒地。治沙站到最近的居民点,直线距离有6里多。全站有4排,总共40间平房。因经常没电,同志们就用墨水瓶自制煤油灯照明,在煤油灯微弱的灯光下,整理、复核野外记录,查阅资料或起草研究报告。

治沙研究的课题主要由协作单位承担,治沙站配合,并提供后勤服务。我是省农科院的人员,"河西走廊沙区农田防护林营造技术及防护效果研究"这个课题是被列入省科委计划的重点研究项目,也是我毕业后承担的第一个研究课题。我有幸独立承担省科委的重点研究项目,内心比较兴奋。在学校时搞的一些小试验、毕业论文的编写和答辩等实践，对我毕业后马上独立承担重点研究课题帮助很大。此时，我没有无从下手的感觉，反而觉得有些熟门熟路，着手对研究课题的方方面面做了细致的准备，查阅了很多资料，重视每个细节，尤其是掌握苏联和国内在这一领域的研究方向、水平和手段，拟订了详细的实施计划。我对承担、完成这一项目很有信心。按照协作计划，治沙站派了两位同志做我的助手，我要在这个站工作到11月，到年终才返回农科院，进行年度总结。

我到民勤时，民勤虽已度过了灾情极其凄惨的年头，但人口减了不少。农民挥不去脸上的凄凉，不论你走到哪里，在民勤汽车站，在街上，在县招待所、国营旅社、供销社、人民公社，或在生产队长和农民家里，凡我当时去过的地方，绝大多数人都缺乏生气和活力。中央调入的救灾粮救了这些热爱家乡和无力逃荒的人，保证了农民每人每天有6两口粮可以延续生命。

恶劣的自然条件更使我感到在民勤生活的艰辛，但灾害性的沙尘暴和焚风（干热风）为我进行防护林防护效益研究创造了得天独厚的自然条件，我可以收集到全国独一无二的数据，把防护林防护效益研究推进到一个新的水平。

对事业的热情抵挡了生活的艰辛。从到民勤站的第二天起，我就腹泻不停，一天要拉七八次，最多的一天拉了23次，近乎一小时一次，拉的都是清水样稀便。拉稀使我极度虚弱。3月份民勤沙区的气温还在零下5摄氏度以下，到晚上更冷些，睡梦中从寝室跑到100米外的"干打垒"厕所，实在冷得彻骨。腹泻几天后，手指、手心的皮肤开始干缩，人已明显失水。同志们知道我腹泻厉害后，劝我多喝些淡盐水，但越喝越严重。民勤治沙站是没有医务室的，同志们给我送来了一些药，西药主要是氯霉素，中药有附子理中丸等，但这些药都没有明显效果。

到民勤不久，全身开始水肿，浑身乏力。初始是眼睑肿胀，眼皮睁不开。继而是脚肿大了，早上穿鞋子费劲，晚上脱鞋子更费劲。后来是脸肿了，脸上的血色都没有了，手指往脸上一按就是一个坑，脸部的肌肉因水肿而失去弹性。再后来是我的小腿肿得像胡萝卜，上下差不多粗，脸上、腿上的皮肤因水肿而显得光亮，全身乏力。

食物短缺也很成问题。饥不择食，是说人饥饿时，不管食物味道好坏、质量高低，再不挑拣，拿来就吃。我们的饥不择食，是"开拓"性的，是把不属于人类食物的东西当食物吃。我和助手（他尚未浮肿）在饿得发慌难以支撑时，首先想到吃牲口能吃的东西，这比红军过草地吃皮带和杨靖宇同志吃棉花更现实些。我俩就把库房内已失去发芽力的、非常难吃的紫穗槐和柠条种子当食物。我们试着用水煮和用炉火炒，看哪种方法容易下咽，其实结果都一样非常难吃。尽管这些种子难吃，我们还是吃了不少。

民勤治沙站深入沙区，是沙尘暴多发地区。我亲历了沙尘暴的暴发。到站不久,一天早上醒来,只见房内一片黄尘,被上、桌上、地上以及脸上,都有一层厚厚的黄色尘埃。我叫醒了助手同志,看到他没有眉毛、胡子和嘴唇(眉毛、胡子、嘴唇都被黄尘覆盖)的怪脸,煞是好笑。其实,我的脸也被一层厚厚的黄尘覆盖,两人都目瞪口呆,相视而笑。使人难以理解的是,头天晚上并没有刮风,半夜我拉肚子几次上厕所也未见有沙尘暴,而且治沙站的窗户都是双层玻璃,这么多的黄尘都是在较短的时间内通过双层玻璃窗进入室内的,可见沙尘之大。这种粉末状的沙尘,很难一次擦干净,用鸡毛掸子反复掸,也掸不干净,尤其是落在毛毯上更难拍打干净。

沙尘暴是我所承担的课题研究内容之一。我和助手们,除了正常测定野外各项数据,特别重视发生极端天气时各项数据的测定,因为极端气候虽发生时间短暂,但危害更大。一旦发生极端天气,我们就赶紧集合,带上各种专用仪器到试验区测定各项数据。因此,对沙区一般的大风、干热风(焚风)、能使沙子在地表1米左右高度飞跑的强风,早已习以为常,而我在去红岩山考察的半路上却遇到了遮天蔽日的沙尘暴。

那是一个春末夏初的阴天,我和一位同事去红岩山水库一带考察天然植被。在快到红岩山时,感觉天色暗了一些,当时周围并没有风,前面天空也没有扬沙、起尘。一看表,才10点左右,天色怎么暗了下来,我正在纳闷时,同事突然从后面追上来叫我,说沙尘暴要来了,快往前面(沙丘背风面)跑。

我回头一看,只见后面三分之一的天空已被一堵滚滚而来的"黄沙墙幕"蔽盖,而且"黄沙墙幕"蔽盖区在迅速上升、扩大。我紧跟着同事往沙丘背风面跑,没跑几步,风就突然大了起来,一分钟前还是平静无风的天气,突然开始风沙四起,继之飞沙打在雨衣上沙沙作响,沙粒猛烈地打在脸颊上如刀割般疼痛,地表飞石往脚板上砸。我本能地迅速把雨衣包裹住整个脑袋,拼命地往沙丘背风面跑,在同事的大声吼叫下(一般的说话根本听不清了)面朝地卧在沙丘背风面的下部。沙丘上的落沙很快掩盖了全身,为了使呼吸畅通,我不断地扭动身子使流沙下沉,保持身体处于半埋状态。这场"黑风暴"前后持续了一个多小时,它是我一生中唯一在沙漠中亲身遇到的一次强大的"黑风暴",真吓人!

京剧《四郎探母》中杨四郎在向铁镜公主起誓时,有一句"黄沙盖脸尸不全"的唱词,我是真的有过"黄沙埋身人不死"的经历了。脸颊上被风沙割伤的血痕使我整整痛了近一个月才消失。

沙区的沙尘暴与气象预报的沙尘暴完全是两回事,沙区的沙尘暴是暴风领先,继而是飞沙走石,形成一个立体的沙暴。像鸡蛋一样大的石砾满地飞滚,绿豆大小的沙粒在腰腿之间急速飞舞,芝麻大的沙粒劈头盖脸而来,细沙、粉尘铺天盖地在天空形成"黑风暴"。

兰州大学和张掖农业专科学校(张掖农专)的学生也参与了我们的课题。兰州大学地质地理系和生物系的学生,在冯教授等带领下,在治沙站实习了近两个月。张掖农专的郭老师也带"林科"学生实习一月有余。两校学生实习中有关沙区造林和农田防护林方面的现场指导约定由我承担,这给了我一个怎样带好高校毕业生实习的锻炼机会,也解决了我需要高素质人才参与课题研究的难题。因为,在研究课题中,林带的防护效益重点体现在对极端天气的抵御,摸索出不同结构林带对极端天气抵御的防护效益,是体现课题水平、研究成果适用性的关键。故在极端天气出现时(出现极端天气往往是短暂的),必须有多位高素质的人员协同操作,才能在现场同时、多点、立体、全面测定多项极端天气的数据。

我的研究报告能得到专家们首肯和为后人所引用,关键是获得了极端天气时林带防护效益的全面数据,这是前人没有的。为此,我很感谢学生们当年辛勤而认真地工作,而我也实践了如何带好大学生,为多年后从事教学工作奠定了基础。

这段工作也让我对造林工作有了很多反思。我在大学期间,没有人讲过"造林不当可能对人类生存环境产生局部灾害"的话,也没有看到过"造林不当会引起一个地区整体生态恶化"的论著。我和所有的林学家一样,把造林事业歌颂为"利在当代,造福子孙"的千秋伟业。但当我对民勤林业发展的实践认真思索后发现,在生态平衡极度脆弱的地区,造林不当将引发局部生态灾难,结果是得不偿失的。

1961年,在极其艰苦的生活条件下,我专门挑选最恶劣的极端天气，顶恶风、冒飞沙，带领张掖农专、兰州大学的实习学生，扛上"阿斯曼"等测量仪器到几公里外去测定各种防护林带在极端天气下的防护效益。期待通过这些数据，能找出科学的造林布局，来造福民勤人民，来造福河西走廊广大人民。民勤是当时全省造林的先进县，我亲眼看到民勤人民为抵御风沙的侵害做出的巨大努力和取得的成绩。

当年没有交通工具可用，我用两条腿走路，考察了民勤县的东镇、中渠、西渠、收成、红柳园、高来旺、三雷、薛百、沙井子和红崖山一带以及县城周边，看到民勤人民用沙枣和小叶杨在风沙前沿，营造带、片结合的防沙林和防沙林带。石羊河机械林场在民勤县内营造了大面积成片的防沙林。

在当时，民勤县内，总计有近30万亩沙枣、小叶杨成片林，其中有约20万亩是以毁掉极为珍贵的沙区原生植被（如甘草、罗布麻、芨芨草、酸胖、沙蒿、沙生柽柳等）为代价的。成片林初期，风沙灾害确实略有减轻，近地面的空气湿度略有提高，似乎起到了造福人民的初步作用。但要维持这个效益，每年需要大水漫灌两次，经估算，此举每年要多耗地下水5144万—8144万立方米。地下水位的下降和枯竭，促使石羊河等内陆河流断流，东湖等湖泊、湿地干涸，成片林也因地下水位下降、根系吸收不到地下水而干枯死亡。人们想在地下水耗竭、树木干枯死亡的林地上恢复甘草、罗布麻等原生植被，是极其困难的。

从观察研究的结果看，大面积毁掉极为珍贵的沙区原生植被后，去营造成片林，甚至抽深层地下水造速生丰产杨树林，必将引发局部生态灾难，使植树造林从"造福"子孙变为"造孽"当代。我这一论点，得到了当时甘肃省农业局局长的认同。

1961年夏，民勤治沙站和兰州大学、张掖农专学生搞联欢。

这是一次极为俭朴的联欢，在这个联欢会上，没有烟、酒、糖、茶，只有一点点治沙站农业组自种的葵花籽，给我留下印象最深的不是大学生们表演的节目，而是在站上务工的五六个民勤姑娘的小合唱"民勤是个好地方"。我已记不清全部歌词，但一开唱就是：民勤好，民勤好，咱们民勤是个好地方，又有香梨又有枣……我听了这些民勤姑娘的合唱后，开始思索起民勤的"好"处。

在我的感觉中，很少有人说家乡不好的，正像很少有人说自己母亲不好一样，这大约是中华民族的特点，是中华儿女的共同点。我是一个宁波人，我深信宁波是个好地方，这个观念深扎在我的心中，我觉得宁波山好、水好、人好、气候好，什么都好，我深信"跑遍天下不及宁波江厦"这句宁波老话。我也遇见过很多外地同志，几乎没有一个人说家乡不好的，他们都以自己家乡的特点为荣。比如，浙江奉化人说他家乡的毛竹特别粗壮硕大，毛笋特别鲜美；浙江义乌人说他家乡的花生特别香，红糖特别甜，用生的花生米拌红糖特别好吃；浙江绍兴人说他家乡的老酒和臭豆腐特别可口；江西九江人说他家乡鄱阳湖的鲜虾和螺蛳肉特鲜美；等等。这样看来，民勤姑娘深情地高唱"民勤是个好地方",是理所当然的,是她们对家乡美好之处依恋的表白,这正是我需要领悟的一个方面。

眼前的民勤确实风大、沙多、水苦、人穷,但仔细一想,我的怨气是因饥饿而引发的。历史上的民勤,并不是一个干旱缺水的地方,除了石羊河有水,只要挖地3尺,就有丰富的地下水。它光照非常充足,小麦、棉花、甜菜等农作物长得非常好,白兰瓜、西瓜、哈密瓜、香瓜、铁蛋瓜分外香甜。总之,民勤确实有很多其他地方所没有的、让民勤百姓引以为荣的特点、优点。

中国历史上有位香妃,据说常用沙枣花长期熏陶使肌肤存香,这是传说。沙枣不是枣,它是胡颓子科的乔木,其果形如枣,富含淀粉,可食,可酿酒。树体比枣树还高大,树干有四五十厘米粗的沙枣树在民勤很平常。沙枣繁殖非常容易,以种子播种育苗为主。它的花非常清香,5月初,金铃似的小花开满全树,因为它很香,老百姓叫它"千里香"。多年来,我奔波各地,北起黑龙江,南至云、贵、川,还没有闻到过比沙枣更香的花。我可以肯定地说,沙枣花要比任何品种的桂花香得浓郁而清醇,其清香虽飘不到千里,但香飘五里是绰绰有余的,可以算是"世界木本第一香花"。在开花季节,如折上一枝,插于室内,可清香十天。

民勤县内不仅沙枣的数量多,而且品种也很多,按果实形状、大小和色泽的不同,有大红袍、小红袍、牛奶头、羊奶头等约20个品种。果实有的如大红枣，有的似金丝小枣，有的只有枸杞大小，有的淀粉带甜味，有的单宁含量较高。总之，沙枣的基因资源非常丰富。另外，长在民勤县沙漠中的"英雄树"胡杨，树姿要比长在新疆的壮硕、挺拔、优美多了。

1961年初我去民勤的时候，当地甘草资源多得无法想象，在沙丘低地，几乎都是甘草。我先后从治沙站骑骆驼到沙井子林场，从治沙站步行到红崖山，从民勤县城徒步行走，经高来旺、西渠到东镇，从东镇随中国科学院地理研究所的考察专车进入腾格里沙漠，凡我经过的沙丘低地，几乎遍布以甘草为主的植物群落。可以这么说，民勤到处都长甘草。甘草是经济价值很高的药用植物，也是抗沙埋、沙压极好的多年生治沙草本。在民勤，除了甘草，还有清肝益肾的决明子、滋肾益精的寄生植物肉苁蓉、可治高血压的罗布麻，以及遍布全县的酸胖、红柳等。

我还曾有幸随中国科学院地理研究所进入腾格里沙漠考察一周，我也曾骑骆驼深入荒无人烟的沙区两天。沙漠中确有很多沙，有单个沙丘，有几个沙丘连在一起的沙丘链，有几百米长、几十米高像一座小山的沙垄，还有丘间低地（两个沙丘之间的平坦地）和沙海子（沙漠中的池塘）。在多数丘间低地，植被也很茂盛。正在草丛中觅食的兔子见到我们会四散逃离，但在跑了几步、大约与人保持25米的距离后，就会后腿直立，脑袋露出草层，双耳高竖，站起来回头看着我们，看起来这些兔子从来没有见过人。

沙漠中的池塘叫沙海子，它是地下水层的露头。有沙海子的地方，说明地下水位很高，接近地表。沙海子中的水清澈极了，一眼能看到1米多深的池底，但水是苦的，不宜饮用。沙海子周围长有芦苇，但要比南方江河滩地上长的芦苇细小，一般只有筷子粗。沙海子内有10厘米左右细长的小鱼，在水草中穿梭，数量很多。

历时两年，到1962年底的时候，我完成了课题。从1963年初起，我的工作就转入小陇山林区了，新的课题是关于"永续利用、集约经营"的研究，这是林业部的重点研究项目。20世纪50年代末，中央提出林业要向北欧三国（芬兰、挪威、瑞典）学习"永续利用、集约经营"的经验。国内也要搞"永续利用、集约经营"的样板。当时以罗玉川部长为首的林业部就选定小陇山林区作为样板建设基地。紧接着，国家计划委员会于1962年批准成立"小陇山林业实验局"，统一管理天水县、成县、徽县、两当县四县内的全部国有森林，开展"永续利用、集约经营"的试点。实验局实行部、省双重领导。1963年初，中国林科院、甘肃省林科所和小陇山林业实验局组织近30名科技人员进行科学实验研究，我是其中一员。

小陇山林区资源丰富，森林中"有林地"面积近1000万亩，但多为残败次生林，林区内荒山、灌丛甚多，发展潜力很大。木材蓄积量近2300万立方米，但多为小径级杂木，经济价值和生产率较低，培育、改造任务很重。林区交通闭塞，经济、文化落后,地方病严重,人民生活极为困苦,社会现状急需改变、振兴、提高。

从1956年到1966年全面建设社会主义的十年,是党对中国社会主义建设道路艰辛探索的十年。小陇山林业实验局的成立,不仅在林业系统开创了向西方学习"永续利用、集约经营"的先例,也在全国各行各业中率先冲破"全面学习苏联"的枷锁。由于当时林业在国民经济中地位并不突出,"向西方学习"未引发全国各行各业、理论界人士及媒体的重大反响,但它确确实实开创了新中国向西方学习的先例。从这个意义上说,它是划时代的进步,也是甘肃林业建设、发展史上的里程碑。

我与同仁们在小陇山林区连续工作两年,摸索、研究小陇山森林资源综合培育的途径,向"永续利用、集约经营"的方向迈进。

小陇山林区百姓的生活很苦,老百姓中患甲状腺肿(大脖子病)的人很多,这是一种地方病。到20世纪50年代末,病因已查明,是饮用水(土壤)缺碘,但到60年代初,尚未开展防治。农村供销社还没有碘盐和含碘量高的海带等食品销售。得这种病的女性要比男性多,中老年比青年多。患者甲状腺肿大,从颈部呈瘤状下垂,像个葫芦,表面布满小血管,大的可一直下垂到胸口,小的与鸡蛋相似。

我在李子园林场见到一个肿块比脑袋还大的中年妇女。全林区流传着一首反映大脖子病危害的悲惨民谣,大意是:逃荒进入林区的青壮年，第一代能凭借他的体力和风调雨顺的良好生态条件，获得农业的丰收，过上温饱的生活，尽管食物缺碘但不会变傻。第二代的人就不行了，他们中的大多数都是个子矮小、智力低下、见人傻笑、没有劳动能力的。这些人与精神病患者不同，他们从不攻击人，见了生人只是傻笑，在家中能做一些简单的劳动，但没有体力下地干活或上山打柴。这一代已不可能结婚，所以就没有第三代了。

林场有很多大蛇。位于两当县境内的张家庄林场的夏场长，有声有色地向我讲述一个护林员从黑河沟护林回来，见到粗如木桶，从山崖一侧越过山涧的大蛇后，吓得魂不附体，重病了三个月的全过程。林场多位职工，都说护林员当时确实吓得不轻，但没有第二个人见到过特大蛇。

1964年初夏的一个雨后阴天，我们研究小组一行四人带着仪器、行李，坐马车从张家庄林场场部去菜子岭工地。途经黑河沟口不远处，辕马突然受惊，前蹄跃起、马头高扬、高声嘶叫，几乎把马车掀翻。另外两匹拉车的马慌乱地把车往一侧拉，避开山麓，赶车师傅飞速跳下马车拉住辕马笼头，才把马稳住，避免了翻车。

我们几个大惊失色，定睛察看，发现在右前方不远处（约5—6米）有一条黑色大蛇，蛇头半昂，离地约有1尺多高，嘴吞一只灰色野兔，野兔大半个身体已被吞入口腔，只有一小半露在外面。在赶车师傅拉着辕马过去后，不到一分钟的时间内，此蛇已把整只野兔吞入喉咙。赶车师傅受黑河沟有巨蛇的影响，显得很恐惧，坚决不同意我们下车回头看蛇全貌的要求。由于麦茬阻挡视线，我虽然没有看清这条蛇的全貌，但蛇的颈部我是看得很清楚的，有军用漱口杯那么粗（10厘米）。

蛇在捕兔时把辕马惊吓到如此程度，此前我是闻所未闻的，更不要说见到了。张家庄林场的职工都说：黑河沟有多少块石头可能就有多少条蛇，雷雨天更多。黑河沟的沟底都是山崖崩塌下来、裸露在地表的大石块。我们进沟时，很小心地留意脚下是否有蛇，果然看到了在石头上晒太阳的几条小蛇，掀起较小的石块后，发现下面也有蛇。这些蛇都不大，一般只有拇指粗。在小陇山，脚踩到蛇身是常有的事。为防蛇咬，都用"毛帘子"取代军用"绑腿布"。有一次，这种拇指粗、2尺来长的小蛇，还挂在我的小腿肚"毛帘子"上。

白马坡在两当县境内，由张家庄林场管辖，叫的是"坡"，实际上是一个台地。白马坡台面的海拔有2400多米，它是附近最高的山，从山麓往上走，海拔要升高1000多米，相当于南京两座钟山的高度。接近山顶是云杉原始林，再上去是一片有五六十亩大的平坦地（台地）。在台地上，有一条宽度不足1米、长约100米、纵裂很深的缝隙（地堑），按我们当年的体魄，迈一步就能跨越过去，但是没有一个人敢跨越，因为这条缝隙深不见底，我们谁也不敢站到堑边。我为看个究竟，壮着胆子，身体平卧地面、头伸到缝隙边往下观察，只见漆黑一片，其他什么也看不清。甩石块下去，想听听石块的撞击声，以判断深度，接连甩了几块，什么也听不见。这条缝隙的两头也是垂直向下，照样深不可测，没有一点缓坡。据林场知情人讲，大约在1956年冬天，省林勘队两位调查人员，就是在白马坡失踪的，经民兵反复寻找，连尸体也未找到，真是"活不见人、死不见尸"。此后，白马坡就变得神秘起来。

我在林区还见过牛羚。这种野生动物只存在于两当县与陕西秦岭交界的云坪林区。1964年早春我到云坪林场，场长正在处理猎杀牛羚的案件，他告诉我，这里牛羚很多，主要出没在某个沟。在他的陪同下我俩去那里考察过牛羚。进沟不久（海拔约700米），就见到不远处的阔叶林内，有四五头牛羚，正翻过山脊进入对面山坡。虽林内灌木很多，光线较暗，但我还是看得很清楚，其体形与小黄牛相似，头、面、角独特，很机警，在发现我们后就缓步返回山脊。牛羚是珍稀动物，喜生活于人类罕至的边远林地。

从云坪场部去广金坝考察是没有路的，我们去的时候一直沿着小溪走，一会儿沿溪南小道走，一会儿又得涉水过溪，沿溪北小道走，再一会儿在溪中蹚水走。三月的溪水还很冷，水深的地方要把长裤脱下，背在肩上才能过溪。这一段路我们整整走了七八个小时，路上没有碰见一个人。

广金坝村是一个只有二三十户人家，封闭的、自给自足的自然村。农民全年吃的都是玉米，他们把玉米粒粉碎成小颗粒煮稀饭吃，叫作"珍珠饭"，做这种"珍珠饭"的玉品种叫"白马牙"。那时甘肃都种单产高的"金皇后",很少种产量低的"白马牙",但"白马牙"糯性好,比较好吃。我到甘肃已经吃了3年多玉米面做的"饭",吃"珍珠饭"还是第一次。这个村不缺粮,屋檐下都挂满玉米棒子,每家每户都养猪两头以上。每家都挂满用烟熏过的腊肉。农民很好客,给我们吃的腊肉都是大块的,这种腊肉很可口、很有特色。我到甘肃3年多,从河西走到陇东,广金坝是我遇到的、家家温饱且绝对原生态的世外桃源式小村。

从广金坝到原始云杉林考察,全程没路,只能用罗盘定大致走向攀登。海拔2000米左右出现了云杉,云杉原始林的林相很美,郁闭度在0.9以上,树干圆满通直,树高都在20米以上,无病虫害,单层纯林。林下很干净,只有小叶黄杨呈小乔木状散生其间,几乎没有灌木和高草,地表的苔藓层很厚,像这种林下仅有小叶黄杨组成稀疏第二林层的云杉纯林,甘肃仅此一处。我们被这特殊的林分吸引,在原始林内多转了几圈,就找不到留在树皮上的行进记号了,以致迷失了方向。在这茂密的林下,根本见不到阳光,分不清东南西北,后来花了1个多小时才找到正确的方向。

整个小陇山林区都有熊,科研组有位同志曾面对面碰上熊。当时他手持直径(胸径)轮尺,从山麓往山梁测树干胸径。在距山梁约20米时,只见一只黑熊面朝他端坐在山梁上,吓得他快速向侧下坡狂奔。为什么向侧下坡而不是向下坡?因为熊下山时连滚带跑,垂直向下,速度比人要快,但熊的视力不好（老百姓把熊叫"熊瞎子"），50米以外它就看不清了，所以人在逃避时要向侧下坡逃跑。好在这次与熊见面有惊无险。

那时，动物保护意识不强，我们也吃过豪猪肉，味道与猪肉相似。豪猪平常很难抓住，因为它尖而粗硬的刺很有杀伤力，甚至能刺穿豹子的皮。我们吃的那只豪猪，是它被洪水冲得半死时捉到的。

关于林区的食物，令我难忘的还有天水的"浆水"。当年，小陇山的工人和林区老百姓都是玉米面加"浆水"度日。1963年，我们组在李子园林场的林梢子坝工段连续外业工作6个多月，每餐吃的全都是玉米面加"浆水"，菜是没有的，"浆水"就是菜。所谓"浆水"是用在水沟旁割来的野芹菜做的。野芹菜洗净后用水泡在缸里，放一点盐让其发酵、发酸，盐只需放一点，放多了就不发酵、发酸了。这种发酵、发酸的水，就叫"浆水"。青菜帮子（青菜外部的老叶子）、菜头、野菜都能做"浆水"。

在考察麦积林场森林时，我们夜宿麦积山文管所。文管所是麦积山文物管理单位。那时文管所的院子、围墙、房舍都很破旧。在20世纪70年代，西哈努克亲王曾在院内住了较长时间，国家当时进行修缮扩建，装上了自来水，拉上了电，平整了道路，把一个破旧的文管所小院改建成了一座现代化的花园别墅。

1964年的文管所，其实是个看护小组，只有三个人。一位年龄和我相仿的所长接待我们，这位所长很好客，也很健谈，他在历史和中文两方面的知识比我强。他了解到我不怕鬼神后，给我单独安排了一间大房子、一盏煤油灯、一本线装的《聊斋志异》。我是第一次看《聊斋志异》，它的故事短小精悍，内容描述鬼怪狐狸，一篇又一篇地往下看，越看越想看，感觉很有意思，也觉得蒲松龄真会编故事逗人。一直看到凌晨2点左右。

　　麦积山上多白皮松，是小陇山林区白皮松最多的地方之一，而且天然更新良好，既有上百年的大树，也有高不足1米的小树，这些"老小同堂"的白皮松都是天然的。白皮松在小陇山林区是没有病虫害的珍稀树种，应列入保护、发展对象。在北京，白皮松是作为皇室庭园的珍贵树种栽培的。

　　麦积山也是祖国文化瑰宝，大小佛像很多。当年游人极少，来者随意参观，不要门票，也无导游。那时，麦积山石崖上的栈道破残不堪，估计不到三分之一的洞窟能通栈道。在我的请求下，凡勉强能登的、对外不开放的洞窟佛像都让我看了一遍。当年岩壁上的全部栈道，几乎没有一根木材是完好的，楔入岩壁的栈道横梁，全是松木，像老人的牙齿，都能摇动。栈道的护栏已基本没有了，残存的也晃得厉害。人走在栈道上不敢去扶护栏，扶上晃动的护栏更觉害怕，所以只能贴着岩壁走，不敢在栈道外侧走。栈道的踏板，多数是坏的、腐朽的，人要很小心地看准踏板走，每走一步，栈道都会晃动。

麦积山的佛像主要是泥塑，但也有石雕和石胎泥塑的。当时绝大部分佛像保存完好，但山壁上最高大的一尊佛像面部已有毁损。麦积山从后秦始建，有大小佛像7000多尊，最大的是阿弥陀佛像，高达16米，最小的只有手掌大小。麦积山从正面和左右两面看，像个大的麦垛，背面与山脊相连。

我曾从背面山脊处上山考察森林植被，直达"麦垛顶部"。顶部有近30平方米的"房基地"，内残存有大而厚重的"城砖"，这说明"麦垛顶部"曾有过建筑物，但当年只有残痕了。

1964年，科研组提出的"次生林综合培育"的研究成果，在党川林场葫芦沟进行生产性实验。先后参与该研究的科研人员有很多，分别来自中国林科院、甘肃省林科所，以及小陇山林业实验局。我在甘肃省林科所的科研人员之列。"次生林综合培育"研究是获林业部三等奖的，但获奖时没有论文和参研人员名单。生产性实验在国庆前夕全面结束，经林场首肯验收。科研组为此破天荒地宣布"国庆节放假休息"。甘肃省林科所野外工作时，从来没有节假日、野外津贴、出差补助、口粮补助和劳保用品。

向书记汇报

1964年初夏,我向小陇山林业实验局党委书记、局长汇报时提出的一条主要建议是华山松不适合作为小陇山造林的主要树种,华山松不能在小陇山"挂帅"。我提这个建议是有根据的。我考察小陇山云坪林场时,目睹成片华山松"近、成熟林"罹虫后枯萎死亡的惨景。我从各种内部资料上看到大凝脂小蠹虫在全国林区危害严重,如四川省内江县10万亩华山松成林遭大凝脂小蠹虫毁灭性危害。陕西黄龙林区和其他省区也有类似严重危害的报道。综合相关资料,表明全国华山松"近、成熟林"普遍遭受大凝脂小蠹虫毁灭性的危害。至于小陇山其他各场,因华山松大树不多,且处于单株散生,目前虽未成灾,但可以推断,当华山松长成"近、成熟林"时,也将受毁灭性危害。我经手的研究资料还表明,大凝脂小蠹虫还没有有效的防治方法。多种防治试验,甚至用极毒农药1059和1605以树干内吸法毒杀,也并未取得明显效果。

然而,当年小陇山林区有关人员,对这个只危害即将成材的华山松害虫的潜在危险没有任何察觉(此虫对幼林和中龄林不会造成致命危害,但严重影响其生长)。全局已建成的近20个林场,每年5万亩以上的采种、育苗、造林、林分改造几乎全部采用华山松,是典型的"华山松挂帅"。而能抗大凝脂小蠹虫危害的乡土树种油松、白皮松及辽东栎等既未育苗,更未造林。

我为这次汇报查阅了林科所当年所有资料,有3000多份,最后写了一份专题材料列举了华山松大凝脂小蠹虫在全国和小陇山林区的危害现状、发生规律,以及全国进行各种防治都未取得成效的情况,指出小陇山林区用华山松大面积造林的潜在危险,提出用油松、白皮松等乡土树种和引进落叶松等取代"华山松挂帅"的建议,并提倡在全林区开展针、阔混交造林,避免华山松罹病后成片死亡,在小陇山林区出现生态性灾难。这是一份牵涉到几十年后林区在"永续利用、集约经营"建设上的兴衰成败和需要全林区改变当前生产模式的建议。

我在他答应听我汇报时感到高兴,他在听我汇报时多次婉拒他人来访,专注地与我讨论问题,原来约定1个小时的汇报,结果整整汇报了一个上午4个多小时,这使我十分感动。我更感谢他采纳了我的建议,在他的大力推动下,小陇山林区扭转了"华山松挂帅"的局面,成功引进多种落叶松,消除了全林区今后发生像四川内江、陕西黄龙那样的潜在危险。华山松能否在小陇山"挂帅"不属于我研究课题的内容,我只是秉承在南京林学院读书时师长们的教诲而"多管闲事",可喜的是这个"闲事"管成了。

1964年11月末,我在小陇山林区蹲点9个多月后返回林科所，但是刚回到所里，就接到任务叫我马上出差。在林科所，我们一般冬天只搞内业，基本上是不出差的，更没有夫妻离别了八九个月后一到家就安排出差的。这次出差我是跟随省局一位同志以"省林业局工作组"的名义去洮河林业局。同行的还有省林业勘察队的一位同志。我们的主要任务是弄清楚部颁的"原条材积表"是否适合洮河林区、其误差有多少等问题。洮河林业局是省局直属单位，在甘南藏族自治州。那里是当年甘肃省主要的木材产地。我们从兰州启程，于第二天傍晚才到洮河林业局，总共350公里的路程，长途客车整整走了两天。

应我们的要求，洮河林业局派了一名同志参加工作组，我被指定为组内业务负责人。我们一行四人，先后深入洮河林业局下属单位，包括卓尼县境内车巴林场的粒珠沟工段、临潭县境内的冶力关林场的上岔巴和下岔巴工段及冶木河口的楞场（贮木场）、碌曲县境内的三岔林场、岷县境内的岷县贮木场和临洮县境内的临洮贮木场共7处现场。那次我们抽样测定了几千根原木的各项数据，我还趁机收集到了全洮河林区100多棵云冷杉（云杉、冷杉）树干解析的原始资料。通过整理、分析这些资料，我们就能找出林木每个龄级（20年）的生长情况，这对洮河林区开展"集约经营"极有价值。

我们去的卓尼、临潭、碌曲三县属甘南藏族自治州，我们去深山区调查时，都由地方武工队人员护送。他们告诉我们："深山区的治安情况仍较差，一些残匪隐蔽林内，用带有支脚的长枪，冷枪伤人。"林区海拔很高，空气湿度很大，气温特别低，人感觉特别湿冷。我们所到的粒珠沟工段的海拔是3100多米，人呼出的气立马在眉毛、鼻毛上凝结成冰（霜），撒尿落地就结冰。对南方人来说，晚上在零下二三十摄氏度的荒野如厕确是一大难题。好心人提醒我，晚上出门撒尿要带一根小棍，因为尿离尿道就结成冰凌。后来我发现晚上在荒野撒的尿落地就结冰是真的，但在尿道口并不结冰凌。

这次出差，留在我记忆中能反映时代特征和地方特色之处有很多，比如政府对少数民族的特殊照顾。在少数民族地区，有"民族贸易商店"，那里的商品要比汉族地区多，而且不要任何票证。在卓尼"民族贸易商店"里，你可以买到在汉族地区买不到的、少数民族需要的各色丝绸和丝绸织品，还有咖啡等饮品，买1斤咖啡另供2斤红糖。这些都是对少数民族的特殊照顾。

意外差点发生了。我们几个在车巴林场都遭遇过不同程度的煤气（一氧化碳）中毒，症状都是头痛、昏睡、眼球充血，好在没有出命案。起因都是晚上实在太冷，半夜冻醒后往火盆里加过木炭，或木炭尚未烧成通红时关了门窗。这就得到两个教训，一是炭盆中木炭未彻底烧红前千万别把门窗关死，二是门窗关后不能再往火盆里加木炭。

那些年我和灵兰是林科所夫妻中，相聚时间最少、出差最多、工作担子最重的一对。这使我有机会获得较多的阅历和经验，并且我已养成用研究、探索的角度去看待问题，感性认识也比旁人多些、深些。1964年冬天我出差到洮河林区，有机会跑了几乎整个洮河林区的采伐迹地、楞场（贮木场）。我在目睹洮河林区林线退缩、天然林面积不断缩减的同时，也熟悉了木材生产整个作业流程的每个环节和存在的问题，抽样测定了几千根原木的材积。这使我具备了目测材积的能力，也就是说，当我看到一根木材就能八九不离十地估测出这根木材的材积，看到一堆木材也能估测出这一堆木材材积是多少。我还练就了目测一片森林的平均树高、平均胸径、每公顷蓄积量等的能力。这些能力的获得，与组织上给我挑较重的担子和较多的实践机会有关，也与我平时善于心、脑并用有关。对森林生态等自然景观演替，我已从走马看花，迈入"透过现象看本质"的门槛。我也感悟到，知识的积累与付出成正比。

采育择伐

1965年初，我开始走上基层领导的岗位。

1966年2月7日，《人民日报》登了一篇长篇通讯《县委书记的榜样——焦裕禄》，我一口气反复看了几遍。焦裕禄的事迹，对我教育很大。在洮河基点时，我特地将此文作为研究组政治学习的补充材料。当时，我承担的是"森林经营研究组"组长的职责，负责省科学技术委员会下达的两个课题，即"洮河林区采伐更新及云冷杉育苗的研究"和"大草滩模拟飞机直播造林的研究"。这是我到甘肃4年后在完成河西走廊农田防护林研究课题和参与小陇山次生林研究课题取得阶段性成果后，承担的新的省重点研究项目。我思索着面临和需要解决的两大难题，一是怎样才能迈出在森工企业开展研究的步伐，二是如何避免或消除某些干部存在排外情绪带来的负面影响。

1965年3月，我再次到洮河林业局，这次去的身份和任务与四个月前不一样，这次我不是上级（省林业局）去检查、督促下级（洮河林业局）的工作，而是以森林经营研究组和课题组组长的双重身份与协作单位共同完成研究项目。当年洮河林业局是森工企业，没有试验经费。但是，我们在科研中用工、用种、用农药等都要钱，而林科所除了人头经费，没有课题费。当年省内还没有林业企业搞研究的先例，更无解决研究费用的经验可供借鉴。因此，我必须解决好在没有专项经费的前提下，在企业开展试验研究的具体问题，开拓一条在企业搞课题研究的途径。

经过反复思考，我悟出了两点思路。一是取得洮河林业局领导的理解和支持，让他们感到科研是在为他们服务；二是结合生产搞样板，把科研融于样板之中。按照这一想法，我向洮河林业局领导做了一次汇报，详述我们的想法和打算，争取他们的理解和支持。为此，我做了精心准备。在汇报过程中，我详细介绍了研究项目与生产结合，把试验（样板地）放在生产之中的方法，建议把卡车林场拉里沟的一个工段作为实验工段，将试验研究与培养洮河林业局人员相结合，使研究成果能在洮河林业局迅速推广，邀请洮河林业局派得力技术人员参加课题研究。此外，我还提出科研组先期参与直播造林与育苗两件大事，深入直播造林现场，进行播种质量和落实造林面积的督促、检查，针对云冷杉育苗多年存在的主要问题，召开全局育苗技术座谈会介绍全国各地的成功经验。

整整一个晚上的汇报，取得超越预期的成功。会议当场决定，采伐更新及云冷杉育苗试验基地定在卡车林场的拉里沟（小中山工段和沟口育苗基地），洮河林业局抽调三名技术人员参与研究项目，营林科长配合研究组开展直播造林督促、检查等工作。就这样我迈出了在企业搞课题研究的第一步，用结合生产搞样板的方式解决了试验经费等全部难题。

当年，洮河林区云冷杉育苗一直受困于立枯病严重危害而没有过关。我在安排好卡车林场育苗试验（样板地）的同时，以洮河林业局的名义召开了云冷杉育苗现场技术座谈会。这是洮河林业局有史以来的第一次专业会，重点是解决立枯病防治。会议请营林科长主持，由我介绍国内外防治立枯病的经验以开拓大家防病的思路，提出洮河林区云冷杉育苗迫切需要注意的事项。会议效果很好，开阔了全局技术人员的眼界，集思广益，总结经验，把当年立枯病防治措施切实提高到一个新的水平。

当年，"四清"工作组集中了全局的人力、物力、财力，计划直播造林11万亩。"四清"工作组强调直播造林是"全国首创"的"新生事物"，引发林业部很大关注。我在请示所领导同意后，把指导、检查直播造林列入科研组工作日程，科研组全力以赴，分成四组，深入大峪、冶力关、卡车、车巴

采育择伐样板地

四个重点林场,由林场给每组再配一名干部,每天跟工人上山检查播种质量、核实播种面积,连续工作(没有休息日)一个多月。

指导、检查是严格按"科研六十条"的要求进行的,包括对种子质量、每穴落种数量、种子入土情况的检查。现场指导、检查直播造林,是一项非常辛苦的工作,每天要在海拔二三千米的高山灌丛中工作8—9个小时,不停地从一个山坡爬到另一个山坡,从这个山头翻越到那个山头,行程要比直播工人多1—2倍,还要在冰天雪地里钻进荒草、灌丛,用手扒开枯枝落叶层,检查直播种子入土情况与每穴落种数量,做好查证记录。中午多数是一口雪一口馍,每晚必须在炭盆边烤干

卡车林场职工迎接知识青年（第二排右五是徐青法）

绑腿和湿透了的球鞋，以备第二天穿、用。我在这段时间最轻松的一天，是和营林科长背上暂借的劳保皮大衣和装生活用品的行囊，冒雪沿着尚未建成的达麻公路路基，从麻路寺步行40多公里回到拉里沟口。

一个多月中，科研组深入现场督促、检查，弥补了洮河林业局在直播造林中缺失督促、检查的环节，保证了播种质量和造林面积的落实。用这么长时间，吃这么多苦，参与洮河直播造林是有原因的。洮河林区林线退缩严重，三四十年前"卓尼沟的丫头、拉里沟的木头"誉及全省，现在"卓尼沟的丫头"风采依旧，但拉里沟从沟口到大中山5公里长的两侧山坡都成了荒山草坡，已没有一棵"木头"。整体来讲，在洮河南侧，从卓尼县的粒珠沟口到临潭县的冶木河口，50多公里临河山坡、沟谷，过去茂密的森林均已沦为灌丛荒坡，洮河林区急需制止林线退缩，恢复原貌。

此外，甘肃全省从1958年起多次开展飞机直播，省林业局编写的"林业志（初稿）"载明，当年在华家岭、木寨岭等处共直播7000多万亩，但无一处成功。当年主张云冷杉直播，以图迅速改变甘肃面貌者，对直播云冷杉仍孜孜不倦，省林科所在漳县大草滩等地的云冷杉直播研究即为一例。云冷杉直播在改变甘肃面貌上是不是捷径？现在洮河临河山坡、沟谷的生境应采取什么措施才能得到恢复，避免向赤地退化？是我到林科所后常思考的问题。参与洮河11万亩直播造林，对我来说，既是寻找云冷杉直播造林技术突破口的难得机会，又能竖起科研结合生产的招牌。

1965年4月直播造林结束后，我们科研组立即转入洮河林区采伐更新的研究，这是列入省科委的重点研究课题。洮河林区是甘肃森林采伐的老林区，在民主改革前，林权属于藏族头人所有，林业局以采一株树给头人一块银元的方式生产木材。几十年来沿用的是"拔大毛"方式的择伐。所谓"拔大毛"，简言之，是"采好留坏、采大留小"，就是只采伐符合尺寸和用材要求的好材、大树。采伐后，留在林地上的是枯立、病腐、断梢、双叉、断头等的林木，而且林窗很多、郁闭度骤降、林地生产率和木材年生长量在短期（采伐周期）内难以恢复。

采育择伐14年后的森林林相

洮河林区林相（近处是"拔大毛"式择伐后的迹地）

当年，我国东北林区以皆伐为主。皆伐形式多样，有全面、等带、不等带等，但归根到底都是皆伐。20世纪60年代初，穆棱林业局在皆伐基础上创造了"采育兼顾伐"，我曾到现场参观、考察，伐后林地上留有稀稀拉拉几株生长很差、只能做车立柱的"小老头"树，但比"剃光头"的皆伐有所进步。

北欧一些国家对择伐研究较多，且比较深入，其重点都是同龄林内择伐强度和择伐方式（带状择伐、团状择伐等）的研究。当时摆在我们面前的现状是，国内外没有类似资料可以借鉴或参考。我们必须从洮河林区云冷杉异龄复层林（当地实际）和经多次"拔大毛"式采伐（当时情况）的现状出发，制定具体研究、操作方案。

"采育择伐"这个名词是我到洮河林区后经反复思考提出的，采育择伐的总体设计也是我做的，900多亩采育择伐样板林的施工是我们研究团队带着工人完成的。我受东北林区"采育兼顾伐"的启发，根据洮河林区是异龄复层林和经多次"拔大毛"式采伐的实际情况，提出和制定具体措施。我们的目标是消除"拔大毛"式采伐的所有缺点，提高伐后森林质量和林地生产率，实现高生长量的"永续利用"。

采育择伐理论基础是明确的。体现林地木材生长量的生物基础是光合作用的叶面积，采育择伐是维护光合作用的叶面积在一定水平，并具备迅速恢复的能力，不致因采伐使光合作用出现断崖式下滑，甚至丧失的新的择伐方式。森林的生命源于

在"拔大毛"式择伐迹地上考察（前第一人是陈青法）

光合作用，采伐是森林光合作用的终止，更新则是恢复森林光合作用的开始。从林木中止光合作用到恢复正常的光合作用，云冷杉大约需要40年。这一规律，我们是从200多株大树的树干解析和对数千株林下天然更新幼苗逐年生长过程测量后分析得出的。缩短40年的周期，并提高林地上林木光合作用的能力，让采伐对森林光合作用的负面影响减到最低点，这就是采育择伐的核心。采育择伐的森林培育原理和一切技术措施都由此出发。

采育择伐的森林培育原理，是以择伐为主，同时进行卫生伐和抚育间伐。为此，我们确定采伐木为：成熟、过熟林木（择伐）；枯立、病腐、断梢、双叉的林木（卫生伐）；第二林层中丛生及密度过大的林木（抚育间伐）。使伐后林地上留有健壮、分布均匀的林木，且林木垂直郁闭度在0.6以上（控制负面影响0.3左右）。主要技术措施也明确规定：按号采伐，工人必须按科研组挂号木采伐，严格控制采伐木树倒方向，减少幼树损伤；改满山串坡集材为流道集材，以保护幼树及地表植被；及时清林，扶正被枝桠压挤的小树和幼树，伐后一周内必须清林完毕，如有林窗，就近用野生苗移植补缺，省、删了森林采伐的更新环节。

总之，确保幼树保存率在70％以上，垂直郁闭度在0.6以

在采育择伐迹地调查幼树保存情况

上，保持伐后林相整齐。1965年在拉里沟内的小中山西沟，建立横跨三个林班、总面积200多亩的样板林，并按国际习惯，内设每块面积为0.25公顷的试验标准地一组（共五块）。1966年在黄埝子河，建立了含有一组标准地的700多亩样板林，在样板林内生产木材5000多立方米。

我率领的研究团队在洮河林业局广大同仁的支持和配合下，两年共建立样板林900多亩，内设每块面积为0.25公顷的试验标准地两组共10块，为今后复查试验效果和长期研究奠定了科学基础。

在完成采育择伐样板林全部设计、采伐、集材、清林、补植等一整套施工作业的同时，我的研究团队还完成了两项探索性的试验：灌丛荒草地造林试验和火烧清林试验。

收录陈育法论文的图书

14年后,由中国科学院林业土壤研究所所长率组对我们的工作进行复查,查明伐后年生长量每公顷6.2立方米,为该林区采用其他择伐方式的3.5倍。此报告主报林业部。随后,林业部在洮河林业局召开了14个省(区)推广采育择伐的现场会,并将采育择伐列入部颁主伐方式。1980年,我在中国林学会召开的现有林经营学术讨论会上宣读了《洮河林区云冷杉林学特性及采育择伐的研究》论文,论文入选《森林合理经营永续利用》一书,由中国林业出版社于1980年出版。这一切,都证明了采育择伐的理论基础是科学的,生产实践是创新的、成功的,成果是可以推广的。

直播造林

1965年8月,洮河林区已进入深秋、初冬时节,科研团队分为四组,每组配备干部一名,开展对春天直播造林的调查。按照"科研六十条"的要求,以随机抽样方法在11万亩造林地中抽出调查小班,在每个小班中按机械抽样的方法确定调查样方。调查小组连续在野外工作近一个月。小组仔细清查、记录样方内的幼苗,总共调查了5000多个样方,在此基础上进行分析、整理。这项在11万亩茫茫杂草灌木林地上的调查,其辛劳程度不亚于"大海捞针"。林区当年8月中旬即开始下雪,出现霜(冻),调查员要趴(跪)在调查样方边上,用手仔细在杂草、灌丛中寻找大头针大小的幼苗，用冻得通红的手记录。但调查数据令团队成员大失所望，也彻底粉碎了我想从中找到直播造林的技术突破口，查明在什么立地条件下采用什么措施可以获得满意或比较满意的结果，并随之总结成功经验和失败原因的期望。

5000多个样方的调查数据表明，11万亩直播造林没有一个小班达到预期成效。我据此认定"在洮河林区，云冷杉直播造林尚需先搞试验"的结论，但这一严格按"科研六十条"要求得出的结论和建议，使我吃足了苦头。

我后来才知道把直播造林称为"四清"工程的内涵，是洮河林业局的"四清"工作组动用了全省储备种子和全部育林基金，搞了11万亩直播造林。他们对外宣称这是"全国首创"的"新生事物"，是"四清"的政绩工程。

当年10月我得知省林业局的《通讯报导》，刊登了森工处编写的洮河11万亩直播造林取得成果的通讯。《通讯报导》是上报林业部、省政府的，但它与我们的调查结论不符。在我们要向洮河林业局汇报年度科研工作情况时，"直播造林未取得预期成效"作为汇报内容之一是否适宜，令我十分纠结。经过反复据量后，我认为科研组投入的精力和工作量都应该列入汇报内容。但我知道这将把我推上"风口浪尖"。当时，洮河林业局参与科研组的全体同志，连同洮河林业局营林科长等，强烈而恳切地要求我把调查结果如实汇报。同志们的理由是现今只有我如实汇报，才能调整明年洮河林业局的生产决策，避免重复今年直播造林引发的重大损失。我毅然采纳了大家的意见。

洮河林业局生产科为汇报会做了精心安排，同志们觉得林业局会议室太小，把办公室调整、布置成一个灯火通明、温暖适中、桌椅齐备、整洁明亮的大会议室。汇报一直进行到晚上近11点，大家充分肯定了科研团队的工作，对采育择伐的试行和云冷杉育苗取得的阶段性成果都做了全面肯定。但是，在"直播造林未取得预期成效""直播造林尚需先搞试验"这两个意见上出现了分歧。我被洮河林业局新任局长连问了几个为什么。第一个问题是"你说说，种子从树上掉下来能形成天然更新，为什么人工播种反而不成功"，第二个问题是"你说说，直播没有成功是'内因'为主，还是'外因'为主"，第三个问题是"你说说，种子究竟是'鸡蛋'还是'石头'"。我从提问者的态度感觉问题有点严重。从提问的内容来看，提问者既缺乏林学基本知识也没学好《毛泽东选集》。同时，我也顿悟很多同志反复要求我汇报直播造林调查结果的原因所在。那时，我显得很冷静，只说了一句话：我们和林场十几位同志，历时近一个月，共同调查的数据就是这个样。

1966年3月，林业部总工程师带工作组专程到甘肃来了解洮河林业局11万亩直播造林的成败。那时我已下点到冶力关林场，他们从北京到兰州，又从兰州赶到冶力关林场找我。我从黄埝子河样板地赶到场部，在煤油灯下向他们汇报了3个多小时。次日我和林场同志一起，陪同他们到现场检查，一行人检查了几个小班,现场几乎没有找到直播造林的一株幼苗。我从总工程师那里得知,省林业局的领导告诉他,局里有两份调查材料。一份是森工处调查的,结论是"直播成功";另一份是林科所调查的,结论是"直播造林未取得预期成效,没有一个小班是成功的"。两份材料结论完全相反,所以他们又赶到冶力关林场,找到我深入了解,并到现场调研。喧嚣一时的直播造林,是甘肃林业战线上一场"科学"与"蛮干"的较量,最终画上了句号,再次为国家避免了巨额损失。

在洮河林区,林线后退,森林面积迅速缩减,全林区森林被反复破坏后沦为灌丛地的估计有20多万亩。当年,国家对森工企业的最高要求是"更新赶上采伐",企业亦无暇顾及历史遗留迹地的更新,地方政府和人民群众面对青山,不缺木材,更无扩大森林面积、恢复森林景观的意识。为探索洮河林区扩大森林面积和加速灌丛地向森林演替的方法和途径,促进人们改变观念和提升林区生态,研究团队在灌丛地边缘和灌丛地内,就近移植云杉野生苗造试验林300多亩。这在洮河林区历史上是第一次,年末成活率达85%以上,获得预期效果。它的成功,为扩大林区森林面积摸索出一条又快、又好、又符合当地森林顺进演替规律的途径。

森林采伐后林地上有很多梢头、枝桠、杂灌等采伐剩余物需要清理,经过清林(理)的迹地才能更新植树。清林有多种方法,火烧清林是其中之一,但风险大,一般只用于皆伐迹地清林。在样板沟附近,有200多亩森林因年前高强度的"拔大毛"式采伐,形成残败疏林,急需清林,进行野生苗移栽补植,而野生苗移栽要赶在苗木萌动前进行。

当时,摆在样板领导小组面前有三种途径可供选择,一是集中工段力量打"清林歼灭战",但这势必严重影响样板林进程;二是待来年再说;三是试用火烧方法清林,及时移栽补植,但火烧清林是很危险的作业。我思考再三,反复掂量,厘清利弊,列出火烧清林的不利因素是林地上有疏林,林地下有泥炭层,左、右侧和山梁均有森林,枝桠等采伐剩余物特多,如稍有不慎,就会引发森林大火。但有两条有利因素,一是有

1960年黄坮子河林区荒山造林十余年后的林相

一批能应对突发事件的班组长，二是近期天气阴冷多雪，尤其是晚上多大雪。经领导小组商议，决定火烧清林，由我制定几条火烧清林守则，并突击开辟好确保人员安全和不发生森林火灾的边际防火线，伺机实施。

一天下午，天飘瑞雪，我按经验判断晚上将有大雪，就果断决定晚上实施火烧清林，并紧急调集刚从山上下班的10来位骨干，再找来点火用的3个汽车喷灯。人员分成三个大组，进入采伐迹地，实施火烧清林。我们用了整整一个晚上，安全、彻底地完成了200多亩约600立方米采伐剩余物的火烧清林，提高工效50倍以上。更为重要的是，我们抢得了及时更新的时间和获得了在"拔大毛"采伐后实施火烧清林的经验。我在整个过程中，深知责任重大，自感安危成败在此一举，开始时精神非常紧张，后来庆幸"老天帮忙"。约三更以后，瑞雪越下越大，发生火灾的风险越来越小。

我在大雪纷飞中已成"雪人"，精神由紧张转为高度兴奋，从一个焚烧点跑到另一个焚烧点，边商量、边检查、边指挥，满山巡视，忙了整整一个晚上。我和另外几位同志是最后离开清林现场的。那时，同志们已经连续在山上工作了一昼夜。火浪炙烤使人口渴难忍，加之高强度的劳动促使腹中饥饿，同志们是用林地上的积雪解渴、减饿的。我衷心感谢同伴们的全力配合，使火烧清林取得了圆满成功，绩效显著，改写了洮河林区清林的历史。

藏獒与独狼

忠诚而勇猛的藏獒是藏区一种很普通的狗，这种狗后来被炒到了天价。就我在藏区工作的所见而言，藏民家家户户都养藏獒，藏区是不养其他品种的狗的。因为其他品种的狗不适应藏区的高海拔条件，护院、放牧方面也没有藏獒勇猛。在藏区，藏獒的血统都很纯正，几乎没见到杂交品种。我在卓尼、夏河、碌曲等地见到的藏獒都是清一色的黑毛。藏獒的毛色黑得发亮，头大、身高、体重，腿也长得很粗壮，十分威武。

我在藏区就听说过藏獒很厉害，看到过它在放牧时的机灵勇猛，但真正见识到了它在护院方面的厉害有两次。第一次是我骑马路过藏区卡车沟的达枝多，那是一个离大路不远的村子。当时我的马跑得比较快，在我即将离开村庄时，村里一只高大的藏獒猛追过来，跃起就要咬我跨在马镫上的小腿。亏得我动作快，两腿一夹，马就飞跑起来，与此同时我扬鞭狠抽狗头，就这样，这只高大勇猛的藏獒追了我一阵之后，在狗主人的紧急叫唤下才停下来。另一次是去西岔工地一个山谷牧场边，一只藏獒被拴在帐篷外的立柱上，我们一行人距离帐篷还有100米左右时，藏獒就开始狂吠，但是只吠不跃。等我们走到50米左右时,藏獒开始又跃又吠,把铁链拉得哗哗响,立柱也被它晃得前后摇摆,很有挣脱锁链扑上我们之势。为了防止意外,我们只能停下脚步,大喊狗的主人。一位中年妇女出来后,拉了一下狗项圈,对着狗说了两句藏语,刚刚还对着我们狂吠狂怒的藏獒,立刻就变得异常温顺。可见藏獒对主人是很温顺、忠诚的。

在藏区,我们看到的藏獒都是单独活动的,没有见到过三五成群的。藏区的山一边是森林,一边是草地、牧场,林业工作者经常和藏民打交道,也就经常接触到藏獒。不了解藏獒的习性,工作起来就很困难。

甘肃全省都有狼。在甘南林区,多为两三只一小群,独狼不多,多数独狼是因为狼窝有小狼,被迫独自外出觅食。独狼比较凶狠。

1965年6、7月间,一个雨后阴天,卡车沟林场场长请我回场部研究工作。我得到通知已经是下午2点多了,立即从小中山采育择伐工地出发赶赴场部,路上约有十几公里。我自认为这段路走过很多次,熟门熟路,就一个人下山,因深知沿途有狼,就带上采集杖防身,防止狼或狗的攻击。

到大中山后,发现一只大灰狼在我的左后方30多米处跟着。我那时既怕狼又因有点防狼知识而不怕狼。怕它主要是因为没跟这种动物交过手,怕它伏地一叫引来一群狼,扑上来撕咬我。不怕它是因为我那时血气方刚,加上平时也积累了一些对付狼的知识，比如，狼是"铜头、铁臂、豆腐腰"，打狼要往腰上打，不能像打狗那样打头和腿；又如，狼怕绳子套，只要把绳子往空中晃，它就不敢近身了；再如，狼咬人一般是从背后扑到人肩上，待人回头时咬人喉头，所以狼扑到肩上时，千万别回头，正确的方法是双手抓住扑在肩上狼的两脚，躬身把狼从背后顺势提起，越过头顶往地上猛摔等。

在发现狼跟着我的一刹那，我还是有点紧张，但我很快镇定下来。这是一只非常狡诈的大灰狼，从它的腰部可以判断这是一只饿狼。它一直跟着我，我停它也停，我走它也走。当我转身怒目看着它时，它每次都把昂起的头低下来。一段时间后，它与我的距离越来越近，从30多米缩减到20米左右，我估计再近一点它就要从背后猛蹿上来咬我。当时，离最近的居民点大约还有2公里。我明白，到村落附近，狼就会离我而去。

那时天色已经暗了下来，随着夜色的降临，山谷内静得出奇，我的心情也开始紧张起来，我必须在2公里内严防狼对我的突袭。我在加快脚步的同时，保持不慌不忙的镇静姿态。我突然停下脚步转身怒视饿狼，同时手舞采集杖，在保持对狼威慑的同时，又密切注意它从后面扑上的可能，就这样一直到离村庄不到500米的距离，狼没敢上来，悄然离我而去。

这只狼，跟了我近5公里，1个多小时内，它没有嚎叫，没有引来狼群，只是默默地紧跟而且越逼越近。我由此判断它是一只产仔不久的母狼、饿狼。我在野外工作多年，有林区、有牧区、有山区、有草原，这是我唯一遇到的一只狼。在独狼面前，我的经验是不能有半点示弱。在林区，狼是怕狗的，这次我如果身边带上一只藏獒，那就不怕了。另外，在林区行路，不能只凭"血气"，这给我以后进山带来很多裨益。

可爱的人

天水是历史名城，有很多名人、古迹。三国时的姜维就是天水人。天水分天水市和天水县，火车站在北道埠，亦即天水县的所在地，渭河横贯县城。天水市距火车站22公里，市内西关有建于1490年的伏羲庙。这座庙建成后虽多次被毁，但累毁累建，至今仍是古庙一座。庙前植有古槐，1958年大炼钢铁时部分古槐被砍了去炼铁，现在还留有一些，其大小和山西太原晋祠古槐相似。天水市区东部有马跑泉，泉边有一棵高大的垂柳，我实测胸围352厘米，树高26米，再往东就是麦积山风景区。

陕西有句名谚叫"米脂的婆姨，绥德的汉"，天水姑娘可与陕西米脂的姑娘媲美，这大概与遗传和天水的水土有关。当时据说在一群甘肃姑娘中，往往一眼就能分辨出谁是天水姑娘，因为天水姑娘的脸颊没有因微血管扩张引发的红晕，皮肤细嫩白皙，门牙洁白没有黄斑。我在甘肃时发现具备这三点的姑娘，百分之九十是天水姑娘。天水的小吃有凉粉和呱呱，凉粉是用荞麦面的淀粉做的，冷却后成乳白色胶冻，摊主切上一块，顺手捏碎，放上佐料，用匙食用；呱呱是用面粉加工成的，把面粉掺水反复揉和再水洗，让面粉中的淀粉和面筋分开，淀粉经沉淀加工成面条状，再把面筋撕成块状，加上佐料，即可食用。天水一带的人都很喜食这类小吃。

在那段时光中，我遇到过很多人，有伐木工人、藏族同胞、天水的姑娘等等。我觉得他们是普通而可爱的人。

在洮河林业局，伐木工人很辛苦，隆冬季节运材汽车司机更辛苦。洮河林业局有20多台挂着拖车的运材汽车，那时有20多台车是了不起的事。每台车配一个司机和一个司助，司助就是学徒工。在那个年代，学开车都是师傅一对一带出来的，没有驾校之类的培训班，带出来的司机不仅会在很差的路上开车，而且都会修车。"小修不出场（林场）"就是这么来的。林区内的公路都是林业部门自己设计、自己施工的，因为投资不足，路况要比国家公路差很多。林业局的司机开车水平都很高，在交通运输公司的司机不敢走的林区公路上，载重4吨的解放车，拉着十几立方米木材，不论白天黑夜、刮风下雪都能跑。

在隆冬季节，司助在早晨5点左右就给水箱充热水。那时没有防冻液，水箱每晚必须放净，次日清晨加满，然后躺在发动机下用喷灯烤发动机，一直要把缸体烤热，再用摇杆使劲地摇至发动机能自动点火，才快速退出摇杆。这个操作是在露天停车场，零下二三十摄氏度的隆冬清晨进行的，一般要一个半小时以上。

他们每天都在晚上8点以后才收工，既没有星期天，更没有文化娱乐休闲时间，每周工作时间在105小时以上。就算在民工装车时，司机们也不敢休息片刻，担心装材不当在行驶途中引起晃动。还要指出的是，那时的驾驶室没有暖气，他们在行驶途中受冻、寒更严重。他们的开车水平、修车技能是一流的。在洮河林业局，看到穿着沾满油污短皮袄的，就是可爱的运材司机或司助。

那时汽车司机的师徒之间，有一条不成文的尊师规定，当徒弟满师独立驾车后，遇到与师傅同路行进时，不论你现在年龄多大、职务多高（如当了车队长），都必须请师傅上车开车一程，以作示范。自己则规规矩矩地坐在司助位上，问问师傅此车有什么问题，以示对师傅的尊敬。

采伐工是高难度的技术工种。20世纪60年代初，甘肃省森工采伐单位只有洮河林业局一家，白龙江森林工业管理局还未上马。洮河林业局的采伐工人绝大部分是河南的支边青年，后来因各种原因走了不少，留在林区的都是一批非常可爱的同志。他们吃苦耐劳，以场为家，有的已经当上了工段长。

洮河林区山体坡度都比较大，树冠都伸向下坡，像黄山的迎客松那样。树冠重心向下，而林下幼树又需要严加保护，故采伐时伐倒木必须"横山倒"，最好"上山倒"（倒向山坡上方），绝不允许"下山倒"。这就要求采伐工有很高的技巧和应变能力，整个伐木过程中"开马口""下锯""打楔""留茬"都要求有高超的技术。他们用弯把锯,可让伐根直径在80厘米以上、单株材积达4立方米的大树"上山倒"。

采伐要有技术。打枝(把树干上的枝桠砍去)也要有技巧,打枝必须打出"鱼眼睛",既不能留茬又不能伤材,要左右手都能抡起玻璃斧(即大板斧,救火时必备的斧)"开弓"。他们在集材时既能修"木滑道",又能修"冰滑道",修成的滑道能让约15米长的原条(木材)匀速下滑。他们所做的上述每个工序都有很大的危险性,但他们都能很好地掌握。弯把锯怎么开锯、拨料也是一大技术。锯料的宽度、锯仓的大小必须随被采树种的木质硬度、采伐季节、树脂多少和自身臂力而异。总而言之,我认为,他们的的确确是技术工人,他们掌握的技术,要比高等学校森林利用学相关章节介绍的高、难得多。

采伐工人的生活条件很艰苦。洮河林区的采伐工人,都在海拔2400—3200米的工地上生活、工作,他们的作业地点海拔有的高达3400米,阴冷潮湿、空气稀薄。他们没有享受当地机关干部由国家配发的四大件防寒用品(皮大衣、毛毯、毡褥子、毛皮鞋)。他们常年住在用板皮、箭竹、树皮、牛毛毡和泥土搭建的工棚里,工棚没有窗,门由几块板皮钉在一起,再用铅丝绑在立柱上,其实算不上是门,地面就是泥土。睡在这种四面通风的工棚里,晚上能把人冻醒。他们是能吃饱饭的,但菜蔬很少,中午就是两个冷馒头(林内绝对不准烤火)加上几把雪。他们在严冬洗脸、洗脚没有热水,都在沟边用冰水擦一把完事，用这种冰水刷牙口腔冷得出奇。

因为跑到山外理发来回要一整天，工人一般等头发长到一寸多长才理发。

我是他们的义务理发员，星期天从早到晚能理20多个人。采伐工人几乎没有任何文娱生活，工地上连农村早已普及的有线广播也没有，更不要说报刊，最多只能是下象棋、打扑克。当时他们的医疗保障基本上是空白，绝大多数工段没有医护人员，工段长办公的棚内有一只保健箱，箱内有几片治疗头痛、发热、腹泻的药和一些胶布、红药水，这就是全部的保健家当了。

我去过大庆、玉门、胜利、长庆等油地，采油工人很伟大，工作条件很艰苦。如果与采伐工比较，不论是从住的工棚、劳保待遇、作业危险性和技术要求、医疗条件、文娱生活、粮食蔬菜及生活用品供应、工作地的海拔高度及交通条件等哪个方面来看，洮河林区的采伐工人都更为艰苦些，而且工资、补助也更低些。工人的生活我是深有体会的，因为我们科研组与工人真正是同吃、同住、同劳动，没有半点特殊的地方。如果有，我只有为大家理发的义务和一盏专用的煤油灯。

采伐工人很守纪律、热爱祖国。我从1964年冬起在洮河跟采伐工人整整生活了2年多，我觉得这是一支易于领导、很好管理的队伍。在参加试验研究项目施工时，技术要求更高，他们从不挑肥拣瘦，工作很好安排。那两年我没有发现有打架闹事、无理取闹、小偷小摸的事件，就连早、晚开饭时刻，迎着飞雪在露天排队，也没有人插队。

现在舆论有一种倾向，说采伐工人只采伐树木、不种树，是他们把森林采光了。我曾经看到的关于东北大兴安岭采伐工人、全国劳模马老在退休后率领全家三代栽树的新闻中，就有这种说法。我认为，这种舆论倾向既不公正，也不道德。我很难忘怀采伐工人平凡而崇高的品德，他们文化不高、见识不广，没有滔滔的理论，但他们是一批忠于祖国、听党安排、服务人民的可敬的同志。

新中国成立初期，《牛虻》和《钢铁是怎样炼成的》是在青年工人中流行的两部小说。我看《牛虻》时，才知道《牛虻》的主人公不是我熟悉的既叮人又叮牛、吸牛血的牛虻。在洮河林区，从5月份开始就有牛虻与草爬子（草蜱子）。牛虻叮人时很痛，而且要痛好几天，甚至到第二年被叮咬处的皮肤还会重新发痒，出现能挤出血水的小红点。牛虻在阳坡草山、牦牛多的地方，林缘和林中空地、光照多的地方要比林内多。工人被叮咬的部位主要是脑后脖子处，也有隔着工作服被叮咬的。

采伐工人在伐木、集材等危险性大的工序工作时，往往全神贯注，精神高度集中，不易察觉牛虻飞落到身上，到牛虻叮咬时又往往抽不出手来拍打，这就给了牛虻叮咬吸血的机会。

草爬子也叫草蜱子，是一种和蝇差不多大小，但翅膀发育较差的飞虫。它的个体要比牛虻小很多，落到身上时不像牛虻那样有明显感觉,往往不被人察觉。它咬人时会撕破你的表皮钻到肉内,钻心地痛。如果你把它打死了,它的头还在你的肉里,要是你抓住它的身子往外拉是拉不出来的,越拉越往你的肉里钻。对付它的唯一办法是用香烟火熏它的尾部,这种虫在尾部受火熏后会倒退出来,那时你再拍死它,这样它的头就不会留在肉里了。对付草爬子要旁人帮助,自己无法用香烟火到脑后脖子处去正确地熏它,工人被草爬子咬的事每天都会发生,我也被咬过多次。第一次被咬时既痛又紧张,因为过去从没接触过这种头能钻到肉里咬人的虫,之后有经验了,就知道用香烟火熏草爬子。

洮河上木筏多,筏工也多。洮河林区生产的木材,主要流向是兰州市。林区生产的木材编成木筏后顺洮河而下。洮河木筏都由原条(伐倒木经打枝、去梢,未经造材的树干)编成,每个木筏在12—15立方米,与福建、四川的木筏有很大差别。洮河的木筏是一个木筏一个人、一支桨、一条绳,白天放筏,晚上靠岸。绳是靠岸时系木筏用的,桨支在木筏前端,是用来拨正木筏航向的。整个木筏用铁质蚂蟥钉编成,不用绳索,木材在木筏上的排列是大头在前,小头在后,流送时也是人头在前。筏工站在木筏前端,手扶支撑在木筏上的木桨左右摆动以调整航向,避免险滩搁浅和撞向礁石。桨是重复使用的,因为一支桨是用一根原木劈制成的。筏子到贮木场后,桨和绳由专车运回林场,重复使用。放筏的工人要有与惊涛骇浪搏斗的技巧和很好的水性,他们都是临夏州的回民。

甘南州的人是不放筏的,因为他们没有这个技术,又不识水性,不会游泳。回民喜爱唱"花儿","花儿"是一种原生态的民(情)歌,嗓门尖而高,在两三里以外都能听到。他们现编现唱,见什么就编什么,想什么就唱什么,像是"阿哥的白牡丹呀,花儿正在开呀,妹妹我想你呀……"在水流平缓的河段,一个筏子接着一个筏子顺水漂流而下,筏上回民的"花儿"歌声缭绕不绝,两岸山色,美景如画,确是洮河一景。

入党申请书

从1961年初来甘肃到1967年春节,我们只回过宁波老家三次。每次回家乡的心情不是越来越好,而是一次比一次差,第一次是看望病重的老妈,第二次是祭奠父母,第三次是想驱散"文化大革命"带来的积郁和怨愤。

我是林科所第一批提拔的干部,也是第一批入党的培养对象。我在1965年底就填了入党申请书,党支部研究通过后上报了省林业局机关党委审批,我成了林科所建所以来第一批要发展的党员。不久,党支部向我们传达了机关党委的意见,说林科所即将开展"四清",这些要发展入党的同志需要待"四清"后再批,入党这件事就拖了下来。几个月后,机关党委书记告诉我,目前暂缓审批"三父"有问题的同志入党,并鼓励

1967年冬摄于北京

我不断努力。"三父"是指父亲、岳父和舅父。"问题"包括现行的、历史的、政治的、经济的。

我的岳父那时正蒙受不白之冤。1983年8月30日岳父才彻底平反成为上海市的局级离休干部。他蒙冤达25年，我们夫妻也受牵连25年。在这漫长的25年中，我非常努力。在政治上、思想意识上、行为品德上、工作创新上严格要求自己，勤奋工作。我对党忠诚且矢志不移，一心一意想成为一名焦裕禄式的共产党员。我前后写了40多份入党申请，但都被"暂缓"了。在被批斗、隔离、"抄家"的日子里，我的心碎了。我从没想到自己忠心耿耿跟着党，一腔热血告别故乡宁波、上海，拜辞父母、兄弟，来到甘肃，斗天战地、餐风饮露，顶沙暴、闯山野，受尽艰辛，坚持毛主席"有所发现，有所发明，有所创造，有所前进"的教导，取得了一系列成绩，会有如此境遇。

回家看看

1967年初，我俩回了老家，当时正值"文化大革命"对社会生活影响极为严重的时刻。有全国粮票是回家的前提，但很难搞到。铁路客运在红卫兵大串联后极不正常，兰州、上海区间的客车停在西安一两天不走是常事，要买到从兰州到上海的车票得在车站排两天队。上车后没吃、没喝、没处上厕所，车到站后上下车要从车窗爬。总之，人们习惯的社会生活秩序已处于崩溃的边缘。

我们登上从兰州发往上海的列车后，列车尚未出站车厢已经拥挤得行走困难，108个定员的车厢起码上了250多人。问题还不止于此，在之后的各站，如夏官营、定西、甘谷、陇西、天水等仍有大量乘客在站台上想挤上车来。过了定西站，乘务员因车上拥挤已打不开车门了，人们就强行从车窗上车。他们利用各种开窗机会死命扒住往里爬，已爬进的就不管三七二十一再把同伴拉上来。不会爬窗或没有爬窗机会的根本上不了车。一些偏激的乘客就用扁担猛砸车窗玻璃，从砸碎的车窗往里爬。在车厢内，凡是能站（坐）人的地方都挤得结结实实，走道、洗脸间、车厢连接处都挤满了人。茶几上坐着人、座椅下躺着人，厕所里起码挤了五六个人。车里早就没有水喝了，上厕所是不可能的。大人们不吃不喝，基本不上厕所，小孩是大人抱着从车窗往外解决大小便问题的。直到过了徐州站，这种情况才稍有改善，车过南京，车厢内已能挤着移动。48小时的车程，要走60小时。

从上海回兰州的历程更艰辛。上海向西北方向走的列车唯一售票处在金陵东路，只设一个窗口、排一支队伍。我排了三天两夜的队，才买到两张只有车厢号没有座位的站票。当时上海人买火车票排队很有创意。那天我是一早赶到售票处的，但已有上千人排队，他们都是前两天未买到票的人，当天来的都像接龙一样接在后面。快到中午时分，有几个人来编组、编号，编上号的下午就可不排了，但晚上得再按原组号次序，再排上两个多小时，重新编组、编号，每次编组、编号时如果你不在场，就算弃权，过了时间再想插进来是不可能的。就这样，每天编组、编号两次，第二天照旧。这个办法是买票的同志们自己创造、获得大家认可的。不计路途往返4次的时间，每昼夜在售票处只要排队6—8个小时就可以了，但要连续3天。在一票难求的年代，售票处没有黄牛、不见保安，实属罕见。

进上海站又是一道关。从上海开往兰州的候车室靠近宝山路，离站台约有1公里，候车室的客容量大约是1000人，与列车总定员相当，但挤在候车室的乘客、送客，足足在3000人以上。因为有一半多旅客买到的是站票，加上买站台票送亲友的，每个乘客起码带有三四个包，甚至有十来个的，这就把候车室挤得水泄不通。我担心孩子被挤散和被人踩踏，就让儿子骑在我脖子上，叫他双手紧抱我的头，以防摔下，再把两个旅行袋的提手用手绢紧紧扎在一起后挎在肩上，手上再提着包，还要不时地用手肘推开从两侧挤来的人流，灵兰挺着肚子提着包紧跟在后面直到检票处。进站后人流较稀，为了在上车后找个放行李的地方和占个让孩子能站得稍微安稳的地点，就要拼命地往车厢方向跑，争取早点上车。车站没有"老弱妇幼候车室"，乘客从候车室起身后，肩背、手提沉重的行李，在拥挤中缓慢挪到检票口，足足用了1个小时，也实为罕见。这趟车，售票处只卖开封以西各站。

我们全家都是站票。上车后第一件事是向有座位的旅客打听他的到站，以便约定在他下车时能坐上他的位子。很幸运打听到有一位在河南商丘下车的，我们就提前挤到他身边等候，以免被别人占了。妻子带着孩子坐下时，已挺着怀孕6个多月的肚子在车厢内站了15个小时。车到天水站，我才找到座位。这时，我已经站了两晚一天，加上进站时的艰辛和两晚一天内几乎无法吃喝拉撒，我的体力已透支接近极限，除了非常疲劳，还双脚肿胀、疼痛难忍。我们的孩子非常乖，在他母亲的悉心照料下不哭不闹，睡在座椅下，配合得非常好。这趟车，沿途各站下车的旅客，绝大多数是从车窗往下跳的，行李是从车窗往下扔的，亦属世上罕见。我应周围乘客请求，是帮助跳车、扔行李最多的人。

这次回家，我的父母已经去世，岳父母健在，他们两个离婚后都是单身。我们只得在岳父、岳母家各住几天，以慰老人。岳父当时已经蒙冤、受屈8年，工资早已由高干降为只发生活费60元，住房从淮海大楼搬到离黄浦江很近、很阴湿的木板房底层，过着孤苦伶仃的日子。

当年，外滩黄浦江边是上海青年谈恋爱、幽会的场所。上海当时有极多谈恋爱多年，但因为没有房子结不了婚的大龄青年。很多青年男女一到傍晚，就到黄浦江边靠着栏杆面向江面，搂腰搭肩、卿卿我我，一对挨着一对，互不干涉。虽是寒冬季节，也不怕天寒地冻，也没人去打扰、窥视，他们在这里站上几个小时，直到深夜才离去。据说在其他季节，情人们更多，青年恋人穿着时装，筑成"恋人墙"，在当时的上海，可算是一道靓丽的"风景线"。

我们这次回上海，恰逢孩子的小舅结婚。他是1961年从南京航空学院毕业的，当年满29周岁，女友也是知识分子，恋爱多年，等房结婚。近期小舅幸运地分到了一间大约有8平方米的"亭子间"作为婚房。"亭子间"房高不到2米，有四分之一在楼梯下。房内放一张棕床、一个床头柜、一张小方桌、一个竹制小书架、两把折叠椅，就挤得满满当当。没有厨房，没有卫生间，在门外楼梯的转角处可放一个煤气灶。结婚没有举行仪式，也未办酒宴。当年的年轻人，还没有婚前要拍婚纱照、结婚要请婚庆公司、婚礼仪式要在宾馆举行的概念，当然也省去了主婚人、证婚人、伴郎、伴娘。结婚当晚，几位至亲好友在一起吃了一餐饭，算是喜酒。喜酒的菜、饭都是自己烧的，所需肉票、豆制品票等票证是邻居们支援的，最贵的菜是新郎指定的"一鸡三吃",就是买一只草鸡,用半只做白斩鸡,半只用砂锅清炖,鸡杂炒一盆洋芋丝。我们远道而来,送了礼金60元(1个月工资)和丝衬衫料一块以示姐弟之情,这在当年算是非常多的礼金了。

新生

在那段精神上郁闷的岁月,我们迎来了女儿的出生。1967年5月,我们等待已久的闺女快要出生了。妻子从怀孕起,就感觉身体比较笨重,行动不灵活,懒洋洋的。有经验的女同志都说,这次肯定是个女孩。我们已经有了儿子,正希望有一个闺女。5月上旬的一个傍晚,感觉孩子有早产迹象,当晚妻子就住进了兰医二院。住院以后,催生针一针接一针地打,羊水快干了,妻子肚子痛得要命。5月12日晚上,催生针打到第9针时开始有分娩迹象。5月13日凌晨,孩子平安降生。由于比预产期提前分娩,孩子瘦长而轻,52厘米的身长,体重只有5.5斤。

这个孩子是在"文化大革命"初期怀上的。如果按照现在胎教的理论,母亲在孕期应有良好的心情,才能奠定孩子良好的性格。然而,"文化大革命"一开始就把我当"资产阶级反动学术权威"批斗,继之是抄家和反复"勒令","勒令"灵兰这名"历史反革命的女儿"在晚上12点前不准回家照料3岁的儿子。在这种情况下,做母亲的哪里会有好的心情呢?多亏我们夫妻经历过"反右"和到西北后艰苦环境的磨炼,在磨难面前比较坚强。女儿的出世,带给我们无限喜悦,也给家庭增加了不少生机。儿子自从有了妹妹,好像长大了不少。

女儿出生后,岳母突然来了兰州。我们支边6年,每年寄给她的钱不少于2个月的工资,以尽孝道。她退休是有劳保的,但这6年,不论是妻子动身支边,还是之后结婚、怀孕、生子,我们遇到了难以想象的困难,都没有请她来兰州帮忙。我们没有想到,她会突然来兰州。那时,女儿降生才半个月,全家正在手忙脚乱。

3个月后,她要回上海了。她提出将外孙女一同带去上海抚养,每月交于她生活费25元,另加医疗等其他费用。当时铁路客运较混乱,根本不适合老人带着几个月大的小孩长途跋涉。我们思量、比较再三,只能让她们乘坐飞机回上海。我们硬着头皮预支了两人10月份的工资,七拼八凑,钱还是没凑够。在山穷水尽、借贷无门的情况下,我横下心来,摘下"英纳格"日历表出售,以此凑足费用。去东岗机场的时候,没有公交车,我们约请了一位非常和善、热心助人、人们都尊称他为"冯爷"的老司机,他开着一辆早该报废的吉普车送我们去机场。

我们的第三个孩子出生时,已经是1972年。这是一个非常可爱而健康的儿子,体重8斤8两,是三个孩子中最重的一

三兄妹

个。我们夫妻事前商定给他取名陈鹏,期望他长大后能像神话中的大鹏鸟一样,展翅高飞、鹏程万里,在他成长过程中,我始终以这一期望严格要求他。十年当中,我们有了两个儿子、一个女儿。在中国的传统观念中,有儿有女,是很让人羡慕的家庭。小儿子非常乖,在妻子的悉心抚养下,很健康,每天都很快乐。在我的记忆中,他从不哭闹,只有笑容,每当我抱着逗他时,他都是笑脸迎我。出生不久时他是微笑,4个月后将去上海时是咯咯大笑,尤其是我抱着轻轻把他抛起时,他都是咯咯咯地大笑。

岳父、妻子与小儿子（1975年摄于上海）

出生4个月后，他的外祖母便把他带到上海，在上海一待就是34个月，一直到1975年9月5日，妻子专程到上海把他接回兰州。小儿子虽然离开我们近三年，但一回到兰州，大儿子和女儿很会哄弟弟，哄得他很开心，我俩更是疼爱久别的儿子，这就促使儿子很快与亲人打成一片。儿子到兰州后在温馨的家庭中很快适应了西北的环境，极其活泼可爱。

那是自1949年初参加工作以来，我一生中负债度日、最穷困难熬的一段日子，然而孩子们的出生和成长给困境中的我们带来了不少欢乐。

衣食住行

我们这代人，对抗日战争时期老百姓的生活状况仍有清晰的印象。再往前，到民国初期，就说不清了。20世纪60年代中后期，我们这一类干部的生活状况都差异不大。那时，干部都以穿灰色涤卡外衣为时髦，涤卡要比卡其布贵，但很耐穿。由于涤卡贵，农民穿涤卡的几乎没有。衬衣主要是的确良的，也有用丙纶的。一般干部的主要服装有涤卡外衣1件（个别经济好的有1套），棉质的卡其布外衣1—2件，衬衫1—2件，个别经济好的还有呢子中山装1套（男式）和呢子上装1件（女式），鲜有人穿得起呢子大衣。不论男女，着装都是清一色的灰、蓝色。开大会时，往下一看，灰、蓝色一片。女同志穿彩色外套的极少，就是女式衬衫也少有印鲜艳花卉的，至多是彩色印格。

人人都有打补丁的外裤和"假领头"。干部的外裤打补丁是非常普遍的，我见过县处级干部劳动时穿着打补丁的裤子。裤子打补丁分三档，一档是裤裆打补丁，屁股和膝盖是好的，穿起来看不出是补过的，女同志穿这类打补丁裤子比较多；第二档是膝盖、裤裆都打补丁；第三档是膝盖、裤裆和屁股上都

一家五口

打补丁,男同志在劳动时都穿这类裤子,在上班时偶尔也穿。补丁都缝得很细致,这与舞台上演员"贴狗皮膏"式的补丁不一样。

男女干部日常穿的衬衣多数是"假"的。这种衬衣只有领子,没有衣身和衣袖,俗称"假领头"。在衬衣不当外衣穿时,都用"假领头"代替衬衣。

新中国成立初期,男女干部盛行列宁装,大翻领,腰间有根腰带。到20世纪60年代,这种样式的单衣、棉衣都不见了,皮衣虽有这种样式,但不叫列宁装,叫猎装。男干部穿的单衣多为中山装,女干部穿的是翻圆领女上装,男女棉衣多是开襟的中装短棉袄,几乎没有穿西装的。"新三年,旧三年,缝缝补补又三年"和"新阿大、旧阿二、破阿三"是当年老百姓衣着和孩子们服装的真实写照。多数家庭的衣服都是自己缝的,干部们要花很多时间缝补衣服,既要缝补大人穿的,又要缝补孩子们的。尼龙袜子取代了棉纱袜后,干部们便从补袜子中解放出来,过去每家每户都有的补袜子的"袜底板"就很少用了。干部一般只有一件粗毛线衫和毛线背心,羊绒衫是没有的,大多戴着约100元钱的手表,戴金戒指、金项链的人极少。

甘肃到20世纪60年代中期,干部口粮标准才恢复到每月28斤,基本上都能吃饱饭了(不少地方农民还是吃不饱)。在兰州市,粗粮的比例已下降到50%以下,要比山西太原80%

身着中山装的陈有法(摄于腊子口,当时天险腊子口刚通车)

以上的比例好多了。几年前顶口粮指标的洋芋已作为蔬菜供应,口粮紧张的人家,每餐都吃洋芋做的菜,以弥补主粮的不足。每月每人供应的口粮中有2斤大米,粗粮主要是玉米粉,小米很少。多数家庭蒸馒头或擀面时,都在"标准粉"内掺和一些玉米粉。玉米粉还有另一用处,炒鸡蛋时加点玉米粉,这样两个鸡蛋就可炒一盆,这是当年各家通用的办法,因为鸡蛋要用肉票买。每人每月供应四两油、半斤肉、半斤糖,偶尔在街上也能买到白鲢、冻鳗之类的水产品。这要比20世纪60年代初期没菜吃、吃烂菜好多了。兰州盛产瓜果,白兰瓜、铁蛋瓜、西瓜、冬果梨等都放开供应,但很多家庭吃不起瓜果,而上海购买力强,买西瓜是要凭票或凭医生处方的。

西北人喜喝白酒,但瓶装白酒供应非常紧张,干部到北京出差,采购"二锅头"是第一要务,不论你会不会喝。会喝的为自己买,不会喝的是受人所托买。甘肃当时不生产啤酒。

当年干部一般抽丙级烟,像"黄金叶""飞马""兰州"等,每包约0.26元。为了省钱,抽烟者多数时候是抽烟丝,用一小条废纸现卷现抽,叫"抽喇叭"(因为卷的烟像小喇叭)。"牡丹""前门"属甲、乙级烟,"牡丹"每包0.51元。抽旱烟的很少,没有抽水烟的。

在兰州,绝大多数干部都住公房,公房的面积都不大。在省林业局,处级以下的干部,都是一户一间,我们一家就住在筒子楼内一间,约15平方米。处级的是两户住三间,每户不到25平方米。副厅(局)级是两间平房。我到过兰州大学、中国科学院西北分院、甘肃师范大学、兰州医学院、甘肃省人民医院、甘肃省歌舞团等单位,看到结了婚的一般干部都住筒子楼,也是每户一间。在筒子楼,厕所和盥洗室都是公用的,卫生由住户按值日打扫。

筒子楼每户门口,都放一只煤炉子,用于做饭、炒菜、烧水,旁边堆些引火木柴和煤,整个走廊两侧都是煤炉和煤,煤烟把走廊熏得乌黑。公房都不进行内部装修,干部们也没有住房内部装修的概念。干部们的家具都是公家配的,成家后只配1张三斗桌、2把靠背椅和1副床板。绝大多数干部都买不起家具,附近也没有卖家具的商店。

到县及县以上城市出差,处级以下干部都住4人以上一间的招待所,比如到北京,国务院、林业部、文化部、国家计划委员会的招待所都是4人以上一间。运气好的是4人一间,运气不好就被安排住10多人一间的大房子。那时住店,不论你来自何方,都安排住在一间房内,按床位计费,没有"标准间"的概念。招待所满了,只能住设在胡同里分上、下铺的小旅馆。到农村,是住公社或大队的接待室,到小集镇就只能住小旅店。北京的小旅店基本上没有虱子。甘肃的招待所就有虱子了,一到招待所,每晚抓十个八个虱子算少的,为防虱子染身,晚上要脱得一丝不挂地睡觉,以免起床时虱子上身。

干部在市区因公外出时,以步行为主。3—5里路多为步行,路稍远时,可借用公家的自行车(省级机关一般按在编人员的20%配有公用自行车)。干部买自行车的是极少数,那时

出差到北京（1971年摄于北京天安门前，左一是陈育法）

买1辆永久牌自行车要3个月工资。干部出差，坐火车能坐硬卧时，往往是不坐硬卧而坐硬座的。主要是因为干部穷，若不坐卧铺坐硬座，报销时车票中卧铺部分的60%能归自己，如从兰州到北京出一次差，来回就能补差30多元。这对于工资收入只能维持基本生活的大多数干部家庭来说，是很可观的。

多数干部有自己装配的矿石收音机，双干户最大的文娱享受，也就是在做繁杂家务时，能听听收音机。兰州等城市除了电影院、剧院，再没有什么夜生活。干部们星期六晚上带子女上电影院看一场电影，便是全家这一周最大的文娱活动。然而，绝大多数星期六的晚上，孩子们是跑到附近学校去看露天免费电影，这样省钱。双干户有电熨斗、收音机的，算"现代化"的家庭了。那时用电极为节约，灯管用5瓦的，灯泡用15瓦的，每户每月用电量一般不超过5度。

星期六下班到星期天晚上，是双干户最忙、最辛劳的时刻。例行的家务事有：星期六下班赶紧回家安排全家晚饭，洗、切、炒、蒸不停，饭后安排全家洗澡，然后用搓衣板清洗换下的衣物，最快也要忙到12点了。星期天一早，赶紧晾晒洗净的衣物，安排全家一天的吃喝，还要抓紧上街买粮、煤、菜，做煤饼、洗被褥、腌咸菜、打鞋掌、缝补衣物、劈引火柴，给孩子们理发、辅导功课、检查作业，等等。因此，星期天是忙碌的一天，不是休闲的一天。

20世纪60年代初，甘肃绝大多数老百姓饭都吃不饱，没听说结婚要彩礼的。60年代中期起，兰州一带结婚，彩礼盛行"三轱辘""一拍叠"。"三轱辘"是指上海牌17钻机械手表一只、蜜蜂牌缝纫机一台、永久或飞鸽牌男式自行车一辆。这三件，每件都有轱辘。"三轱辘"是要凭票买的，手表约120元，缝纫机约180元，自行车170—180元，一共480元左右。"一拍叠"是指5元人民币100张。也就是说，女方要的彩礼总共大约是1000元。当姑娘嫁给干部时，彩礼要得少，一般一辆自行车加200元现金就可以了。中、小学全是公办的、免费的，没有私立的和补习班。为节约开支，大多数干部家庭备有四类工具：理发工具、修补鞋子的工具、简易的木工工具、缝制修补衣物的工具。那时候物价稳定，工资从不增加，提级的也不提薪，基本生活水平十年不变。

这是我看到的、亲身体验过的20世纪60年代大部分甘肃人民生活的真实写照。

干校烧炭

1968年8月，甘肃省革命委员会对省级机关办"五七干校"定了两条原则。一条是各厅局自己能办"五七干校"的尽可能自己去办，自己不能办的由省革命委员会统一安排到"张掖九公里农场"（后改称"张掖九公里五七干校"）。省林业局据此就在天水小陇山林区办了一个"省林业局高桥五七干校"。"下干校"表面上是自愿报名和组织指定相结合，实际上据说是省林业局领导小组与工宣队、军宣队研究决定名单。我们两口子，必须去一个，我就主动报名。在那里我学会了烧炭。到干校不久，领导让我带上尚未"解放"的一些同志去烧炭，大家都知道烧炭是非常辛苦的活儿、极为危险的活儿，张思德同志就是在烧炭时遇难的。

烧炭的地方在徽县高桥镇李家沟的沟脑，周围5公里以内没有一户人家，离干校校部有7公里。从李家沟沟口到烧炭的地方有10里地，只有山间小道。粮、油、酱、醋、盐，都要自己背上山。这个地方，历史上有人曾烧过炭，留有四个破旧窝棚，一个旧炭窑，均已废弃多年，修缮后，才能挡风避雨、重新开窑。然而，10天前干校派遣进山烧炭的人，只砍倒几棵树，应做的事都没做，很难想象他们在深山野林，是怎么挡风、避雨，解决吃、喝，规避野狼、狗熊袭击，度过这10个夜晚后匆匆下山的。

上山那天，我先安排好中午9人用餐的事宜，并利用此间隙，磋商了一些问题。饭后，我宣布四件事。第一件，是"约法三章"：一是劝说"牛"朋友们要遵纪、自爱；二是一定要注意安全，既注意人身安全，防止工伤，又要注意森林防火，进林不准吸烟；三是沟口到校部的2公里路，还要按校部要求列队走但不喊口号，进沟后不再列队，也不喊口号，在工地可以自由唱歌，不会唱的可以哼，休息时可以打扑克、下棋、听收音机。第二件，我提议由一位在林野调查时做过饭的同志来做饭。第三件，商量怎么吃饭。我提出与大家同吃，不单独另做，取消饭、菜票，饭吃饱为止，菜每人一份，粮票与伙食费平均分摊。第四件，集中两天抢割箭竹、修补窝棚，我配合帮我们烧炭的唐爷修复破窑。

我们这些在山上烧炭的人，上山后经过一个多月寒冷、潮湿的侵袭，几乎人人都得了风湿病，关节又酸又痛，爬山时明显地感到力不从心。唐爷说，吃狗肉能祛风湿。可是很多人是从来不吃狗肉的，经过劝说，为了恢复健康，完成烧炭任务，才不得已吃了些。

在这个不寻常的年代，我让"牛"朋友们与接受"再教育"者有相似的政治、生活待遇，有些人会难以理解。不出我所料，不久，就有人告了我的状，说我优待"牛"。我向领导小组汇报时辩解：爬山、砍树、扛木头、烧窑时没法喊口号。

说也奇怪,我的"理由"说服了他们。我和"牛"朋友们的关系一直很融洽,他们都亲切地叫我"牛头"。

那时候我依然还在学习《为人民服务》。我在此前,坚持林学边缘学科知识的开拓和毛主席著作的学习。在"下干校"时,我依然带了《植物群落的研究》和毛主席著作甲种本等书籍。进山烧炭了,我就集中学习"老三篇",尤其是《为人民服务》。当时我的理解很简朴。

张思德是为烧炭牺牲的,我现在的工作也是烧炭,学习张思德,就是"急用先学",就是"活学活用"。烧炭平凡而艰苦,我为从事烧炭工作感到自豪。毛主席在《纪念白求恩》一文中说,一个人只要有毫无自私自利之心的精神,就能成为高尚的人、纯粹的人、有道德的人、脱离了低级趣味的人、有益于人民的人。我是学过生物的,在怎样理解"纯粹的人"上想了很久很久,最后觉得这符合进化论,归根到底,人是由动物进化的,一切不良行为都应是"兽性"的表现。因此,人的一生要不断地去除"兽性",才能成为"纯粹的人"。

我与"牛"朋友们在烧炭中"边学边用",度过了从秋末到次年夏初的半年时间,克服了冰天雪地封山的困难,修复了一座旧窑,建了一座新窑,烧了近60窑的木炭(6天才出一窑),总重10万斤左右,保证了干校200人一冬的取暖。在这半年,全体人员没有休息过一天(包括春节),都是连轴转,尤其是出窑(每星期两天)那天,从天刚亮开始工作,当天必须完成出窑、装窑、封门、点火等工序,一直要工作到深夜，不仅工作时间长，且工作之艰辛难以言表。在党的九大闭幕后不久，全体胜利下山。这些成绩的取得，与全体"牛"朋友们学习《为人民服务》、锤炼革命意志是分不开的。

我也总结了烧炭的学问。1958年，我下放到福建时学会了采伐单株材积在1立方米左右的马尾松，1965年我在洮河林业局采伐过单株材积4立方米多的特大冷杉，但我不会烧炭。这次给了我一个学习烧炭的机会。大家都知道烧炭很苦，但不知道它也是技术活。在林区老百姓中，只有少数老农会烧炭。在甘肃林业系统内，没有一个工人会烧炭。当年小陇山林业局有千余名工人，但没人会烧，我们只得找老农。至于技术人员，包括学林产化工专业的，也没人经历过土窑烧炭。要烧好一窑炭，首先要认识适于烧炭的树种，很多树木是不宜烧炭的，然后还要掌握好打扦、装窑、封窑、出窑四个烧炭关口。

打扦是把烧炭用的木段劈成断面直径12厘米左右的，一头平整、另一头呈马耳形的扦子，扦子长度应等于窑高，因窑顶呈穹形，故每段扦子的长度要适应窑高，各不相同。

装窑是把扦子严严实实地直立在窑内，马耳形的一头着地。关键是严实和直立，扦子之间如有空隙应用小枝桠直立填实。装窑时要注意窑底排水沟的畅通，防止因排水沟积水堵塞烟囱。窑装好后，要把窑门堵得严严实实，不能有半点漏气。

封窑是指把火道、巴眼、烟囱全部封死，让窑内没有氧气自动熄火。窑门堵死后,就在火道口不停地烧(点火),让火焰进入窑内,直至扦子自燃。热窑点火,要用300—400斤干柴烧7—8个小时。新盖的湿窑,点火要烧2天。巴眼是分布在窑顶上不同部位像水饺大小的小孔,一般是3—4个,其作用是观察窑内扦子的自燃情况。当从巴眼可见到窑内熊熊燃烧的火焰时,就用灰封死(如不及时封死,巴眼周围的扦子上端就会被焚烧成灰),见一个封一个。在封死第一个巴眼后,逐步封堵火道,减少空气进入,当全部巴眼封死后,说明全窑扦子都已自上往下自燃,那时要密切注意烟囱的烟色。当烟向斜上方飘移,烟色由白色转为青色,直上云天,并且烟囱口的烟油已不粘手时,就要立即封窑,把火道、烟囱口全部封死。

封窑后2天,经熄火、冷却,就可出窑。出窑时窑内温度尚在60摄氏度以上,要严防木炭遇风自燃。出窑和装窑是紧扣的,出窑一结束,就要趁窑身未冷立即装窑,这样容易点火。出窑连同装窑,要5—6个小时。装好窑、封好窑门后,紧接着就是点火烧窑。从天一亮开始出窑,到第一个巴眼见到扦子已经自燃的火光(晚上12点左右),我们才能休息,否则第二天要重新点火。由此可见,土窑烧炭也有科学和技术。我在烧炭中努力探索,尽力做到把炭烧得好一点、更好一点。

上山不久,做饭的窝棚失火了。起因是山风把用墨水瓶做的煤油灯的火苗吹到箭竹叶上,干透了的箭竹叶一下子就烧了起来,不到5分钟,就把一个窝棚烧光了。不到1个月,当库房的窝棚又着火了,起火原因也是煤油灯的火苗。当时煤油灯放在离竹棚壁起码有50厘米远的平台上，当我感觉眼前突然一亮时，火苗已有四五十厘米高了，不到3分钟，火苗已烧到棚顶。

两次失火，"牛"朋友们表现都很出色，个个都尽了力，尤其是在极有可能引发森林火灾的第二次失火中，大家都能齐心协力奋力灭火。灭火后，为防止死灰复燃，"牛"朋友们主动留守现场到深夜。

干校领导对第二次失火提出了质疑：是不是有人故意纵火。而我坚持说，墨水瓶做的煤油灯是我安放的，突然吹来的一股山风，把火苗吹偏引起失火，"牛"朋友们没有责任，还建议买一盏桅灯。领导们看我说得这么坚决，大约是出于对我的信任，并未责怪我们。我暗喜自己又办对了一件应该办的事，心里很踏实。

那时候我们还一起奋战"冰油子"。"冰油子"是老百姓的叫法，气象学上叫什么，我至今也没查到。2008年南方出现凝冰，凝冰在北方也有，但"冰油子"不是凝冰，"冰油子"不能在树枝和电线上凝结成粗的冰棍。"冰油子"不是冰雹，冰雹大小不等，到地面时会较快融化，很少是大小一致的圆珠状。按我的观察，"冰油子"是在大气温度低于0摄氏度时，天空像下雨似的，降下大小似高粱米、呈圆珠状的冰粒，冰粒落在任何地方都会弹跳起来。当它打在树枝上、电线上时，就会弹跳到地上，所以树枝、电线不会结冰，当下落到地上时，它要弹跳好几次，这就使地表四五十厘米范围内，"冰油子"的密度很大，形成乳白色的一片"浪花"，这是难得一见的景观，煞是好看。用手抓一把"冰油子"在手心，它的融化速度比冰雹慢。落在地表的"冰油子"，大约过1个小时就会形成表面非常光滑的坚冰，人根本无法在这种光滑的坚冰上行走，真正是"天地冰封，寸步难行"。我们虽然穿着从兰州军区后勤部买来的"大头鞋"（这是部队以旧换新的旧军鞋，毛皮里、鞋底上布满圆铁钉，具有很好的防滑性能），但在"冰油子"上行走也极其困难。

当"冰油子"第一次封冻地面时，我们没有一点准备，几天无法出沟去采购食品，这可苦了大家。有时"冰油子"可连续下2—3天，给我们上山采伐增加了很多困难。除了天气更寒冷，山坡也变得非常滑，原本20分钟的路程，现在要连走带爬花1个小时。为了节省爬山的体力，"牛"朋友们提出中午不返回工地，带干粮上山。在山上啃着冰冷的馒头，吃着"冰油子"当午餐。"一口馒头、一口雪"的午餐，我在洮河林区多次"享受"过，"一口馒头、一口'冰油子'"我是第一次吃，我的感觉是"冰油子"比雪难吃多了。

老百姓说，在小陇山林区，"冰油子"也只在深山高海拔地区有。就在山上下"冰油子"的日子里，校部只飘几片雪花。干校近200人中，我们是有幸见到大自然独特现象、欣赏到"冰油子"落地时景观的人。

在6个月的烧炭"生涯"中，我很注意大家的安全。毕竟在冬天砍树、集材、烧炭都是危险性极大的重活。张思德同志的牺牲已为我们敲响了警钟，我们学习张思德同志的精神，但不希望再出一个"李思德""王思德"。虽然日日提防，但是，我们还是出了两次非常危险的事故。

一次事故是出在我身上，那时指导我们烧炭的唐爷已在春节前回家不干了，他的工作主要由我来做。我在打扦子时，一片小木楔反弹而上，不偏不倚反弹在我的眼镜上，打碎的玻璃片直插眼球，鲜血夺眶而出，我被紧急送往卫生院（路上走了一个多小时）。大夫从我的眼球中取出玻璃碎片7块，告诉我："你运气真好，7块碎片没有一片砸到瞳孔（角膜）。"玻璃片插入眼球后的一脸鲜血，使我非常紧张，我那时一言不发，原以为这只眼睛瞎定了。结果听到医生说的"运气真好"这四个字后，我一下子轻松下来，望着陪同我下山、一脸紧张、满头是汗的"牛"朋友们，从心底里感谢他们。

另一次是一根原条沿坡面山沟下滑途中遇上冰坎，突然偏离滑道，腾空而起，飞速下冲。这是一根40多厘米粗、8米多长、重近千斤的木头。当时，我和一位"牛"朋友正在山坡下部工作，听见来自上坡急切的叫声和木头下冲的轰隆声，我紧急呼叫快撤。当我俩刚刚拔腿避开时，木头就擦着他的胯部而下，如果木材再偏几厘米，或者他再慢0.1秒，就可能粉身碎骨。那时，我离这位同志不到1米，眼看如此危险情景，真把我吓呆了。

烧炭结束下山不久，干校领导通知我，我可回兰州享受探亲假。临走前夕，校领导高兴地对我说："你运气真好，过两天有便车返兰州，当天就能赶回家。"两天后，我坐省林业局司机开的新车返兰州。这是一辆英国造的"芦苇"吉普，限速阀刚刚拆除，1小时跑50公里很轻松，最快1小时能跑90公里，性能比国产的北京吉普稍好。我坐在副驾驶位上，千方百计地叫司机试试车的性能，目的是让车跑得更快一些，好早一点赶到家中，与分别已经近9个月的妻子相聚。在天快黑的时候赶到兰州，但是当我打开家门后，家里静悄悄的，地板拖得干干净净，放在收音机上的闹钟还在走动，滴答声特别清晰，而妻子刚出差去了。

舟曲林业局沙滩林场（由方灵兰指导的人工林抚育间伐后的林相）

我的心一下子像掉进了冰窖一样，急着想找到妻子的具体落脚地通话。省林业局生产组的同志，急我所急，赶到办公室后，在几小时内连续挂白龙江电话到深夜，但最终还是没有找到我妻子。当得知妻子已经到了目的地——舟曲林业局的沙滩林场时，省林业局领导的意见是让我妻子安排好工作后来看我。

我是1968年8月初"下干校"的，1969年6月，我回兰州探亲并未见到妻子。当我参加省林校清理工作的时候，妻子从白龙江沙滩林场赶来看我，屈指一算，我们分别已经1年了。我们夫妻相会，真是比牛郎织女渡鹊桥还要难些。当我在武山火车站接到她时，虽是老夫老妻相见，但也喜形于色，非常高兴。武山火车站离林校只有3里路，我们沿铁道缓缓而行，有点像当初刚恋爱时的情景。妻子在林校只住了一个星期就赶赴白龙江沙滩林场了。

一条山

秋末冬初，省林业局领导小组组长和政治部主任找我和同事谈话，主要内容是：省革命委员会（革委会）要林业局在一条山办一个机械化农场，叫我担任一条山农场（筹建处）的场长，同事任农场（筹建处）党支部书记，当前的任务是先搞一个发展规划，提出经费概算。

一条山在景泰县境内。一条山既是山名，又是包兰铁路上一个车站名。一条山外形像一条蚕，也像"一"字，相对高度不到100米，我毫不费劲地上了山脊，往北看，不远处就是万里长城，这里的长城不像北京八达岭，是用黄土、糯米浆等夯实的土城，往南看，是荒滩一片。一条山火车站只有几间平房，四周无人烟，不停客车，平时只有扳道工。

一条山灌溉区，当时还是荒无人烟的一大片荒滩。规划电力提灌，面积30万亩，干渠已由国家投资建成，支渠、斗渠、毛渠由土地使用单位建设。我和同事去现场实地考察了几次，主要是落实地块位置、面积（2700多亩），察看地貌及四周环境，现场估量支渠、斗渠修建及土地平整的工程量，收集编

甘肃省农林局领导视察兰州市南北山绿化成果（左三是方灵兰）

制发展规划所需的基础资料。

编制农场发展规划也有很多收获。省林业局领导小组组长指定我起草农场发展规划及经费概算，这是我第一次接触这方面的工作。如何合理地规划一个农场，编制农场基本建设规模、设备配备、经费预算、人员编制、经济效益等都是第一次接触。为完成这项工作，我跑了很多单位，请教了不少同志，查阅了我能找到的所有相关资料和文献。经过两个多月辛勤工作，我学到了很多过去不熟悉、不了解的知识，也掌握了规划编制和经费概算的初步技能，完成了《一条山农场发展规划及经费概算（草案）》的编制，得到了省林业局领导小组的基本肯定。但不久，省革委会决定"省级机关不在一条山办农场"了，林业局的这个项目也就自动流产了。这是一项没有结果和成效的工作。从表面上看，我白辛苦了两个多月，但它对我知识面的拓宽，尤其是掌握农业规划编制和经费概算的知识与技能是有用的，它为我以后在林业上编制相关规划和经费概算奠定了重要的基础。此后我曾编写过《河西走廊防护林建设规划》《甘肃省国营林场建设发展规划》《甘肃省林业公安、检察、法院建设发展规划》《现有林经营利用规划》《甘肃省林业发展规划》等等。从1973年到1987年的15年内，我实际上成了甘肃省林业局规划方面的尖兵。能担负并完成这些工作，都得益于当年编制一条山农场发展规划时积累的基础知识。

在一条山一带，老百姓有种"闯地"的习惯。到荒滩来种"闯地"的农民，最近的也离家十几里路，他们在荒滩上挑选一块比较平整，又能集地表径流的小"盆地"，春天带上种子、干粮，拉上牲口爬犁，在这荒滩上苦干几昼夜，种上十亩八亩春小麦，种下以后就等收获了。如遇风调雨顺，"闯地"每亩可收100多斤；如遇干旱年份，往往颗粒无收。种"闯地"是生产队允许的，收获不纳入分配，不交公粮。农民"闯"上一年，就能吃几年饱饭（生产队仍有分配粮）。但多数年份是闯不上的，有时连种子都收不回。我们去的那一年，从留在地里的麦茬来看，估计应该是闯上了，每亩收个百把斤是有的。在甘肃子午岭、关山两林区，也有农民私自进入林区，违规毁林开荒种粮，方式类似于种"闯地"，但当地叫"撒吊庄"。

忠诚

组织上通知我到省农业局办事组上班前，我奉命在林业局留守处当了近两个月的食堂管理员。如果从"下干校"算起，这是我两年内的第六份新工作了。当时，留守处还有三四十个人在食堂吃饭、打开水，伙食班只剩一个大师傅和一个烧开水的杂工了。有几天，大师傅病了，我只能自己上厨当大师傅，红案、白案都是我，最忙的是开饭，既要收饭票、菜票，又要打菜、打饭，非常紧张。好在雷锋精神尚在，总有同志看我手忙脚乱，满头大汗，会主动进食堂，帮我工作，解我燃眉之急。

两个月后,我接替了农业局的后勤工作。农业局后勤归办事组,办事组是特别繁杂的组,计划财务、劳动工资、办公室、后勤都在这个组。农业局后勤除食堂有专人管理外,还有11项工作,包括:机关大院的维修和零星改造的管理;车队及油库(兰州全市只有东岗油库供油,农业局设有小油库)管理;总机及电话的管理;文印室管理;各办公室家具配备维修、办公用品、劳保用品、照相器材管理;汽车零配件采、供(汽车保养、小修都由司机干,中修、大修才进厂)管理;全局性卫生、大扫除安排及洁具、用品的供给;职工节日物品(包括面粉、牛羊肉、食用油、水果)等的收存入库与分发;职工煤气罐的灌气、装卸、拉运、分发;机关取暖用煤及取暖用品的采、供管理;传达室值班员管理。这11项工作原来由两个人分管。

我到办事组报到时,领导让我只接替要到物资站任副站长的同志分管的工作。但在交接尚未完成时,又要我把另一位同志分管的工作也接上,说是省委组织部已调他任西固热电厂厂长。我因此承接了全部后勤管理工作。常说"好汉不敌俩",我一下子挑起两位能力很强、富有后勤管理经验同志的工作,自觉压力很大、担子很重。从那时起,我成了全局谁都可以找我办事,而我要随时服务全局所有人的勤务兵。有时我必须骑着自行车满院子跑(农业局是个大院子,原是兰州监狱,全部是平房),还不得不在中午和晚上加班,以登记明细账、核对库存物资、处理报销单据、收存职工福利物品等。通过这段时期的实践，我体会到后勤工作的重要性，后勤稍有疏忽、怠慢，就会影响全局运转不爽。

一天，我刚刚安排好车队加油，刘副组长告诉我，"李主任找你，你去一下"。我放下手头的工作，拔腿往他办公室急走，边走心里边想，主任需要办公等用品都是叫通信员来领的，今天必有特殊需要。

一进平房门，他就起身伸手和我握手。我在本能地伸手的同时，意识到我刚从油库出来，满是油污的手实在太脏，很不好意思地又缩回了手，笑着对他说："主任，我的手太脏了。"可是，他还是伸着手。我赶紧将右手在满是油污的皮袄上擦了几下，他主动抓住我的手。这一抓，我突然感到这个军人很亲切，我俩的距离一下子拉近了，我恭敬地问他需要什么，我马上去办。其实他并不需要什么，而是让我坐下，跟我聊家常，中心意思是"听说你是林业大学毕业生，搞总务干得不错嘛，我们的同志都要能上能下，锻炼自己，但你以后还是要搞专业的，现在局机关人手紧张，希望你继续努力……"

我对"以后还是要搞专业的"这句话印象很深，感触特多。因为在"下干校"前，我立志"为甘肃林业做贡献"的凌云壮志，已被"一切听从党安排、叫我干啥就干啥、保证干好不怠慢"所取代。

领导的谈话，点燃了我重回专业的希望，给了我一个不久可能到林业处工作的信号。我重新关注有关林业专业和林业边缘学科知识的拓宽和提高。

值得一提的是，当我奉命处理一大堆"废纸"，准备拉到造纸厂时，发现里面有当年林业局撤销时交给省档案馆的全部资料的副本，还有几大柜未来得及复制的孤本。在这些孤本里，有很珍贵的全省林业历史资料和与邻省边界纠纷的原始资料。我感觉这些资料当"废纸"处理极不妥当，就向林业处处长建议由林业处清点接管。他在抽阅部分卷宗后，决定全部接收。这批包括与邻省地界、林界、林权纠纷的地形图等孤本，对今后解决省际纠纷的重要性毋庸置疑。应该说，这件事对保存甘肃林业的历史资料是有重要意义的。

1971年初春，我终于从办事组调回林业处。我在甘肃工作了28年，除了"下干校"、管食堂、搞总务，从事林业行政业务和科研工作近26年。我在当年能回到林业处工作，应该与多位领导的关心有关。作为热爱专业的技术人员，我能在林业系统尚有约200人在干校接受"再教育"的情况下归队，是很高兴的。

回到林业处不久，王处长要考察河西走廊林业生产，叫林业处党支部委员和我随同。王处长到农业局后是第一次去河西，我除了武威、民勤两县，其他各县也是第一次去。

这是我到甘肃工作11年来最舒服、最有收益的一次出差。一是有小车坐，虽穿梭戈壁，颠簸很大，每天坐上7—8个小时也较累，但比以前出差坐"11路"（步行）或敞篷车好上天了。二是晚上有招待所住，4人间只睡我们3人，比过去睡满是虱子的旅店好多了。三是有好饭吃，无论走到哪个县，当地革委会和林业局都会接待我们，每餐都是四菜一汤，荤素搭配。四是我能从王处长那里学到不少从事行政工作的经验和应变能力。五是加深了我在治沙造林中，"实行科学造林是造福子孙，盲目大干是作孽"的信念。六是与10年前初到河西相比，经过10年的磨炼，我对河西走廊生态环境的变迁趋势、戈壁沙漠的演替、独特的山川景观、与公路平行的巍巍长城，以及人文历史、民风民俗，从"看热闹"向"看门道"演变。回想4年前，我以省林业局工作组组长的身份赴临夏、甘南两州检查林业工作，自己当时确实太"嫩"了点。

出差20多天后的一天傍晚，省农业局发了加急电报叫王处长立即返回兰州。他二话不说，把小车撂给别人后，当晚带我坐火车从酒泉赶回兰州。他的这一决定，给了我很大教益，为我树立了革命干部应具有高度组织性、纪律性的榜样。

河西走廊

早在1961年春，我就听刘所长讲过他在夹板沟劳动的事。他是靠老婆以送棉衣为名偷偷地夹带一袋炒面，每晚把头闷在被窝里吃两口活下来的。从那时起，我就记住了"夹板沟"这个带有凄惨情景的地名。这次我们考察夹板沟，是验证酒泉地区拟在此办机械化林场是否适宜。

夹板沟在酒泉东北约25公里处，万里长城从这里通过到嘉峪关，当时一片荒凉，没有任何房舍和人们放牧、农耕等活动的痕迹。

历史上河西走廊多黄羊，就地名而言，就有"黄羊镇""黄羊滩"等。当年，四五十只一群的黄羊随处可见，据说，从1959年起，甘肃饥荒严重，部队、农建师、军马场等当地有枪支的单位，都会在晚上开上大车进入戈壁滩，用车大灯照住黄羊群后疯狂捕杀。经过几年的捕杀，河西走廊的黄羊数量迅速下降，虽经10年恢复，但每群数量只是3—5只而已。

考察酒泉夹板沟沙区（左一是陈青法）

黄羊机灵、善跑，我们在戈壁滩考察中多次碰上小群黄羊，以每小时65公里的车速追赶，都因黄羊能迅速改变逃跑方向，而以失败告终。

在临泽县平川公社，我们看到一只在河西走廊罕见的白天鹅，它在池塘水面上悠闲游水，见我们靠近它时，只是离开而不起飞逃离，它在水面上的姿势和注视我们时的神态都极其优美。我们虽带着小口径步枪，但谁也没想猎捕它，而是担心它的命运。

临泽县有白天鹅，说明河西走廊是白天鹅迁徙必经之地。但愿经我们努力，河西走廊局部地段能恢复沼泽生态，迎来成群白天鹅栖息，那是多美的自然景观啊！

低窝铺在甘肃是一个名气较大，但很荒凉的地方。名气较大，是因为兰州市404厂在低窝铺。我曾在兰州火车站碰上一个手上拿着"兰州404厂"信封的老乡，他焦急地要去404厂探亲。当我告诉他"还要坐800公里火车，车票买到低窝铺车站，事先一定要叫你亲人到火车站来接"时，老人顿时傻了眼。

我们去404厂时，王处长顺道看望在404厂工作的女儿。到厂区第一道岗哨时，已是下午四五点钟，在警卫详细检查了我们的车后，放行到第二道岗哨。王处长的女儿在第二道岗哨接她父亲进去，因为外单位的车已经不能进入了。

说它很荒凉，是因为404厂建在无人区，周边没有人烟。

这个厂有很多保密规定，比如职工离开厂区就不准带工作证，在厂区内不能随意走动，这个车间的人不准进入别的车间等等。我在"文化大革命"结束后，以甘肃省绿化委员会办公室农村组组长的身份，经与甘肃省国防工业办公室联系后，以检查厂区义务植树、绿化情况的名义去过一次。其实进入第二道岗哨后，会发现厂区内并不荒凉，绿化良好，一片生机盎然。我在严格遵守厂方保密规定的同时，履行督促、检查、指导的职责。

处在戈壁滩的老君庙油田于1939年开采后，才有了几户人家，油田不断发展，到1955年在油田区设立玉门市，老君庙油田随之改称玉门油矿，1958年千年古县——玉门县并入玉门市改称玉门镇。我们去时，玉门市区已是一个有宽阔道路的新兴小城，市容比较整洁干净，与河西走廊其他县城比较，很显眼的两点是民房都是砖木结构，屋顶覆瓦（河西走廊县城民房，绝大多数是土木结构，屋顶用泥代瓦）；另外，商品供应比较好，当年在其他城市供应紧张的花生米可以随便买。

我们驱车在油田里转了一圈，这个油田没有自喷井，都是抽油机在抽，年产原油是35万—40万吨。我站在油井旁的戈壁滩上，面对为祖国石油事业作出巨大贡献的油田人，浮想联翩，玉门油田不仅是我国第一个石油工业基地，还培育、输送了像王进喜这样的一批英雄。很多人都知道王进喜在大庆的英雄事迹，但不清楚王进喜是离开玉门油田优越生活条件奔赴大庆的英雄，是迎着生活、工作双重困难奔赴大庆的英雄，是玉门油田培育的骄子。

当时武威的同志告诉我们,在离公路不远的武威县雷台,发现一座古墓,建议顺道去看看。古墓在一处土台下面。这个土台很特殊,是在平川地上孤独地高出地面的一块,不像天然形成的地貌。土台大约有100米长,60米宽,8米多高,土台一侧,有胸径70—80厘米、高23—24米、树龄在80年以上、生长仍很旺盛的箭杆杨。当地树种多为二白杨,很少有箭杆杨大树。这种凸出地面孤独的土台,好像是人为堆叠而成的,我在河西走廊再没见过。

这个墓是1969年秋天生产队打井时发现的,我们去时该墓被发现1年多了,还没人管,属于"原生态"。我们是由生产队队长带路,从墓道口躬身进去的。整座墓穴是用青砖像砌窑洞那样砌出来的,墓道地面也由青砖铺成,青砖的大小、厚薄与常见的民用砖相似,并非特制。墓道与地表相平,没有斜坡,宽1米多,高不到1.7米。通过墓道,有一个较大的墓室,其穹顶大约有3米高,人站在里面感到很宽敞。在这个墓室的地表,按我国东汉时部队出征时的阵势,摆放着230多件青铜器文物,已成为我国旅游标志的东汉文物"马踏飞燕"就是从这里出土的。在这个墓室后面,是放棺椁的主墓室,主墓室并不大,平面看像大半个月亮,大约15平方米,穹顶较高,人可在里面随意活动,不用躬身,未见棺椁。整个墓室比较阴湿。那次我们并未见到出土文物的实物。我近距离见到"马踏飞燕"的实物，是在武威博物馆。

1973年春，甘肃省农业局陈局长带我到河西走廊考察了一个多星期。临行前两天他径直走到我的办公室，非常和蔼地叫我随他出差，并向我交代出差的最终任务是以省农业局名义编制一个《河西走廊防护林建设规划》上报省政府，以促进河西走廊农业、林业的发展。

新中国成立后，河西走廊农田防护林建设是有成绩的，武威、张掖分别建立了机械林场实行大面积机械化治沙造林，广大农民在治沙造林和营造农田防护林方面也取得了很大成绩。但也暴露出缺点和不足，主要问题是用传统的、大面积造林方法建成的基干林带，树木耗水远大于荒滩、草场和农作物，地下水位不断下降，林带成林后因缺水而成片枯梢、枯死。此外，农、林用水矛盾激化，基干林带周边的农用大口井已无水可取，农田春、冬水的灌溉因分流林地而不足，影响农作物产量。损毁沙生植被去营造基干林带是得不偿失的，基干林带多处于农地前沿、流动沙丘与大沙漠的边缘地带，这一地带生长有甘草、罗布麻、红柳、白刺等组成的，具有极耐沙埋、沙压特性的沙生植被，其经济价值很高，也是发展沙生植物产业的基础。毁灭沙生植被，建设基干林带，在经济上、生态上都有得不偿失之处。

在总结经验的基础上，我形成了在基干林带内部实行网格化的新思路。原则是：基干林带由主、副林带组成，形成网格，林带植树，网格内蓄草，林、草比例控制在6∶4左右，建成以林（带）为主、林草结合的基干林带，取代传统的全面造林。在基干林带中，主、副林带的比例控制在4∶1左右，副林带中，防风固沙树种与当地经济果木（枣、梨、杏等）结合，比例控制在3∶1左右。这样，基干林带总面积不变，防风固沙效能（因主风通过林网引成涡流而减弱）将有所提高，实际造林面积、林带年耗水量将减少百分之四十，草场收益、经济林木收益将逐年增加，基干林带因水分不足引发全面枯死的概率将大大降低，由全面造林引发的水循环平衡失调将有所控制。

将河西当时灌溉区内上百万亩的成片林，包括石羊河机械林场、张掖机械林场的成片林，改造为林网保护下的草场、湿地，在最大限度地发挥林网防护效益的同时，最大程度地减少为维持成片林存活所需要的灌溉用水。这一措施的实施，将有八九十万亩原生植被在林网保护下得到恢复，每年可减少地下水提取量约3亿立方米。总之，基干林带内部实行网格化布局、林草结合、防护林树种与经济果木树种结合，既利防沙、蓄草、促牧、节水、减少国家投资和农民投劳，又能加快林带建设速度、增加农民收益。这一建议，得到陈局长的高度赞赏。

防护林建设规划的新思路，源于实践和知识的逐渐积累。在当年，任何专业书籍、期刊中，都没有触及基干林带内部结构变革或调整的论述。我思路的形成来源于实践和反复思考，其实，创新与守旧、先进与落后往往只有一步之遥。

1973年6月底，陈局长病重住院，诊断为肝癌晚期。他住院后，医院对探视病人控制很严，很多人去探望他都没有能见上面。我们夫妻俩怀着对他的深厚感情，抱着试一下的心情也到医院去探视，在通报了姓名后，他爱人迎了出来，请我俩进去。陈局长躺在病床上，说话已有气无力。我们俩待了不到15分钟，感觉他累了，就告辞出来。我那时心情极不好受，只想哭，已记不清他当时叮嘱我们的内容了。

陈局长是在8月份去世的，灵堂设在农业局不足50平方米的会议室内（平房），极其狭小和简陋，但很肃穆庄重。他在农业局工作时间不长，但很受人尊敬，很多同志都在遗体告别时哭了。陈局长走了，我失去了一位让我十分崇敬和绝对信赖的领导，我心碎了。他走时才54岁。他随身的公文包里还有"带陈青法去刘家峡水电站参观"的承诺。我至今仍怀念着他。

开往华北的列车

20世纪70年代初，全国大规模地开展了农业学大寨、农村大搞农田基本建设运动。在这个运动中我感受最深的是党政干部和农民一起修大寨田。甘肃农地主要分两大类，一是灌区农业，像河西走廊的张掖、武威、酒泉三个地区，以石羊河、疏勒河、黑河、党河的祁连山雪水自流灌溉，灌区农业学大寨主要是搞林、渠、路配套，建设稳产高产基本农田。二是甘肃绝大部分地区干旱少雨，农地是靠天吃饭的山坡地，因此就需要把坡地改成梯地，把小块梯地改成能机耕的梯地。在甘肃定西一带，山坡地每亩每年只能收100来斤小麦，改成梯地后，就能收300多斤小麦。甘肃雨量比大寨少很多，保水、保墒是关键，修得好一些的梯地，几乎不会出现地表径流，雨水全被土壤吸收。甘肃多的是黄土山，土层厚，要比大寨的土层厚得多，就是土层最薄的陇南山区也要比大寨虎头山上狼窝掌的土层厚，所以修梯地成了学大寨、地方农田基本建设的主要内容。

学大寨是我们农业厅的本职工作，要求职工每年参加农田基本建设在10天以上，加上修战备公路、义务植树、挖防空洞等每年劳动在1个月以上。离兰州51公里的榆中县是农业厅的联系县，坐车1个小时（当时路差、车慢）就可到地头劳动。劳动者每人都是自带干粮、水和铁锹，运土的架子车由厅机关统一调配。我们每天要劳动七至八个小时，加上旅途要九至十个小时，主要是挖土、运土、填土。这是一项劳动强度非常大的工作，一到下午两三点钟，个个都已筋疲力尽。这样一直要坚持到4点多才收工，每天上工时站在敞篷的大卡车上，还能不时吼几句口号，到收工回来时，个个都像"霜打的茄子"，蔫了。

其实，农民修梯地时，要比我们辛苦多了。他们是天一亮就到地头，不到天黑不收工，劳动强度比我们大，劳动时间比我们长，一天完成的土方量比我们要大一倍。我到过很多大队和生产队，了解农业学大寨的情况，也到过全省农业学大寨的先进集体——定西县青岚公社大坪大队考察。大队党支部书记是一位女同志，省劳模，年龄与我相仿，体形瘦小，不善交谈。参观大寨时她也去了，她说："我们队，秋收以后，不间断地修梯地。有一年连春节都没有休息（一般每年春节休息三天），有的时候晚上点上篝火还要干一阵子，一般是每天天明干到黑。不怕你笑话，我们大队计划生育不用抓也不会超，因为妇女下工回家还要做饭，男人们晚上回家，吃完饭上炕倒头便睡，还没睡醒就天亮了，又要出工了。定西连农民烧炕的草都没有，是缺粮、缺水、缺烧、缺钱的地方，而我们队有秸秆当篝火烧，就能说明大寨田的好处。"

我在现场仔细察看过墒情，已经修好的农地，确实能保水、保墒。我是搞林业的，我很重视发展适于当地生长的枣、柿、板栗、核桃等木本粮油和杏、梨、桃、苹果等水果生产。我走到哪里，心中总盘算着怎么把修梯地与发展木本粮油和水果生产相结合，把增产粮食、解决温饱与治穷致富、增加农民收入、改善农民生活相结合。我每到一地参观、检查，就琢磨着他们哪些地方还可发展哪些经济林；种苹果不行的话，种花椒行不行；哪些沟谷应发展水保林和薪炭林。每次与基层干部商量，总想全盘解决农民缺粮、缺水、缺烧、缺钱的问题。大坪大队是全省先进，但还有很多坡沟要治，已治的还有提高

兰州水保站柠条护坡林

空间,从农、林、牧、副、水(保)综合治理来说,还有很多事要做。他们在农业学大寨中成效显著,但未来任务仍十分艰巨。

我是1973年秋天去大寨学习的。甘肃省参观团总共270多人。省委指定农业厅主管畜牧的常副厅长任秘书长,负责日常安排。我被选中为秘书长此行的秘书,办理具体事宜。

兰州铁路局为这次去大寨参观,安排了一列全是卧铺的专列。专列第一站停在石家庄。刚到招待所,我既要为270多人快速、顺利地安排好房间住下,又要在食堂安排用餐。离开前,我必须在极短的时间内收齐全部伙食费与粮票,并与招待所按桌结清餐费和粮票,时间虽是非常紧张,但还是硬挤了1个小时,请求招待所送我去白求恩陵园拜瞻。白求恩陵园是不久前修建的，墓前有一尊汉白玉立式塑像。翌日早餐后离开招待所坐上专列，中午到阳泉。山西方面已安排专车接我们去大寨，所以在阳泉停留的时间很短。

在大寨，原定参观7天，实际参观了8天。我们现场参观的内容大致有三个方面：第一个方面是大寨大队，这是重点；第二个方面是昔阳县学大寨的好典型；第三个方面是昔阳县"东水西调"的隧道工程。首先参观的是大寨的陈列室，我很仔细地看了具有重大历史意义的照片，可惜当时没有做笔记，很多都记不准了。陈列馆中还有一张令我难忘的照片，大寨人用铁链（不是麻绳）当绳子抬着大石块，在大雪纷飞的冬天垒石筑坝。陈列馆中也有不少实物，如已经磨损得不能再用的抬石块的铁链等。

参观完陈列馆，给我的总体感觉是大寨有一个坚强的领导集体，能带动一帮子人一起拼命干。大寨改天换地的奋斗，不是一阵子，也不是三五年，而是十几年如一日。大寨的奋斗是在逐步深化的，标准是在逐步提高的，思想是在逐步解放的，眼光是在逐步放远的。从1958年农业合作化以来，中国农村涌现出了很多改天换地的先进典型，但大寨更胜一筹。

在现场主要参观大寨田。大寨大队的土地是在"七沟八梁一面坡"上，全部是山地。一些地方，坡度还不小。在虎头山已栽了树。狼窝掌离虎头山不远，是大寨人有意留下作对照用的，它是大寨修梯田、改土前"七沟八梁一面坡"的缩影。大寨人仍在狼窝掌上耕种，由留在地上稀稀拉拉的麦茬，我们可以估计出亩产不会超过120斤。除了虎头山和狼窝掌，整个大队范围内的坡、梁山地，都已修成了梯田，而且所有梯田的土壤已经改良得很好了。一眼望去，土色已呈黝黑，是有一定团粒结构、能保水保肥、有机质含量较高的耕作土，不是刚刚修成梯田时的生土了。在坡度较缓的地方，大寨人在用推土机改造梯田，把早前修得很好、但面积较小的梯田改造成能机械化耕作的梯田。我们看到，他们在改造梯田时，要求表土还原，改造后的梯田表层仍是肥土，这是成本很高的作业。改造梯田，表明了大寨人并不满足于现状，而是在不断地前进。大面积果园滴灌，说明大寨已不是单一粮食生产，而在向集约化挺进。

沿着山梁跨过几个坡的"军民友谊渠"，大约有千米长，是解放军支持修建的，渠不大，最大通过流量大约是每秒0.3立方米。虎头山并不大，也不高，但它是大寨大队及其周围的最高点，我站在虎头山上能看清周围的地形、地貌。虎头山全部都绿化了，按我的判断，应该是在四五年前造的林，树种主要是油松、侧柏和榆树，生长还可以。如果能在土厚的地方选种些核桃、花椒等经济树种和花卉，那就更好了。

大寨在大搞农地基本建设的同时，也搞新农村建设，这个大队的居民，都集中在大寨村。大寨村的主干路是用条石铺成的，可通汽车，平整而干净，那时汽车、摩托车很少，自行车也不多，显得村内道路十分宽阔。大寨家禽、家畜养在大寨村通往虎头山左侧山坳里的畜牧场，所以在村内路上，就见不到鸡鸭满街跑的景象，也不存在鸡粪鸭尿"占道"了。

在大寨参观期间，我们还到昔阳县学大寨较好的公社去参观，其中之一是参观河道整修、截弯取直与造田相结合的工程。我们参观的是西水东调中的隧道工程，隧道通过的山体并不高，为了赶进度，他们采用立体施工的方法，这能使隧道开挖的工作面成倍扩大，但增加了石方垂直提升的工程量。

我有机会为甘肃省270多人到大寨参观全程服务，感到很自豪。

工业学大庆

我去大庆是一个偶然的机会。那年，农林部林业局召开"森林工业学大庆"座谈会，参会对象是有森工企业的省局（厅）代表。西北是陕西、甘肃，西南是云南、四川，东北是吉林、黑龙江，华北是内蒙古共七省（区）。甘肃省农林局派我参加这个会。会议由农林部林业局局长主持，总共30多人。会是从北京开起的，途经吉林省的长春市、图们市、汪清县，黑龙江省牡丹江市的牡丹江林业管理局及穆棱林业局，经哈尔滨去大庆。走了一大圈，真正到现场参观的是大庆和学大庆先进单位——穆棱林业局和大兴沟林业局。

从北京到长春是清晨，我们几个年轻的在招待所放下行李后，就在吃饭前的间隙到街上看看长春城市风光。长春有一条斯大林大街，我们就沿这条街走。街很宽，行人不多，路很干净，早晨的空气也很清新，沿街的房屋较整洁，旧的民居很少，沿街没有见到小卖部和小吃店。

我们到长春后，原定9点在省林业局招待所吃饭。食堂的饭桌早已摆好，非常整洁，桌上碗筷齐全，但菜一道也未上。我们这些人在火车上都没有吃早餐，肚子都饿了。大约到了11点，我们才吃上饭。按"文化大革命"前的标准来衡量，这是一桌很普通的饭菜，桌上虽有鱼、肉、蛋，但量极少，2个皮蛋切成10小块就算一盘菜，一盘回锅肉估计不到4两肉，每人吃上一筷子就没了。军代表一脸歉意，连声说着"大家吃饱"。这桌饭有七八个菜，但量都不多，大家只能多吃点馒头了。

事后吉林的同志告诉我们，军代表费了九牛二虎之力，到部队才弄上这点荤菜。是的，巧妇难为无米之炊，不是食堂不开饭，而是"无米下锅"，所以才反复叫我们"再等一会儿"。一个堂堂的省林业局食堂，连供三桌用的一点点荤菜都解决不了，可见长春当时和全国各地相似，市场供应很差，人民生活水平较低。

在长春上车后，清晨4点多到图们市，再转车北上，这里天亮比北京要早一个半小时以上。火车站离图们江大桥很近，大家都跑到江边看大桥，顺便看朝鲜。这个桥没有钱塘江大桥雄伟，也没有钱塘江大桥长，我站在中国的土地上，能很清楚地看到朝鲜一侧老百姓的活动。我看到对岸的人，也都行色匆匆，服装颜色也很单调。

大兴沟林业局是吉林省的，代表们在长春没吃到好饭，军代表觉得过意不去，就请大兴沟林业局设法招待好代表。大兴沟林业局用大盘红烧鲜鱼招待我们，这在物资极度匮乏的当年，是极不容易的。

大兴沟林业局并不大，林区曾遭日寇疯狂掠夺，留下很多次生林、低产林。我们去时，年产木材13万立方米，但他们的经营管理很出色，已经处于集约经营的初级阶段，采伐迹地都能及时更新，林区内已无荒山。一个新的管理模式是由永久性的工段承包管辖范围内的森林。这点值得学习。

穆棱林业局是参观学习的重点之一，这个林业局管辖的森林，几乎都遭日寇"拔大毛"式的掠夺。我们的参观内容很多，有中国科学院林业土壤研究所搞的试验林、东北林学院的试验林、采育兼顾伐的样板林和迹地更新等等。现场参观全靠两条腿翻山越岭，很累，代表们开始很有劲，都想学点，但看了几处后觉得一般般、不理想，这就增添了累的感觉。总的印象是这个局森林资源综合利用搞得比较好，如利用枝桠加工一次性筷子、用桦树皮提炼牛皮癣药膏等等，但对试验林、样板林、迹地更新等能综合反映集约经营和营林技术水平的，实在不敢恭维。这可能也是林业部在甘肃洮河林业局召开十四省现场会的原因所在。

在参观穆棱林业局后，我们才到牡丹江管理局。牡丹江管理局是地级森工单位，管辖小兴安岭林区，以盛产红松闻名全国。当时木材年产量相当于甘肃全省的8倍。

当年，大庆油田对外是保密的，在地图上没有大庆这个地方，铁路只有萨尔图站，亦即现今的大庆站，站台极简陋，连雨篷都没有。大庆油田对我们参观团很重视，由政治部主任亲自接待、介绍情况、陪同参观。我们在大庆参观了好几天。

铁人王进喜所在的1205钻井队，在大庆打了第一口油井，这是一口自喷井。我们去时已经闭井，油田为我们参观特地打开阀门自喷两三分钟，喷口呈水平方向，口径约200毫米，水平喷出距离约有50米，黑色的石油喷到低洼的石油池中。在这个自喷井旁边，有一个大约30平方米的泥坑，2米来深，这个泥坑就是这口油井打井时出现井喷危情、急需用大量泥浆回灌压井的泥浆池。王进喜穿着棉衣，挥舞双手，下半身在泥浆池内搅拌泥浆的照片，就摄自这个地方。大庆的同志告诉我们，井喷是非常危险的，如不及时压住井喷，整座钻机都能陷入地层，造成机毁、人亡、油井报废。当时制止井喷的唯一方法是向油井内迅速地灌入混有水泥等比重很大的大量泥浆混合物。由于搅拌跟不上，王进喜就带领大伙跳进泥浆池，硬是用身体来搅拌。众所周知，当泥浆没过膝盖后，拔腿都极其困难，要在天寒地冻的冬天搅动泥浆更为困难。就凭这一点，王进喜就了不起，当然，这仅仅是王进喜先进事迹中的一点。

大庆油田自喷的油井不多，在整个油田，用抽油机抽的井较多。一口油井有一个抽油机,油井旁边有很多管道,其中有输油管道、注水管道和加热管道,输油管道是将油井抽出的油汇集,注水管道是向地层注水,保持地层压力。从地面看,有些地方油井密度较大,有些地方则是稀稀拉拉的,这与地层含油多少有关系。

与油井相连的是泵房,它的外形与农村的机井房相似,孤寂地建在荒无人烟的沼泽草地上,这是由水泥预制板搭建的保温性能很差的小平房,一个泵房管一片油井。我们沿小道进到泵房参观,见每个泵房就只有2—3间小房,其中一间都是仪表。

泵房内有一位女同志值班,她的任务不仅仅是坐在仪表室关注仪表变化、记录各个油井的各项数据,还要巡视管辖片内油井现场的情况。一个泵房与另一个泵房的距离,近的在1000多米,远的就有2000米左右。在泵房值夜班是很辛苦的,尤其在零下20多摄氏度刮风下雪的夜晚,提着手灯,一个人走在只有1尺宽的田埂小道上。据说有时还有狼,就是男人也有点怕,何况女孩。好在大庆那时治安很好,没听说有流氓、小偷等到泵房捣乱的。看到现场的工作环境,不得不敬佩大庆女工的奉献精神。

我们坐着车,行驶在崎岖不平的简易道路上,经过一段较长的时间,到了路的尽头,下车后我们又走了一程,才到钻井现场。这是一片草甸子,我们是在9月份去的,是旱季,草甸子已经干涸了,人可以在上面走。迎接我们的是矗立在前面的高高的钻塔和成群的蚊子。钻机的轰鸣声并不能驱赶蚊子，蚊子多到一张口就能吸入好几只。它们停在你的脸上、脖子上就叮咬，我在自己脸上一巴掌就打死好几个。当我一次吸入数只蚊子后再不敢张嘴吸气。好在这里的蚊子是集群飞行，一群有上千只，你避开这一群就能好一点。

井台上有十来个工人在作业，个个精神饱满，满身都是泥污，安全帽下露出的头发有一寸多长。我擅长理发，看到这种情景真想给工人们理个发，可惜没有工具。这个井已经打到近1000米了，井架旁还有一大堆钻杆，看来打到油层还要打几百米。

工人们在接钻杆时很费劲，一连串的动作很连贯，也非常迅速，真是争分夺秒，当蚊子叮在他们脖颈上时都抽不出手去拍打。在钻塔不远处，停着两节闷罐车厢，这种车厢现在很少能见到了。在20世纪60年代初，这种车厢作为春运加车，挂在客车的后部，里面放两个木制的大便桶给旅客方便用，整个车厢内臭气熏天，旅客就在里面或蹲或站，座位是没有的，之后这种车厢是拉大牲畜用的。它与货车车厢的区别主要是它有小气窗，而货车的车厢是全闷罐。停放在那里的两节闷罐车厢是钻井队的"大本营"，全队20多人，吃、喝、拉、睡、洗全在一节车厢内，另一节是库房加厨房。住在这种车厢内夏天闷热难忍，冬天很冷。

钻机24小时不停地钻探，钢管一根接一根地往地层打，工作的连续性很强。工人们好像是两班倒换，他们对工作时间长短好像并不计较。如果让我概括钻井工人的劳动与生活，那就是工作环境恶劣，劳动强度极大，劳动时间很长；没有任何文娱活动，吃饭是唯一的物质享受，一个月花不掉一分钱。他们是一个满身泥污、充满朝气、值得人们尊敬的英雄集体。大庆的领导同志告诉我们，钻井工人的全部收入，包括工资、野外津贴、奖金等是每月100多元，相当于城市八级工的工资。

大庆的家属是没有空闲的，组织起来后主要从事蔬菜生产和后勤服务，我们参观的洗衣房和缝补工场，都是家属办的。在洗衣房，我看到了我所见过的最大的洗衣机。在当时，听说欧美国家老百姓家家有洗衣机、电冰箱，但很多中国人没见过洗衣机是个啥样子。因为，中国不生产洗衣机，商店没有洗衣机卖，老百姓也压根儿买不起洗衣机。

大庆洗衣房的洗衣机非常高大，洗衣桶长4—5米，桶径在3米以上，圆桶体积大约有30立方米，外壳是用8—9厘米厚的木头做的。在洗衣房，洗衣机卧着比平房门梁还高，一间房卧一个洗衣机，一字卧着四五个洗衣机，洗衣桶金属中轴上安装有像农村风箱的叶子板，电动机的皮带带动安装有叶子板的中轴把油污极多、很脏的衣服在大木桶里转洗。大庆的同志告诉我们，洗的这些衣服都是大庆工人以旧换新的劳保服，大庆劳保服的发放，除了按规定期限以旧换新，还可用脏的、破的换干净的、缝补好的旧劳保服。

缝补工场是缝补洗净的、破损的劳保服。经过洗、缝的旧劳保服，再一次发给工人，作为定期发放劳保服的补充。这一做法，在当时物资极其匮乏的情况下，无疑是一个绝好的办法，也很受工人们认可。

大庆大多数家属在"五七"农场搞蔬菜生产。在大庆，除了粉丝是从外地买，蔬菜全靠"五七"农场生产。我们参观了蔬菜基地的塑料大棚，也看了"五七"农场的成果展览。在塑料大棚中，我看到了生长在棚架上2尺多长的黄瓜。我们去的那一年，"五七"农场已开始种些小麦。总的来说，大庆比创业初期没有鲜菜吃是好多了，但工人吃的蔬菜还是不多，尤其是品种很少。我们在大庆招待所，每天伙食0.8元，粉丝、豆制品和土豆唱主角，也有点肉，但绿色新鲜蔬菜还是不多。

炼油厂是刚建的单位，投产不久，附属工程仍未完工，炼油能力是350万吨，和甘肃兰炼相似。我们参观了一些车间，但炼油是全封闭的作业，所以大家看了印象不深。让我们看得见的是石蜡车间，这个车间的产品就是炼油副产品石蜡。一块一块像砖一样的石蜡块，其大小相当于A4纸，厚三四厘米，重约4斤。陪同的同志告诉我们，每人可以拿一块石蜡作纪念。

我们去时，大庆人已经不再住"干打垒"了，但"干打垒"仍到处能见到。这是一种往地下挖约1米，地上垒土墙1米多高，土墙上架上人字形顶棚，再在顶棚上覆土的"房子"。大庆会战是从冬天开始的，天寒地冻，没有房子，国家也没有帐篷给他们挡风避雪，这么多的人进草甸子，要吃、要住。也就是在这种条件下，大庆人本着"有条件要上，没有条件创造条件也要上"的精神，自己挖"干打垒"做宿舍。不论干部、工人都住这种"房子"。这是一种没有窗户，很潮湿，但能挡风雪、保温暖的"房子"。它与我在甘肃洮河林区住过的工棚相比，保温性更好，但透风透光更差。

我们在大庆看到很多，听到很多，给我最深的感受是大庆一靠科学，二靠苦干。大寨与大庆有很多共性的地方，苦干、巧干、拼命干是最大的共性。几年以后，我随后来的林业部罗玉川部长参观了大港油田。凑巧的是，给我们介绍情况的油田党委书记，就是当年我去大庆时的大庆政治部主任。这个远离天津、围滩造地后建起来的、欣欣向荣的油田，开拓了我的思路，拓宽了我的眼界。

编写辞典

我到林业处上班后，下基层的机会更多了，接触到很多在基层工作的林业人员，给我最大的感触是，不少同志对林业专业名词的概念很模糊。很多业务干部，分不清天然林、原始林、次生林、梢林、林分、林相、一类调查、二类调查、经理调查、营林、森林经营、母树、精英树、采穗圃、作业法等常用林业名词的正确含义，甚至在上层管理机关，以及林业院校出来的一些专业干部，也有类似情况。他们想提高自己，但缺少一本专业工具书。面对这种现状，我产生了把常见的名词整理成简单易懂的"名词解释",以此普及和提高甘肃基层林业工作者的知识的念头。而在我整理"名词解释"一段时间后,感觉自己在科研单位待了近10年,有基础、有能力,应该把"名词解释"搞得全一点、好一点,于是就在"名词解释"整理的基础上着手《简明林业辞典》的编写,那是1973年初的事。《简明林业辞典》开始是我一个人在编,不久后,爱人方灵兰协助我共同编写,最后我们的三个子女也参与进来,帮我们做了不少具体事务。

《简明林业辞典》从开始编写,到1979年初上、下两册的油印稿(征求意见)完成,整整花了我们两人5年多的业余时间,耗时8000多小时。这还不包括以后出版、校核等所耗时间。从完成油印稿(征求意见)到1981年初出版成书又经历了近两年。甘肃省委书记宋平审阅了油印稿后,于1980年5月12日亲笔复信加以肯定,并希望我们"认真修订、校阅,早日出版"。林业部党组书记、部长罗玉川审阅了油印稿(征求意见)后,于1980年3月20日为书稿题写"学习林业知识的工具书"加以勉励。中国科学院院士、中国林业科学研究院院长、中国林学会理事长郑万钧教授为书稿写了序,"作者为普及和提高林业科学技术而努力的精神,是科学春天在我们林业战线的反映。这是我们林业科技战线兴旺发达、后继有人的表现,是值得我们庆幸的"。

《简明林业辞典》第一版是1981年5月出版的,印刷7000册。在编写辞典的这几年中,我家下班以后的生活过得非常紧

我与灵兰编写的《简明林业辞典》

张,也非常有序。尤其在初稿基本完成、系统的修订基本结束,着手按名词的笔画加以编排,自己动手打字、校对、油印和装订成册时,家庭的"学术气氛"变得很浓,孩子们看到我们编书的忙碌,也更加自觉地学习。

《简明林业辞典》出版后,深受全国林业同仁欢迎,当年农林方面的专业书一般印量只有3000册,而这本书连续加印两次,发行量达到35000册。在第一届全国科技图书展览会上,此书被推荐为全国优秀科技图书,还曾作为优秀图书在香港举办的书展上亮相。甘肃省委、省政府授予我俩优秀作者奖,以资鼓励。

在出版35年后,全书被编入"新三农百科全书精选"向全国发行,并由中国学术期刊网将全书制成电子版向全国发行,得以发挥"余热"。我们为祖国"黄河流碧水,赤地变青山"之路,铺了一块砖。我们为自己普及林业知识所做的努力

《简明林业辞典》被推荐为全国优秀科技图书

得到党和政府的充分肯定而高兴,为受到省委、省政府嘉奖而自豪,我们衷心感谢帮助、支持《简明林业辞典》出版的人们及35000多名读者的真情厚爱。

在那个特殊历史条件下,我是偷着写的。我的办法是当我有空闲的时候,桌面一侧放几本翻开着的政治书籍,如《反杜林论》《资本论》等。中间抽屉半拉开着,里面放着一本与正在书写的"名词"有关的著作。我就这样伏在写字台的玻璃板上编写"词条",或阅读抽屉里的书。当有人靠近我的办公桌时,我立即把正在写的"词条"移入抽屉,同时肚子一挺就把抽屉关上,顺手把政治书籍移到眼前,抬起头来再跟来人打招呼,装出一副我正在认真做学习笔记的姿态。办公室里这样偷着干是很吃力的,效率也比较低,思想不能完全集中。但如果把办公室空闲的时间放弃不用,实在太可惜,起码一周上班6天可以用上6个小时,一年下来,也能利用三四百个小时。但是，时间长了，总要引起别人怀疑，有人把我告到了王副局长那里，说我上班时不知在写什么，偷偷摸摸地，好像是在搞"自留地"。

我得知这一消息后，干脆先入为主，拿着写好的几个"词条"跑到王副局长那里"自首"，向其汇报，我是在整理这方面的资料，不是在搞"自留地"，并把初衷讲了一遍。我敢于"自首"，是有前提的，因为几年来副局长一直很看重我，我信任他。但汇报归汇报，汇报以后我还是只能偷着干，我干这项工作是社会主义现代化建设的一部分，可也着实不易。

编写《简明林业辞典》的主要工作是在家里完成的。除了一部分"词条"是在办公室偷偷摸摸编写的、一小部分是利用出差空隙编写的，绝大部分"词条"是在家里完成的。编写一个"词条"往往要参考好几本著作，这在办公室偷着干是不可能做到的，出差时也难背上很多参考书。除了编写、订正"词条"，还要把写好的"词条"按笔画进行分组，在分组的基础上编写检字表和目录。这些工作很繁杂，往往要把几千页原稿翻来覆去地整理、编排，毫无疑问，这些工作在办公室是万万干不得的，也只有在狭小的家里把原稿摊在地上，把地当办公桌才能干。到后来，近40万字的书稿，要自己打字、校对、油印、装订成油印稿，这也必须在家里完成。

在那个年代，作为知识分子，你跟着潮流在家里打扑克、装半导体收音机，没有人会说三道四。如果你搞专业方面的事，不管对社会有没有用，都没人会说你好话，还会有人说你闲话，所以在家也要偷着干。

自从着手"名词解释"的编写以来，我俩在下班以后，每天都是快速、紧凑地安排好家务，接下来就是分秒不停地干。除了照顾好子女学习和生活起居，我俩全身心投入编写工作中，几乎每天晚上都要奋斗到12点以后，夜深了，肚子饿了，饿着肚子干是常事，平均起来，每人每天可以利用3个小时以上的时间编写，次日上班照样能振作精神。这可能与当时心态泰然自若有关，我俩觉得，我们是在做一件自己想做的、对社会有意义的事，有偷着自娱自乐的感觉，所以就不感到怎么疲劳。

那时家里的灯光还是那么暗淡，这不是因为兰州缺电，而是我们缺钱，我们确实买不起日光灯和用不起较大功率的白炽灯照明。在"造原子弹不如卖茶叶蛋"的年代，家中用我参观大庆时大庆炼油厂赠予的石蜡自制蜡烛照明也是常事。我们心态上泰然自若，行动上却有点像做贼，在灯光暗淡的家里，有点像是在搞地下工作。开始，我们是找资料编写单个的"名词解释"（条目），我们前后查阅了中外有关著作，主要的参考书就有100多部，几千万字。这还不包括一些次要的参考书，像孟光裕翻译的布尔班克所著的《如何培育植物为人类服务》一、二、三、四卷等都没有列入参考书目录。面对100多部相关著作，我们的工作顺序和设想分为七步。

第一步，选定名词。由于林业涉及的面特广，边缘学科很多，要把涉及林业的全部名词列入"名词解释"对我们来说是不大可能的,也是林业系统广大干部所不需要的。当时,林业系统广大干部需要一本小而精的"名词解释",而不是大而全的"名词解释"。所以,我们第一步要选定编入"名词解释"的名词。根据我俩10多年在林业科研、行政管理、接触基层的经历和对生产、教学的了解,把林业生产、管理、科研和教学中经常见到的名词归集,再从中选择1500余条进行"名词解释"的编写。

第二步,准确地编写成"名词解释"。在当时各种教材或专著中,习惯用定义来注释名词,但定义往往很长,这就有必要将定义提炼为不失原意的"名词解释"。为了做到不失原意,就必须认真地阅读原著,领会原著的精神。应该说,这是一个全面学习的过程,是在实践中学习、思考、提高的过程。

第三步,"名词解释"必须为多数学者所公认。我们的出发点是力求"名词解释"能全面、准确、为大多数学者所公认。退而言之,这样既可防止因学派不同而引起争论,也可防止因我们采用了某一个学派的观点而引起持其他学派观点的朋友的不满。在当时,全国有三大林业院校,加上西北、中南、福建、浙江等省属林学院,都没有统一的教科书,可谓学派林立,即使各院校同一学科的教师,对某个问题的认识也并不是完全一致的,这会反映在定义上的不一致。以"森林学"来说,给我们讲课的熊老师和王老师,他们两人的讲义就有较大差异,对中国"森林学"教学影响很大的苏联特卡钦科和聂斯切洛夫分别编著的《森林学》也有较大差异。《造林学》

也是一样,有中国林业先辈陈嵘所著的,有陈植编著的,有马大浦主编的。要让"名词解释"全面、准确,达到多数学者所公认的水准,就要求我们采用比较、分析和综合各学者观点的方法进行编纂。客观地说,第三步已超越"编纂"范畴,而近乎于"立说"的性质。它是最能锻炼、提高我们业务能力的环节,它超越编写,需要改正、综合、完善各位专家所下的"定义"。我们必须有坚实的基础和广博的学识,才能站在前辈们所著的书本之上看问题,而不是钻在书本之下找经典,从而使我们编的"名词解释"能引领这一科技领域的发展。

第四步,新增名词的编写。在编写过程中,我们参阅的著作不下几百部,但绝大多数是"文化大革命"前出版的。"文化大革命"开始后,高等学校都停课闹革命,几乎没有写书的,出版社也很少出书。但时代并不因为"文化大革命"而凝固,总会有一些进展。《林业科学》是停刊了,但《林业科技通讯》等还在发行。为使我们编的"名词解释"能赶上时代的发展,按现在的话说叫"与时俱进",这就需要新增一些名词。这些名词,书本里是没有的,但社会上已在使用,这就得靠自己写,如"采育择伐"等一系列名词都是我们自己写的,这些名词在当时任何书籍上是找不到的。写这样一个新名词,我们的出发点是不仅要有简明的名词解释,更重要的是要阐明这个名词的主要内涵,使人看了这个名词解释后,对这一名词的含义有一个比较全面的了解。

第五步,注重生产的需要和增加知识性内容。我们在编写

"名词解释"的过程中很注意生产实际的需要,例如"生物防治"这个名词,我们除了全面、准确地给"生物防治"这个名词作了解释,考虑到广大生产单位的需要,还介绍了生物防治的四种类型,即以虫治虫、以菌治虫、以菌治病、以鸟治虫,并对每种类型最新科研成果的具体做法作了扼要的说明。在介绍以鸟治虫中,我们是这么写的,"以鸟治虫,是指人为地保护和招引益鸟,以增加森林中鸟类的数量,控制害虫的发生,达到生态的平衡,如利用灰喜鹊防治松毛虫、避债蛾等森林害虫,使益鸟保护区内有虫不成灾。可采取保护、招引等措施增加益鸟"。把书本上还没有的最新研究成果列入"解释"内容,既有利于科普,亦使我们的"名词解释"领先了书本知识好多年。

"名词解释"本身就是知识性的,但阅读时终归有点枯燥,为了解决这个问题,尽可能增加读者兴趣,我们想了一些办法,做到既不背离"名词解释"的宗旨,又能增加阅读者的趣味和获得更多的相关知识。如对植物形态学"茎"的解释中,除了全面、准确地给"茎"这个名词作了解释,我们增加了一些"茎"的相关知识:"茎一般具有负向地性,但有些植物,如南蛇藤、葛藤等具有缠绕在树木上和匍匐在地面上的茎,无直立空中的能力,有一些植物的茎处于地下,称为地下茎,多数树木的茎在条件适宜的情况下,能繁殖成为独立的个体。茎的高度差别很大,苔藓类植物的茎只有几厘米,灌木的茎高3—6米,乔木的茎可高达150米(如北美红杉),攀缘植物茎的长度为200—300米,中国台湾阿里山的红桧胸径达6.5米。树木的茎多为实生,竹类的茎为中空,一般呈圆柱形,但也有呈方形的,如方竹等。"

第六步,确定编排方式。这么多名词,怎么排列才能使读者容易查找,这是我们要解决的一个重要问题。第一个设想是按学科排列,这要牵涉到四五十个学科。以名词"精英树"为例,读者在查阅这个名词解释时,必须先知道这个名词属哪个学科,是造林学、遗传学、树木学、森林学、植物学,还是树木育种学。这将给广大读者,尤其是基层工作的同志带来很大的不便。第二个设想是像《现代汉语词典》那样排列,把名词第一个字发音相同的排在一起,但对广大林业工作者来说,这个方案使用也不方便。最后,我们决定按名词第一个字的笔画数和中文书写笔画顺序进行编排,按此检索,方便实用,效果很好。

第七步,打字和油印。为了能达成征求100位人士意见的目标,我俩必须准备100—110本征求意见稿。为此,需整理出一本《简明林业辞典》的"手写稿"。"手写稿"包括检字表、目录、正文、插图、附录、主要参考文献等,总共有3000多页。接下来把"手写稿"打字录入、校对、油印,并装订成100—110册。我俩商量再三,在无处求助的情况下,决定自己动手,全家动员。在这一过程中,我们得到很多热心人的明帮、暗助(偷着帮)。如打字机、油印机采取晚上借、早上还的办法借自甘肃省农林厅种子公司,蜡纸是几个单位文印室同志支援的，油印用纸（数万张）是几个单位文印室同志帮我们收集的废纸，我们翻过来重新利用，封面用纸、整本装订是农林厅物资站的印刷所帮助解决的。我们衷心感谢他们的帮助和支持。

感激时代

装订结束，家里摆着厚厚的、16开大小、三边切得非常光洁、装订得整整齐齐、用褐色牛皮纸当封面的《简明林业辞典》（上、下册）征求意见稿，共200多本。下班回到家里，我们会左看、右看地看上几眼，它是我们5年多心血的初步结晶！

我们专程去中国林科院拜访了恩师郑万钧院长，并请他作序。郑院长在序言中指出：《简明林业辞典》在编纂上紧密结合我国林业生产实际，内容上兼顾了林业科学、教学、生产和管理等各方面的需要，名词的释义部分采用比较、分析和综合各学者的观点、方法进行编写，并且一些地方具有独特的见解，是我国林业工作者必备的工具书。序言签字日期是1980年3月24日，我返兰州的车票是在当晚。几天前我收到罗部长的题字并得到"实干家"的鼓励，现在又拿到老师所写的序言，得到老师的赞扬，心里甜滋滋的。我一个人跑到天安门，端端正正地站在毛主席像前，对主席行了注目礼，顺道进了中

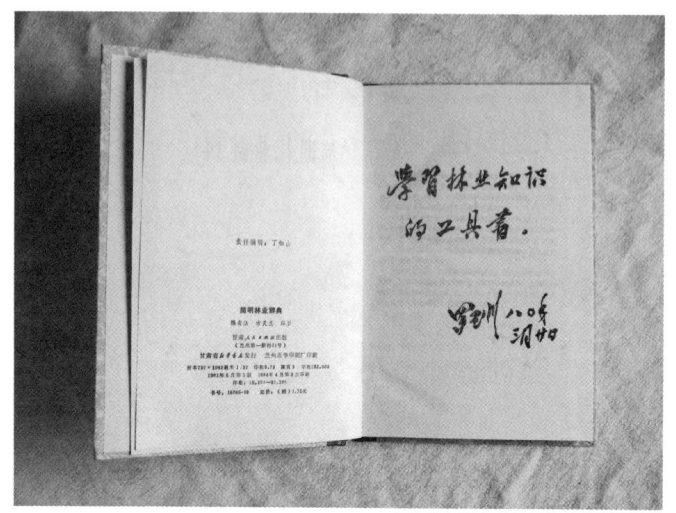

林业部部长、中国共产党中央顾问委员会委员罗玉川题字

山公园,沿着公园内的小河徘徊。那是一个阴天,天空虽没有阳光,北京还没有春天的感觉,但我的心情好极了,甚至有点飘飘然的感觉。在我的一生中,我很少有这种感觉,那时,我把编写过程中遇到的辛、酸、苦、辣,都抛到了九霄云外,留下的全是温馨、甜蜜和满满的爱,心中充满对时代的感激。

《简明林业辞典》编著、出版的经历,让我们懂得一点人生哲理,要办一件有意义的事,付出的既有血汗和精力,也有辛酸。血汗和精力会随着时间的消逝再度充盈,而辛酸不是物质,难以磨灭。我们也深刻地体会到:在我们这个时代做一件事,只要有恒心,是有成功机会的,时间靠挤,水平在实干中会不断提升。

赤地初心

我们在兰州市区南北山所做的林业工作在全国影响很大。兰州市区内南北两山是中国赤地在城市的典型地段。市区两山总面积30万亩,其中毗邻市区的有10万亩。经历新中国成立后30多年全市军民的努力,荒山绿化保存面积仅7000多亩,要使毗邻市区的10万亩赤地披上绿装,即使绿化速度翻上一番,保守估算尚需160多年。

"文化大革命"结束后不久,省林业局党组委派我率小组对颇受诟病的两山绿化进行调研考察,以提出更为切合实际的绿化建议方案。经过近3个月的实地调研,我们小组在南北山又进行了详细考察,对黄河两岸80公里的山区范围内的每一道梁、每一面坡、每一道沟、每一座山,甚至每一棵树,都进行了实地调查记录。

那段时间里,我们翻山越岭步行2000多公里,召开了各种形式的现场座谈会40多次。在保存的绿化地段设立87块标准地,对其进行专业调查,包括根系调查,从而筛选出适合两山荒漠赤地的造林树种6个。在这个基础上进而提出新的南北山绿化方针,将原有的"全面上水灌溉造林"更改为"有条件上水,实行灌溉造林"与"荒山不灌溉造林"相结合的方法。

在南北山考察

在南北山调查红柳人工林生长情况

在有条件上水的地段，绿化可走水路，暂无条件上水的地方，绿化走旱路。两条腿走路绿化方针的基础正是考察小组已经筛选出了适合两山绿化的6个树种，分别为红柳、沙冬青、柠条、侧柏、油松、河北杨。在确定6个树种的同时，考察小组否定了诸如沙棘、山杏、珍珠梅、臭椿等很多不适宜两山绿化的树种。

我是在"黄河流碧水，赤地变青山"的号召下报考南京林学院的。我和灵兰也是在这个号召下来到甘肃的。在甘肃的工作历尽艰难，让我们初心不改的还是让"赤地变青山"的理想。1980年，我受甘肃省林业厅党组的指派，会同有关地

我于南北山荒山赤地区参与造林

（市）县的林业干部对甘肃省兰州、定西两地的干旱赤地进行了为期600多天的考察。

两年间考察、调研解决地方上治穷致富的事例有很多，但是有两项我特别想记述。

第一项是关于当时的林业政策改革问题。在全面考察调研后，我基于调研结果，建议将国家造林政策中的"集体造林为主"，修改为"以千家万户造林为主"。这个建议在全国范围内是最早提出的，不久就登在部办《林业参考资料》上，为国家造林政策提供了参考。

第二项是将定西地区作为国务院"三西"建设的重点。国家每年有3亿元的扶贫投资，这笔投资是集中用于水土保持工程，

考察甘肃中部干旱山区群众造林成果（右三是徐有法）

还是林水并举，对此我们没有统一认识。我应约参加"两西"（甘肃定西和宁夏西海固）建设领导小组扩大会议，在会议上用考察调研所得的翔实数据和生动案例，提出帮扶定西问题，既要着眼当前，又要放眼长远，提出"以林为本，林水并举"的建议。这一提议得到了多位与会同志的赞同，大家一致认为"林业和水保是相辅相成的事业"。帮扶定西应把林业和水保放在同等重要的地位，定西地区从根本上说是要恢复植被，造林是恢复植被的主要手段。这一帮扶方针的确定，确立了林业在甘肃中部干旱地区三农建设中的地位，对促进甘肃中部地区生态恢复、赤地改造、碧水长流具有不可估量的现实和历史意义。

我是当时甘肃省林业系统中工作时间最长，熟悉包括森工、营林、造林、林政、林业科技等全部林业工作的科技工作者。我的才智是在党和人民给我的锻炼机会中积累起来的，也和我高度重视每一项工作中的细节有关。我努力在工作中积累知识，以图更好地为国家服务。从那时到现在，我们总是相信伟大祖国会在党的领导下，在不久的将来一定能实现"黄河流碧水，赤地变青山"的理想，定西人民一定能建设起美好、富裕、和谐、鸟语花香的家园，人们再也不用看到黄牛和成群的麻雀追赶着拉水车讨水喝的凄惨情景了。

我与九寨沟

九寨沟现在是闻名全国的风景区。可我去九寨沟的时候,九寨沟只是一个名不见经传的僻远山沟。当年,它属甘肃省白龙江林业管理局南坪林业局管辖,林区公路是由白龙江林业管理局投资修建的,南坪林业局正准备在沟内建立13个森工采伐林场,对森林进行大面积采伐。

我先后去过九寨沟三次。在当时的条件下,为保护九寨沟的"天下第一自然美景",我单枪匹马,想方设法,做了最大的努力。第一次是在1971年,我应南坪林业局傅局长邀请,去南坪林业局调研,顺道而专注地考察了九寨沟的自然景观,深感震撼,我把九寨沟概括为"林在水中、水在林中的仙境"。

九寨沟地处森林草原带,从总体上说,沟的一侧是茂密的原始森林,另一侧是草山,山上的森林几乎都是云杉纯林,林龄在130年左右。树木挺拔而秀丽,林冠郁郁葱葱,林相非常整齐,外形非常美观,但林下缺少天然更新的幼树。这给选择采伐方式和森林更新带来较大难度,稍有不慎,伐后将成灌丛荒坡。沟内山势比较平缓,视野比较开阔,给人一种心胸宽敞的感觉,在我所到之处,没有发现林线退缩,森林沦为疏林、灌丛、荒山的迹象，这说明牧民没有乱砍滥伐森林的情况。我深感九寨沟完美的天然森林，是当地人民精心保护的结果。

顾名思义，九寨沟的沟内应有九个寨子（居民点），但我们除了在沟口看到两个寨子，在沟内走了一天，没有遇到一位藏民。在我印象中，沟内居民很少，可能他们都到草山放牧去了。

九寨沟沟口有一个台地，面积比较大，当年我想如能在这里修个直升机的停机坪，这样从兰州到这里只要2个小时，比现在要坐三天车方便多了。

进入沟口后，每隔不远，就有一个"海子"。有人统计，整个九寨沟有100多个"海子"。所谓"海子"，就是天然形

九寨沟"海子"倒影（摄于1978年）

成的池塘或小的湖泊。整个九寨沟就像一串珍珠，"海子"就是这一串珍珠上的珠粒。九寨沟的"海子"大小不等、深浅不一，一般就是一亩地大小，大的"海子"很大，我们看到的一个"海子"估计就有一个足球场大。我在另一个较大"海子"的堤上察看，"海子"水很清，但深不见底，一株斜沉在"海子"的枯树，大约只有四分之一露在岸边，有四分之三呈45度角沉在水下，只见沉在水中的树干表面凝结着一层碳酸钙，成了一株水下硅化木。我用力摇动露在岸边的枯树树梢，但枯树纹丝不动，由此估计这个"海子"起码有三四米深。

小的"海子"只有池塘大小，面积100—200平方米。有的"海子"，是上下两个相邻，高差不足1米，但多数"海子"是单个的。"海子"主要在九寨沟的主沟上，支沟上也有"海子"，但都比较小而且浅。我曾沿人工搭建的、以跳板形式组成的小而长的栈桥，走到支沟上一个"海子"上面的中心点，栈桥的支柱直接打入"海子"底土。这个小"海子"只有1米来深、200平方米左右大，水清见底。"海子"中几乎没有水生植物，但细长的小鱼成群在水中游动，这种鱼身长10厘米左右，我观察了好久，没有见到一条稍大的鱼。俗话说"水清则无鱼"，"海子"水这么清，又没有水生植物，成群的小鱼吃什么？腾格里沙漠中的"海子"，是水清有小鱼，"海子"周围长有芦苇。九寨沟的水富含碳酸钙，但我始终没有发现有钟乳石。

在九寨沟的沟口附近叫诺日朗的地方，有一处山沟底部平整、宽度在100米左右的断层，目测断层上下落差在15米以上。九寨沟的溪流在断层前形成一片沼泽似的浅"海子"（云杉疏林地），水流从云杉疏林经断层下泄至灌丛林地，形成一个高约15米的瀑布。瀑布南侧的水较深，北侧较浅，水深的一侧水大势猛，瀑布呈水幕状，浅的一侧呈珠帘状。我把诺日朗瀑布描述成上部"林在水中"，下部"水在林中"，是"水幕配珠帘"的绝妙景色，是人间仙境。

我在诺日朗瀑布处静思，"林在水中"的景观是怎么形成的？是先有云杉林、后有流水，还是先有流水、后有云杉林？难道说中生树种云杉，能在沼泽地天然更新，又能适生于沼泽地？我从生态学、群落学、森林学，以及达尔文、米丘林学说中求解，但都未得其详。我考察九寨沟后，坚定地认为九寨沟的自然景观应该划为自然保护区（当时还没有旅游的概念），不应该进行森工采伐，我要为此尽力。

第二次是1978年6月，我是陪同中国科学院林业土壤研究所王所长去的，他原是去参加国家林业总局在洮河林区召开的现场会，重点考察采育择伐样板林，我是作为甘肃省林业局配合他们考察的人员。王所长是在林业界有影响的科学家，我们在"现有林经营学术讨论会"上相识。我趁重逢机会，希望他把"保护九寨沟"的事向国家林业总局喊一喊，我深知，国家林业总局不点头，是无法改变九寨沟命运的，我必须抓住这一难得的机会，想方设法建议他到九寨沟去看一看。他起初不想去，强调行程安排得很紧，时间挤不出来，年龄大了，连续奔

诺日朗瀑布（1978年摄于九寨沟）

波感到疲劳……我连续几天，磨劲不断、见缝插针地向他和其他两位同志反复介绍九寨沟的特色，绘声绘色地告诉他们："九寨沟'林在水中、水在林中、瀑布与青溪辉映、草山与密林交臂'，是我看到过的最美、最好的森林自然景观。"最后，我成功了，他同意去九寨沟了。

我请白龙江林业管理局安排去九寨沟考察的专车。到南坪林业局后，直奔九寨沟源头方向，在沟深约三分之二处，停车调头，一行人顺坡而下，采取走一程、看一程、坐车一程的方法，总之是不让年长的人走上坡路，使他不觉非常疲劳，能比较轻松地完成考察。王所长进入九寨沟林区后，面对青山碧水、茫茫草山、珍珠般的"海子"，赞叹不绝。他精神越来越好，步伐越走越健，言谈越说越多，尤其到了诺日朗，我给他介绍这就是我说的"林在水中、水在林中"，百米瀑布直泻而下的地方时，他久久地停在那里，不断地称这是"奇观！奇观！"。这次考察后，王所长于1978年6月20日以中国科学院林业土壤研究所的名义，向国家林业总局提交了《关于白龙江林区采伐更新调查报告》。

报告对保护九寨沟的建议是：南坪九寨沟（白水江上游属四川境内）是个山中有湖、湖中有林的奇山异水，风光秀丽胜过西湖、桂林，是旅游、疗养、避暑胜地，应划为风景资源保护。这是我国历史上第一次提出保护九寨沟的书面资料。我为促成这一建议而感到欣慰。

王所长报告的另一个重要内容，充分肯定了采育择伐的成功经验，原文是："十几年来洮河林业局全面推广采育择伐，基本实现了以场定居、以场论伐、青山常在、永续利用的要求，一般伐后郁闭度0.4左右，每公顷保留蓄积80—100立方米，中小径木500—1200株，幼树4000—5000株，幼苗10000—30000株。据我们标准地调查，伐后年生长量每公顷6.2立方米，预计20—30年即可再次回头采伐。""群众满意地说：采育择伐好，采一批，长一群，五伐同堂不绝种。"

凭我的经验，九寨沟要从森工采伐转为风景资源保护区（或自然保护区），还要解决三件实事。第一是停止森工采伐，第二是解决每年10多万立方米的木材缺口，第三是落实资源管护经费的渠道。这三件事按当年体制，必须由省林业局牵头，这就要让甘肃省林业局的主要领导，对九寨沟森林资源的整体价值有新的认识。我务必抓住机会，向省林业局领导宣传保护九寨沟森林的意义。

老天不负我，三进九寨沟的机会终于来了。1980年6月，甘南藏族自治州的舟曲、迭部两县与白龙江林业管理局发生较大矛盾，省政府决定在迭部县召开一次座谈会。会议由葛副省长主持。我是随尚局长参会的。会后，我们又随葛副省长到舟曲县，解决舟曲县与舟曲林业局的问题。在舟曲开完会后，葛副省长宣布各单位可自行活动，我趁此机会，建议、鼓动尚局长去九寨沟考察。

我的目的很明确，九寨沟要划为自然保护区，停止森工采伐，省林业局必须点头认可，而局长是关键。当年从白龙江林业管理局去南坪林业局的九寨沟，是从文县的石鸡坝，沿白龙江的支流白水江逆流而上到南坪县的。这一带的公路都是依山傍水而建，坐在北京吉普的前座，青山绿水尽收眼底，一侧是郁郁葱葱的青山，一侧是一江碧水，在车上我能透过几米深的江水看到河底的大石块。我到过甘肃的主要河流，包括党河、疏勒河、黑河、石羊河、大通河、洮河、渭河、泾河、西汉水以及白龙江和黄河。水质最差的是渭河，最好的要数白水江了。那时林区公路路况很差，坐车很不舒坦，但沿途青山碧水和林区清新而湿润的空气，使人感到莫大的享受，弥补了坐车之累。

司机出发时告诉我，白水江有水獭。大约到了四川境内，也就是在白水江上游，我才发现水獭戏水。起初见到一只，它翻滚于白水江急流之中，一会儿蹿到水面，一会儿又钻入水底，因为江水非常清澈，我们能见到水面下水獭的优美姿态，在我们停车欣赏后，又见几只水獭成群而来。司机告诉我，这群水獭的窝（洞穴）就在附近岸边。我很好奇，想看看水獭窝出口的结构是否和资料所述一致，就沿岸找了一阵，但没有找到，我想可能它在岸边灌丛之下。在自然状态下观赏到成群水獭戏水，见到了跃出水面的水獭，还透过清澈见底的江水看到水獭入水后的优美姿态，真是一种享受。

南坪是一个小县城。如果去掉南坪林业局的建筑物，它是一个非常小的县城。在我的感觉中，它似乎没有一条像样的街道和一座2层以上的建筑。县城附近已没有森林。但沿公路进入南坪时，山麓一个大土包上有一株高大且生长旺盛的杨树。这株树可以说是南坪的地标。我特地跑到树下察看，树很粗，几个人抱不住，目测树高在35米左右，树干挺拔、树冠很高，我只能从树皮形态和树叶外形（太高了，看不清）进行判断。它与生长在川西和陇南高山、溪谷地带的青杨、小叶杨有很大区别，我初步确认它是一株毛白杨。当地百姓传说，这株树原长在山坡上部接近山脊处，因树姿大而挺拔，老百姓把它作为风水树保护。清朝时期，一次地震引发山体滑坡，一夜之间，此树从山脊附近滑到现在生长的地方，大土包就是此树滑坡时从山坡上滑下来的原土。据此推算，树龄应在200年以上了。凭我多年对全国杨树的认知和联合国粮农组织对杨树的介绍，未见有如此挺拔、高大且生长旺盛的。杨树属速生、短命树种，几百年不衰，应算"寿星"，故我戏封它是"杨树王"，它不逊色于甘肃天水马跑泉的"垂柳王"和黄山的迎客松。

我们在南坪林业局住了一宿，第二天就进沟。第一站车停诺日朗瀑布，之后我就让尚局长看最美的"海子"和林相最完整的森林，见缝插针地向他介绍九寨沟在全国林区中的特色。按现在的话讲，我是他的导游，又是森林生态讲解员。我明白：我必须根据对象做不同宣传工作，尚局长不同于王所长，王所长是专家，用不着我多解释，只带他到关键地点考察就行了。尚局长是老革命、是外行，我必须适当地强调森林对维护九寨沟美景的主导作用，向他介绍把这条沟划为保护区的长远意义和历史意义。他同意我的说辞，我达到了向领导宣传的目的。那天尚局长很开心。

我在甘肃省林业局内不主管"自然保护"。我见缝插针、上下奔波，历时十年，三进九寨沟，为保护九寨沟自然资源呼叫，纯属"多管闲事"。然而，我后来得知当初13个森工采伐林场一个也没有开建，没有一棵树被采伐，看到如今九寨沟旅游事业欣欣向荣时，深感欣慰。

九寨沟的风光将永存，而建设九寨沟的功臣们似诺日朗瀑布的飞流转瞬即逝。在九寨沟，后人们找不到最早为它奔波呼叫的王所长和其他两位同志的名字，也找不到尚局长的名字。我常想：中华民族为抗击日本侵略者牺牲的千千万万个中华儿女，他（她）们中的绝大多数，都没有留下名和姓。我们是中华民族精神的继承者，应该做一个无愧于国家培养和师长教诲的人。

林间的灵兰

灵兰是一位具有个性、典型的温良恭谦的中国传统女性。她在工作、持家、社会活动中,只讲贡献,从不争名,任劳任怨。她一直支持我的工作,我也支持她的工作。我们一生都因

在革命老区考察(右一是方灵兰)

《甘肃林业》

为共同的林业事业而自豪。我们离开学校奔赴甘肃之后,灵兰就在位于黄羊镇的省林科所基地,承担起了为治沙造林的沙生植物育苗工作,这是一项历史上尚未有人涉足过的工作,因为治沙工作也刚刚起步不久。次年春天,我们夫妻共同奔赴民勤治沙站开展沙区治理和防护林的研究。民勤治沙站条件极为艰苦,我们过着充满开拓性的新婚生活。白天,我们带领工人共同工作在沙区,开展草沙障造林和丘间地底造林试验。下班以后,我们各回各的集体宿舍。就是在这样的条件下,我们坚持自律自爱,度过了几个月的婚后生活,随后一起转移到干旱地区进行荒山育苗、造林试验研究。

20世纪80年代初,灵兰进入筹建中的甘肃省林业技术推广总站工作并任副站长。在她的回忆中，有一件事让她特别骄傲，那就是她全面承担了从世界银行贷款60万美元支持林业建设的各项配套工作。这是新中国成立以来，甘肃省农林系统第一次引进外资。

灵兰在参加省政府组织的"太行山考察"活动中，考察学习革命老区推广林业技术的经验，为甘肃在贫困山区和革命老区开展林业技术推广、加强林业扶贫出谋划策。她在更年期带来的各种不适中，克服了很多困难，随林业部科教司赴美国考察了近一个月。回国后，她根据当时的国内形势，撰写了两份赴美考察报告。其中一份登载在《甘肃林业》上，这篇面向全省公开的报道性文章所叙述的内容是符合当时农村经济改革形势的。另一份是面向内部的参考资料，她在文中重点介绍了美国面向"社区"的林业技术推广。这两篇文章提出的观点与呈现的内容，为林业从结束纯粹的计划经济模式，逐步向计划经济与市场经济结合模式过渡做了铺垫，使得甘肃广大林业干部在这个领域能早走一步。

第五部分 背影

告别这片曾于此献出青春的土地时，我们的心情很平静。因为无论我们走到哪里，都将继续保有那段岁月的珍贵记忆。遥想当年，我们怀着炽热的理想走出校园，奔赴大西北，凭借着对党和国家的忠诚与信仰，一刻不停地努力着。有过抗拒诱惑的艰难，也有过面对选择的彷徨，在利益和信仰面前，我们始终选择信仰。至今，我们依然觉得，那是我们人生中最闪耀的岁月，是我们这对五六十年代大学生夫妇永恒的年代记忆。

遍及世界的宁波游子，都有"树高千丈，叶落归根"的思乡之心。

我们夫妻，1960年从大学毕业，作为国家科技支边人员，被分配到设在甘肃武威县黄羊镇上的甘肃省林科所。按照当年的规定，服务满20年即可调离。到1988年，我们已在甘肃奋斗了28个春秋。到了"叶落归根"的时候，思乡情更切。

几多春秋

在这28年中，我们与甘肃人民同甘苦、共患难，秉承前人智慧的结晶，努力拼搏。我们在武威县黄羊镇、民勤治沙站工作的时候，也是甘肃灾荒极其严重的年代。当时我在全身浮肿，每天食不果腹、衣难御寒的条件下，坚持在腾格里沙漠边缘和风沙前沿开展林业科研，在全国率先获得了农田防护林在沙暴时防护效益的数据。

在这28年中，我创立了采育择伐的理论并付诸实践，建立了近千亩采育择伐样板林；在择伐林中首创火烧清林200亩，参与了次生林综合培育的研究；用翔实的调查数据揭穿了"洮河林区11万亩直播造林成功"这一弥天谎言，使国家免受更大损失。

在这28年中，我在总结新中国成立以来甘肃林业建设成败的基础上，提出了沙丘（荒）治理要围绕水分生态平衡转的观点。例如，河西走廊农田防护林带建设要围着防沙、蓄草、促牧、节水、减少林粮争水转（1973年）；农村植树造林要围着农民治穷致富转（1978年）；对现有森林的经营管理，要在保护、培育、发展的基础上，围着蓄水、涵水、保水、防止水土流失和控制泥石流灾害转（1981年）。

在这28年中，我跑遍了全省14个地州市，84个县市区（全省85个县、市、区，只有玛曲县我未去过），80%以上乡、镇，深切了解甘肃人民绿化祖国、美化家园的热情、诉求和成效实例。我深入全省所有林区的主要沟汊，包括白龙江、康南、岷江、洮河、大夏河、太子山、祁连山、小陇山、子午岭、关山等林区及哈思山、马衔山、石羊河等近300个国营林场的山山沟沟。

在这28年中，我主持了小陇山林业总场总投资一亿零四百万元的总体设计，开创了向西方学习"集约经营、永续利用"森林资源理念的先例，带领一批同志完成了兰州、定西两地（市）的林业考察。这些考察报告得到省委、省政府以及

考察庆阳老区农区林、渠、路配套治理成果（右一为方灵兰）

地、市各级政府的认可和好评，尤其是为兰州市区南北山的绿化作出过历史性的贡献。同时在调查考察的基础上，提出国家造林方针由"集体造林为主"改为"千家万户为主"的重大改革建议，建议得到林业部的赞许、实施。

在这28年中，由我负责的甘肃省农林局系统"三工"（临时工、合同工、季节工）改革办公室（1971年），圆满完成了全系统（含白龙江林业管理局、省农科院、兰州生物制药厂、平凉畜牧队等，共1万多名职工）的"三工"改革。

在这28年中，我认真、创造性地落实领导指示，圆满地解决了林业系统中突发性的难题，包括1975年，由中央领导批示的，关于查实祁连山森林管护存在严重问题的难题；1976年，甘肃省委书记和水利部部长日夜挂念、省委书记亲自督办的，漂流在白龙江上的35万立方米木材在碧口水电站无法过坝，可能造成水库大坝损毁和宝成铁路嘉陵江大桥冲毁的难题。

在这28年中，我们夫妻不分昼夜、寒暑，坚持5年，利用业余时间8000多小时，在极为简陋和困难的条件下，编著出版了《简明林业辞典》；为落实党中央"甘肃要种草种树"的号召，用业余时间，撰写、发表了40多篇科普文章及论文；主编了《甘肃主要树种栽培技术》，参与了《森林较利学》等的编著。

在这28年中，我起草了得到甘肃省政府认可的《河西走廊防护林建设规划》《甘肃林区建立公检法的意见》《甘肃省

碧口水电站发电纪念杯

裸露的哈思山油松根系

森林法实施办法》《关于加强林副产品生产管理的意见》等涉及全省，具有历史性、开拓性的规划、意见。我策划、组织、领导了全省森林资源清查和重点林区航摄调查。

在这28年中，我起草过多届省领导在全省林业会（含电话会等）上的讲话稿和会议纪要。起草不同领导的讲话稿时，还要考虑到他们性格各异、讲话风格不同，这不仅锻炼了我的写作能力，更重要的是，我逐步学会站在省部级领导的立场上去看待事物、分析问题，提出措施和政策建议。同时，我也必须学习他们用全局观念、发展观念、一分为二的观念去看待存在的问题，更要学习他们对诸多问题进行综合、判断、分析、鉴别的能力。

在这28年中，我三次深入九寨沟林区，为停止森工采伐、保护九寨沟自然景观奔走、呼叫。那里当时属白龙江林业管理局的南坪林业局管辖，要裁减十几万立方米木材生产指标是非常困难的。我抓住机会，趁机鼓动并陪同了省林业局尚局长、中国科学院林业土壤研究所王所长等先后到九寨沟实地考察。王所长在考察后以中国科学院林业土壤研究所的名义于1978年6月20日向国家林业总局建议将南坪九寨沟划为风景资源保护区。这使得我有幸成为全国最早为提出保护九寨沟自然景观、停止森工采伐的林业干部。

在这28年中，我还受厅长指派，在李副省长的直接领导下拟订了山丹培黎学校（路易·艾黎半工半读学校）的筹（重）建方案。

整整28年，我始终工作在林业局系统，党和人民给了我比他人更多的锻炼机会，这使我对甘肃林业在以下几个方面有更深刻的认识：省内各个地方的现有森林，都有其独特的作用，需要分类精细管理、集约经营；省内各地生态差异巨大、社会需求不同，植树造林各项技术措施，均需因地制宜，绝不能等同视之搞"一刀切"；甘肃林业建设不应是与社会争夺、耗用水资源的事业，而应是蓄水、涵水把水害驾驭为水利的伟业。

在我要告别甘肃林业界的时候，深感遗憾的是还有几件原想三五年内完成的事没有来得及做。一是选育冬季叶色不变焦黄的侧柏或千头柏，它是兰州主要绿篱树种，能给兰州冬季添绿。二是用红果臭椿取代果色枯黄的臭椿，给市区添美。三是在兰州北山推广、建立四季常青、非常耐旱、无病虫危害、牲畜不食的沙冬青样板林1000亩。四是与甘肃农业大学在皋兰石洞寺林场组培基点协作，5年内无偿为兰州农民培育河北杨苗木120万株（每人1株）。五是促使甘肃省科技委、林学会、林

千头柏

业技术推广总站制订翔实的工作条例，使三方有机联系，形成合力。

我们夫妻沿着党指引的方向，在甘肃的28年里克服了各种艰难困苦，尽职、尽责，努力奉献，做到了堂堂正正做人、兢兢业业工作，我们衷心感谢各级党政领导的肯定和鼓励。

在这28年中，我们与甘肃人民结下了深厚的情谊。当我带着腰椎损伤、风湿性关节炎两种职业病离开甘肃时，一想到要告别为此奋斗了大半辈子的黄土沟壑、森林草原、沙漠戈壁，离开情深谊长的第二故乡，心情便极度复杂，甜、酸、苦、辣一股脑儿地涌上心头。

叶落归根

1988年的春节，是我们到甘肃20多年来过得最开心的一个春节。老岳父早已彻底平反，在上海以高干身份离休，两老夫妻复婚。我们的大儿子在甘肃省化工研究所工作，年前已经结婚，有一个贤淑的妻子。女儿考入国家统一招生的大学，小儿子也在兰州重点中学读高二。我俩的政治、经济待遇已有很大改善，国家物资供应充裕，林业厅机关给每个职工有偿分配的粮、油、肉、果等都非常充足，四五个干部能分到1头牛的肉，每位职工能分2只羊，苹果、冬果梨、软儿梨等应有尽有。爱人更年期后遗症已有很大好转。这年春节过得确也其乐融融。

节后,政工处史处长告诉我们:"宁波市人事局又来了商调函,政工处是在1987年底接到的,商调函要求在1988年元月二十日前报到。党组实在不想让你们走,想通过万家欢乐的春节再做做工作,让你们留下来,所以拖到现在才告诉你们。"他告诉我们时,早已过了报到日期。

当年,政工处善意扣压商调函已是常事,我们也习惯了。1979年就压了当时宁波专署农林局发来的商调函两次,后来也压过中国林业科学研究院亚热带林业研究所发来的商调函数次,还扣压过浙江林学院、浙江省林业干部学校发来的商调函。

甘肃省林业厅厅长在这次商调函上批了特别大的九个字:"要尊重科学,尊重人才"。这是"文不对题"的批示,但我理解他的心情。在同意我俩回家乡后,厅长希望我把已经接手的工作全部办完后,再帮助办妥几件事。

第一件事是落实小陇山林业总场1988年度的500万元部拨专项经费,因为自1978年以来,相关项目一直是由我全面负责的,包括促进资金到位,审定、落实建设项目和合理运用。第二件事是与林业部协调好"国营林场开发公司"的筹资问题。第三件事则是为兰州南北山绿化再出一点力。我带领4位助手,起早贪黑地连续工作了1个月,圆满完成了兰州驻军绿化规划设计工作,为兰州南北山绿化留下一个样板。

我们是1988年4月底持宁波市人事局调函到林业部宁波林

校工作的。当年宁波林校已从外地迁址到奉化溪口。溪口是蒋介石的故乡，与宁波其他小镇一样，山清水秀，人杰地灵。它背靠四明山，面向舟山渔场，山珍海味应有尽有，小镇青山碧水、老少宜居。蒋氏故居丰镐房、蒋介石的出生地玉泰盐铺、蒋经国1937年自苏联归国后与妻子居住的小洋房、张学良将军曾经的软禁地文昌阁和中国旅行社旧址、蒋介石亲自创办的武岭中学、蒋介石母亲王采玉之墓，以及应梦里、雪窦寺、千丈岩等，得到政府的悉心保护，成为旅游胜地。历史悠久的武岭中学与文昌阁相接，紧邻蒋氏宗祠，与剡溪交互辉映，衬托古镇风采、文脉。部属的宁波林校落户溪口，无疑会给小镇增添不少文化底蕴。

宁波林校

宁波林校创办于1958年，最初建在四明山区，是一所半工半读的中等林业学校，几经变迁，后改制为浙江林业学校宁波分校。1985年，林业部部长视察浙江时，确定宁波分校从浙江林校剥离，改建成以经济类为主的林业部宁波林校。其时，宁波分校有27名教职员工、1个造林专业、159名学生，建筑总面积约5000平方米。1987年林业部下达《关于宁波林校扩建初步设计》，确定建设目标为学生规模800人，教工205人，建筑工程总面积21082平方米，投资概算1036万元。

公历一九八八年·农历戊辰年

星期四

四月

28

农历三月十三

叶落归根

我们回家了

经林业部党组与宁波市委商定,宁波林校党组织关系挂靠在宁波市农村经济工作委员会,行政上直属林业部领导。自林业部决定接收起,学校实行全国统一招生,统一分配,成为以培养林业经济类管理人才为主的部属学校。

1988年4月末,在我俩到达宁波林校时,造林专业已经改称园林专业,计划统计和财务会计两专业开始招生,有在校学生323名。体育场、女生宿舍、教学楼、校园围墙等硬件建设刚刚开始土建。教学急需的软、硬件均赶不上发展的需求,如总共10个班级,有3个班仍在临时教室上课,实验楼、图书馆、教工宿舍、礼堂、学生食堂等均未着手土建施工。教师队伍数量少、质量低、不配套,一、二年级基础课所需的语文、珠算、英语、政治、物理、化学老师等都需到校外聘请,专业基础课和专业课教师奇缺,几乎没有。

当时的宁波林校,尤其是管理层对办好林业经济类学校的认知水平、管理能力,远不及我曾到过的南京林业学校、福建林业学校、甘肃林业学校、浙江林业学校、安徽黄山林业学校20年前的水平,甚至不及20世纪80年代初才创办的甘肃庆阳地区林业学校的水平。

自到学校后,我们不顾旅途劳累,不分白天黑夜,抓紧安顿生活,适应新的环境,迎接新的工作。连日来,打扫宿舍,到宁波接运行李、拆箱开包、铺床挂帐,采购在南方生活必不可少的蚊帐、蚊香、止痒药水、电扇之类的日常用品,还要解决柴(煤球)、米、油、盐、酱、醋等生活必需品,跑前跑后,忙里忙外。整理了带回的约2000册中（外）文经典著作、参考书籍、期刊及我们编著出版的著作、发表的论文等，跑粮站（当时仍实行粮本、粮票，煤球、煤油、食盐、糖等都凭票）、跑煤场、跑商店、跑医院（孩子肝炎就医）、跑学校（孩子迎高考读书）、跑银行、跑集市，拆开那个箱，打开这个包，从满屋子兰州带回摊着的家杂用品中寻找当时急需的吃、穿、用物品，千头万绪，忙得不可开交。

我们被安排住在只有下水、没有上水的二楼一角，吃喝拉撒都不方便，急需采购水缸、水桶、夜壶等物品。

把一个家在新的地方安顿下来，着实把我俩累得够呛。

在甘肃，我们也搬过多次家。住宿、生活条件是越搬越好，心情上就会比较愉快，也就不太会觉得疲劳。到了宁波林校，住宿、生活条件虽不是一落千丈，但基本上是回到

执教于宁波林校

20多年前的原点。再加上年纪大了些,体力衰了,要安顿好装了两个5吨集装箱的几千册书籍和家杂用品,我俩感到特别吃力。

到校一个星期,我俩虽昼夜不停,忙得不亦乐乎,但仍未妥帖。

我是半路接课的,既要备好讲稿,又要了解前任教师的授课风格、进度和总体安排,以及同学们的适应程度和接受能力。这些是接课前必须做的工作。现在,我已没有时间按部就班地进行课前准备,只能"跑步"登上讲台。

学校开设"林学概论"已是第二年,第一年是一个班,由李老师和黄老师两位同志执教,只讲营林部分,与林业经济类专业关系密切的木材加工、综合利用、人造板制造等都没有纳入。这学年是三个班,由黄老师一人执教,从两位老师教一个班,一下子改为由黄老师一人教三个班,显然困难不少。无奈之下,黄老师采用学生自学为主、教师辅导的方法进行教学。

我就是在这种情况下去接班讲课的。

当年,全国没有一本适合中专教学的《林业概论》课本,更没有适合林业经济类中专教学的《林业概论》课本。我深感要完善和改进教学,当务之急,就是要编写一本符合教学大纲要求的、适合林业经济类中专教学的《林业概论》。本着中专教学要与生产实践相结合的原则,我确定了课本的基本要求:第一,要适合初中毕业学生的文化知识水平;第二,内容要紧

《林业概论》

密结合财务、会计、统计、审计核算的需要；第三，随着林业综合利用的兴起，《林业概论》应包括木材加工、综合利用、人造板制造等内容；第四，教学时书应与教学计划相当，也就是说要编一本与学校林业经济类管理定位紧密衔接的《林业概论》，不应是《林学概论》。

它是全国独一无二的，适用于林业系统会计、统计、审计专业的课本。

从学期结束起，我与黄老师商议，利用假期，加班加点，共同编写适合林业经济类专业的、宁波林校版的《林业概论》（上、下册），改变这门课程没有合适教材的现状，也结束讲授"林业概论"只讲营林，不讲森工、综合利用、林产化工的历史。

宁波林校版的《林业概论》是我和黄老师互补的结晶，一直使用到宁波林校撤并。

在学校招收高中毕业生后，我又独立编著了高中中专版的《林业概论》，这个版本的内容相当丰富，文字极为精练，很适合只有高中毕业文化水平的学生。全书字数只有12万多，深受同学们的欢迎和同行们的赞许，除本校以外，江西、福建、湖南等地的林业技校也广为使用。宁波林校两个版本《林业概论》的编写成功，为改善和提高"林业概论"课程的教学质量奠定了基础。

在我们到宁波林校时，全国八大林业院校没有开设过"秘书学"课程。我们从全国综合性大学资料中也未找到过文秘专业和"秘书学"教程，在书店里也没有看到过秘书学相关专著。简而言之，编一本适合中专经济类专业的《秘书学讲义》，就要白手起家，没有任何相应的参考书，其难度不言而喻。

从接受编写任务之日算起，按学校的教学日历，这学期只有40个工作日了，要在这么短的时间内编写出一本20万字左右的、适用于中专经济类专业的讲义，加上校对、付印，到开学时把教材发到学生手中，完全是个理想、空想。

我俩本想利用暑假拜访阔别了几十年，当年在宁波工作时期的老领导、老同事，探望双方亲人，为完成这一任务，我们只得取消原定计划。调回家乡却不去探望，着实有些不近人情、不合常理，但出于工作需要，我们也只能无奈作罢。

事实上,把整个暑假都搭进去,完成编写也是困难重重。

说实话,当年如果邀我去林业干部培训班讲这两门课,主办方只需提前几天通知我,我只要列2张纸的提纲就能讲上2节课,我有能力把这两门课系统地讲到结束。我在林业部办的湖南长沙"森林较利学"研讨班上,就是用这个方法讲了近1个星期。但现在我面对的是只有初中文化的中专生,他们没有这个基础。

事很难办,但对我俩来说,自信有编写和讲授的潜力和经验优势。首先,我们在省级机关当了20余年的秘书,这在宁波林校是唯一的。我们从小秘书干到大一点的秘书,当过厅局级、省部级领导的各个档次的秘书,如生活秘书、业务秘书,还有几十年工作实践的历练。其次,我们对章、节、段落、标点符号应用和文字、修辞也比较熟悉。第三,我们有编著出版

主持全校学生实习动员大会(左一是陈青法,右一是方灵兰)

《秘书学讲义》

专业书的经验,具备了著书立说的逻辑思维和比较严谨的写作能力。第四,我们执笔过多份报告、通知、公告、公函,起草过各种性质的会议纪要,以及林业法规在全省的实施细则。第五,我们了解公文的种类、标准格式等。第六,我们熟悉公文的起草、复核、会签、签发、发送等流程。第七,秘书人员的职责、纪律、诚信是我们言行的总则,因而也了如指掌。

因此,从能力和经历来说,编写并不困难。当时的困难是时间太紧、没有助手、缺乏相关参考资料、工作条件太差,假期没有食堂,我们要自己上街买菜、生炉子、烧开水、做饭。为了按时编写出这本《秘书学讲义》,我们两人把整个暑假全都搭了进去,还要克服这年夏天气温特高、蚊蝇特多、特别闷热的困难。

室内闷热得人全身淌汗，坐着不动也全身湿透。为了不使稿纸被汗水浸湿，我们只能用干毛巾衬在手肘下写字。为完成任务，我俩不仅实干，而且着实苦干了几个月。这本《秘书学讲义》，涵盖了公务员考核时对秘书领域的全部知识，在宁波林校使用了8年。在这8年中，除了随国家公文标准的修订，对相关部分有所增删，基本内容和结构没有改动。

1988年9月，我到校不久，恰逢教研组组长改选，同仁们推举我为财会教研组组长，灵兰担起了新成立的计统教研组组长的职责，我们夫妻实际上挑起了宁波林校改制后两个新办专业的组建和教学重担。1989年，学校按林业部要求设立审计专员，2、3月间，领导班子以党委名义叫我担起教务科科长及审计专员两副担子。党委是先任命后告知的，事先没有给我任何信息，当我接到任命文件后，才知道自己早几天已经成了教务科科长、审计专员了。我对审计工作并不陌生，在甘肃省林业局工作时，每年要与省审计局合作，主持全省社队造林补助费等专项审计，我是审计署批准的注册审计师。

从决定离开甘肃省林业局那一天起，我只想到新单位发挥余热，宁静度日。

当年宁波林校的教务科是最繁杂、最庞大的科，全校百分之八十五的教工都是教务系列的员工。教务科不仅是学校行政科室，而且是集教务、教学、学籍管理、教师管理（考核、培训和队伍建设）于一身的行政业务组织。它直接管理各教研组活动和全部教师的授课，还管理教务组、实验室、图书馆、文印室、教育研究室、学校林果场等下属单位的日常事务。学校林果场名义上归教务科管辖，但事实上是校长直管。而副校长、工会主席、伙食科科长、团委书记、学生科科长等都是教师，他们都受教务科的制约和教学业绩的考核。

我是被连拉带请进入教务科办公室的。从这一天起，我既要继续承担两个班级每周10节的课，又要挑起2个行政职务，还兼任学校"职称改革""职称评审"两个领导小组的副组长。从这一天起，我成了宁波林校内担子最重、管得最宽、工作最忙的人之一，且这样一直干到退休。

虽然事务性的工作繁杂，但我们在那段时间依然作出了很多成绩，我和灵兰都认为做老师是一件非常快乐的事。

奋斗几十年的力量源泉

在20多年既不提高薪资，又不评技术职称的条件下，什么力量促使我们忘我工作？什么力量支持我们在西北艰苦奋斗？什么力量使工薪阶层（工人、干部、教师、医生、文化艺术工作者等）仍致力于国家现代化建设而不改初衷？

这是非常值得思考的重要问题。我们有切身体会。

奉献精神是扎根于脑海的。在当年，多数干部的头脑中，都具有无私奉献精神，对待工作，从来不讲条件、不计报酬、不提要求、不摆困难、不挑肥瘦。

我们夫妻分离，蹲点基层，年复一年，有时年终夫妻见面不到一个星期，又要奉命背起行囊再出发。多年来，饿着肚皮，顶着风沙，睡着窝棚。现在回想起来，没有对事业的忠诚和无私的奉献精神，是不可能坚持二三十年的。

工薪阶层中的很多人，尤其是早期参加革命和出身贫寒的人们，心底里都感恩中国共产党，很多人和我们一样，对"没有共产党就没有新中国"深有感受。他们中的绝大多数也和我一样，饱受旧社会的屈辱和艰辛，吃过旧社会的苦，尝到新社会的甜。我们都从旧社会走来，满意新中国成立初的生存环境，也满足于实行工资制时的生活待遇，素有中华民族知恩图报的侠义品德和饮水不忘挖井人的思想基础。

感恩，发自我们这代人的内心深处。

我们也对时不时开展的政治运动、整肃运动心存余悸。然而，谁也不会流露对现实生活的情绪，谁也不会为工资、职称等个人问题提出要求。感恩是真实的、表露的，畏惧是现实的、隐性的。感恩和畏惧虽是一对矛盾，但在特殊历史条件下，它铸就人们的性格，它真实地存在于一代知识分子的灵魂深处。这种"感恩"和"畏惧"使我们这一代人，面对二三十年内工资不涨、生活水平不高的现实，具有极强的忍受能力。

对我们这一代人而言，共产党员确实让人佩服。人们崇尚老一辈党和国家领导人的品行、才能、学识、机智和忘我工作的精神，也敬服他们在困难时期自我降薪、带头不吃肉、与人民群众同甘共苦的精神，更佩服17级以上党员干部调减工资

1%—12%的做法。

我们认识到，共产党员真正是吃苦在前、享受在后的。还有一些人对我们的个人精神世界有深刻的影响，一是以钱学森为代表的那些著名科学家，二是以焦裕禄为代表的一批人民公仆。

我们也为身边一些老同志的言行所感动，如林科所的第一任所长刘所长，是一位50多岁、行政15级的老党员，他敢于说真话、说实话。任所长时，他处处以身作则，非常平易近人，办事件件在理，生活极其简朴，对年轻人谆谆教导。我们从心底里敬重他。

在那个年代，工资制度的公正性和工资的透明、公开，也使得工薪阶层的每个成员在工资问题上心态平和，不存在行业之间、部门之间、单位之间、地区之间的攀比和妒忌。全国各行各业，不论是银行职员、保险人员，还是小学教师，也不论官大官小、权大权小，都执行统一的工资标准，除了工资和国家统一规定的津贴，再无奖金和灰色收入。如调整工资，全国实行统一的调资面和调资幅度，不差分毫，不存在有的省这次调资多几元，有的省这次调资少几元的问题。

物价平稳是工薪阶层能够忍受工资不涨的重要因素。以人民币计量的工资制度能维持30年不变，而且在20多年中不提工资，仍能保持工薪阶层情绪的稳定，一个极为重要的因素是民生物品的物价稳定。

在我的记忆中，从1954年到1983年约30年间，凭票供应的或与民生相关的物资价格，如粮价、油价、肉价、煤球价、布价、电价、水价、火车票价、房租、书报价，都基本不变。如20世纪五六十年代1斤猪肉5角多钱，1斤猪汤骨8分钱，1斤大米1角零4厘钱，1斤红糖2角6分钱，一条"414萃众"毛巾8角多钱，一支白玉牌牙膏4角多钱，寄一封平信8分钱，100斤煤球3元钱，到80年代初期基本上还是这个价。周总理的政府工作报告以"物价平稳，既无内债，又无外债"为荣。

中国的工薪阶层依靠"物价平稳""勤俭持家"这两条，勒紧裤带，艰辛地维持生计。挣工资的人和家庭主妇，不论老、少，都很乐意每月节约4元钱存入人民银行举办的"有奖储蓄"，因为年终既可积累48元钱派个"大用场"，还可得到2元钱利息去买四五斤禽、肉。关键是到手的2元利息是真正的利息，因为粮、油、盐、煤、电等物价不变，利率是正值。

那时我们的幸福感，就是这样写在脸上，印在心中。

和未来对话

我俩有一个孙子、一个孙女、一个外孙。他们都是在"只生一个好"的时代来到这个世界的。新一代对我们的经历似懂非懂。我们与孙子曾断断续续地讲解过我俩的人生经历。我们如此渴望对话的发生,期待着在那样的时刻,他们可以理解我们青年时代的抉择,以及对党和国家最诚挚的热爱。

龙龙是我们的孙子,现在也在上海,他是在英国曼彻斯特大学毕业后回国的。他能和我们对话,我们很高兴,觉得与他对话,大概也是与未来对话。

龙龙:你们吃过那么多苦,为什么还能持有信念?后悔当年的选择吗?

回答: 当然不后悔。爷爷出身很贫苦,是在共产党的领导下,在工会的帮助教育下,我才从一个童工、学徒工,逐渐成为工人阶级的一员,成为国家的主人,成为堂堂正正不再受人欺凌、不再受人鄙视的青年工人。这个变化,我是有切身体会的。我深知"没有共产党就没有新中国"的道理,我更深知没有共产党,也就没有我的今天。虽然吃了很多苦,但是我认为不能用历史的"实然"去否认历史的"应然"。

龙龙：您没有上过中学，就这么考上大学了，怎么做到的？有什么窍门吗？

回答：我确实是用了同龄人三分之一，甚至四分之一的时间就追上了他们。我和绝大多数青年一样，不是天才，是一个智力平平的人，在音乐、文艺方面我是典型的五音不全、没有文艺细胞者。但我在追赶同龄人时，是立足我当年、当地所处的具体条件，因地、因时制宜地想了点办法。

首先，制定一个明确的、具体的、经过努力可以达到的奋斗目标；其次，方法要得当，我的主要方法是"走近路"。我认为，做什么事不一定都要按部就班，能跑即跑，能跳即跳。文化学习、认知学习，在循序渐进的原则下，对同一类型的内容，没必要去重复练习，更没必要无休止地去重复练习，关键是要达到"准（正确理解）"和"精"。譬如我练算盘，我把要点放在算得"准"和能"左手算盘右手（写）字"的"精"上，而不是无休止地训练算得"快"。因为算得"快"所节约的时间，往往要比自我复核一次多，结果比算得"准"要多花很多时间。在"准"和"精"的基础上，要学会充分利用时间。苍天给每个人的时间是等同的，但利用率取决于自己，既要充分利用零星时间，不要把整段的时间花在办零星小事上，又要学会交叉利用时间。按现在的话说要用统筹法去安排时间，更要在学习上做到先易后难，不要"死"啃在难点上不动。我亲身体会到，难点有时能靠悟性解决，尤其是半夜醒悟时可能出现解决难点的轮廓，此时一定要当即用笔记下，切莫贪睡懒记。还要抓主要矛盾和矛盾的主要方面，这是毛主席教导的，我觉得很在理，书的每章、每节都是有重点的，要学会找出重点、抓住重点，千万不要在次要问题上花精力和时间，譬如去模仿、复制、抄录一个图表。

"走近路"、图"准""精"的同时，还得"路走快"，做什么事都要快。我们当年每天花在走路上的时间是很多的，所以路走得快，就能节省不少时间。洗漱、吃饭、料理个人生活也得快。时间来于"快"，"快"能挤出不少时间。我信奉"时间靠挤，时间靠快"这句话。我把时间安排得这么紧，是感到累，但当我取得成绩时就不觉得累了。正所谓习惯成自然，养成过紧张日子的习惯后，这一习惯会延续很久。

最后，要努力自我克制。我的体会是要成功就要有付出，付出越多，成功的概率就会高一些，但付出与成功不一定是成正比的。付出要得当、要科学，不当付出，会适得其反，如过量运动、不适当地节制食欲减轻体重、阅读无必要的参考资料，我在举重锻炼和寻觅高考复习资料中均深有体会。对异性的自我克制，是一种最理性、最高尚、最艰难的付出。只有这样，才能抓住机遇。如果说有什么窍门，就只有这么一点点，是被逼出来的、摸索出来的窍门，但它确实管用。青年们如果不加以自我克制，任性而为，就会流失很多时间，甚至迷恋成瘾。在这方面，我当时虽是工会干部，是文艺活动的组织者之一，但我只是礼节性到场应付后，就匆匆离场而归，继续我的文化学习。我确能以超乎常人的克制,把休闲、社交的时间降低到最低限度,把天生的异性相吸,自我克制在心底。坚持不达奋斗目标,决不谈婚论嫁。关于这一点,确使年迈的双亲和"热心人"有点失望。

龙龙:努力追赶同龄人的时候,产生过抱怨,出现过劳累、厌烦情绪吗?

回答:抱怨和厌烦情绪也是有的,尤其恶劣天气,常常会引发厌烦情绪,怨天尤人,但很短暂。这可能与我年龄有关,我自觉长大一点就好些。

龙龙:听说您在南京林学院毕业分配时,得到了可以去北京进修的机会,是什么原因使您放弃前往北京而去甘肃的?

回答:为了爱情和理想啊。毕业分配时,我可以不去甘肃,改去北京的林业部森林病虫害进修班,这是真的。在我们毕业离校前几天,学校突然告诉我们"陈青法可改去学制三年的林业部森林病虫害进修班,但方灵兰是分配到甘肃的8名同学的带队人,仍需带队去甘肃"。去北京进修提高,是很多人向往的,也是我俩曾向往的,但是,如果只能我一个人去,已经相恋4年的我们很难接受。此外,"森林病虫害"仅仅是林学专业中的一部分,与我进校时的理想,也就是"黄河流碧水,赤地变青山"有较大差距,如果去北京的林业部森林病虫害进修班，就意味着我今后要放弃在校苦读时获得的大部分知识，这也让我难以接受。

龙龙：服务林业40年，您觉得最有成就感的是哪件事？

回答： 有成就感的事有好多。和你奶奶共同编著的《简明林业辞典》得到社会全面肯定，是我们最有成就感的事。我们花了整整5年的业余时间，8000多个小时，才完成征求意见稿的工作，加上征求意见稿分发、意见反馈、修正、出版等后续工作，用了整整7年的业余时间。顺便说一下，我觉得成就和付出是一对孪生兄弟，天下没有不劳而获的成就。成就和付出原则上是成正比的，付出越多，成就的价值就越大。年轻人要有所成就，就得坚定不移地爬坡。

龙龙：在支边工作中受到不公正待遇时，你们是怎么想的？

回答： 在革命征途和事业发展中，很多同志在不同历史时期都受到过一些不公正的待遇，我们也不例外。不公正待遇有政治原因引发的，也有地方宗派小集团等其他莫名其妙的因素引发的。当时，如果没有党的关爱和支持，我们的日子将会很艰难。政治因素引发的不公正待遇，是很伤人心的。我和你奶奶，在甘肃，大多数时间是走在党的光辉照耀下的康庄大道，能迈开大步向前走，但也有走"独木桥"的时候。跨越"独木桥"时务必心中有党、小心谨慎、胆大心细。我希望年轻的一代，堂堂正正做人。

龙龙：您一生中最"自鸣得意"的是哪件事？

回答： 我对一生中想做又做成的事比较满意，这不是因为我缺乏自省、骄傲自满，而是心安。我参与每一件比较重大的事前都会反复思量怎么入手，甚至会草拟个实施计划。这个作风，是我在秉承"做人做事，要上半夜想想人家，下半夜想想自己"的父训中逐步养成的。"上半夜想想人家"是指入睡前，对白天做的事，细想一下对方的感受，按现在的说法，是睡前来一下"换位思考"，总结提高。"下半夜想想自己"是指自己有什么需要改正提升的地方。养成这一习惯，有利于减少工作失误，不断提升自身工作的质量，所以我对做过的事都比较满意，没有大的遗憾事。

够得上我"自鸣得意"的有一件事，那就是抱着为党和人民事业建功立业的雄心，调动智慧和平时积累下的但各不相连的、从木材生产流程中各个环节获得的经验，通过几天内日夜不停付出的辛劳，解决了在"桃花水"来临之前，漂浮在白龙江上的35万立方米的木材安全过坝的问题。这既避免了木材损失，又确保了水库大坝和宝成铁路嘉陵江大桥的安全，让相关的部门不用为此事再日夜挂念和操心。我很满足，我以此为荣。我"自鸣得意"的关键节点，不在于我解决了什么"大"难题，作出了什么"大"贡献。我"得意"之处，是解决了当时省林业厅内"造反派"和"留洋派"连碰都不敢去碰一下的"白龙江35万立方米木材水运过坝"的难题，展示了党从工人群体中培养出的知识分子的本领。

龙龙：您的身材（体型）像体操运动员，但后来是怎么成为举重运动员的？

回答：我是举重运动员，在举重运动中我是国家二级运动员和三级裁判员。在新中国成立前后，江苏、浙江农村兴玩"石大刀"（石担），"石大刀"就是用粗约10厘米、长约2米的毛竹竿，两头串起两片圆石头做的举重器材。那时农村没有杠铃，全宁波市只有效实中学和市体育场各有一副不达标的杠铃。我小时候，在农村偶尔也玩玩"石大刀"。后来学徒有点自由时间，我开始到体育场练"弹腿"等少林武术，也玩杠铃、铅球等力量型的运动，以后又转为以玩杠铃为主了。当年，全国举重运动成绩都不太好，成绩最好的陈镜开、陈永博、黄强辉等，都还不是运动健将。

新中国成立初期，国家提倡群众性体育活动，专业运动员几乎是没有的，喜爱体育的，多是相似运动兼顾。我体重在56公斤以下，身高171厘米，体形匀称，略呈修长，我不爱为了形体美去练肌肉，以博人眼球，这可能与"长大后，做人不要争着当衣服的面子，要学会心甘情愿地当衣服里子"的父训有关。

举重运动分为挺举、推举、抓举三项，以后改为挺举、抓举两项，不管哪一项都有技巧。有些人认为举重只要有力气就行了，这话不全面，每次举重要达到最好成绩，必须做到全身肌肉配合发力,手指、脚趾都要巧妙用力,还要做到精、气、神同步。电视上播放的举重赛中,我看不少运动员举起杠铃后,不是前倾就是后仰,致使失败,原因都是手指、脚趾运力不协调,并不是他们没力气。举重除了要全身肌肉"协调"发力,还要与精、气、神密切"配合",才能取得成功,才能取得好成绩。因此,举重成败的关键在于是否做到"协调"和"配合"。林业工作者,如能在工作中举一反三地重视"协调"和"配合",不论你是搞行政管理(如护林防火),还是从事业务技术(如赤地雨季直播造林),都是很有帮助的。又说到林业了。

龙龙:您对我有什么期待?

回答: 我和你奶奶这一生,算是与新中国的发展命运与共,没有白活一天!

在40多年的风雨历程中,我们做过很多真实而有意义的事。我们对你的殷切期待是:"不要浪费一天!""每天进步一点!"此外,找到志趣相投的终身伴侣,也很重要啊!

后记

回首和灵兰一起走过的人生旅程，虽然历尽坎坷，但是我们至今仍然不后悔最初的选择。我们在新中国接受高等教育，用学到的知识为国家建设服务，尽管我们终生未能入党，但从来不曾背弃青年时代对党和国家的承诺。

我们受到过中共甘肃省委和甘肃省人民政府的表彰，甘肃省林业厅党组和甘肃省农业厅党组曾经分别向国务院科技干部管理局推荐我们为"自然科学优秀拔尖人才"，可惜后来因为这一活动中途停顿，我们也就没有机会得到国务院的褒奖了。

我们至今保存着老领导的亲笔信，他曾任中共中央政治局常委。那些亲笔信中蕴含的激励和鞭策，如今耄耋之年的我们依然铭记在心。原林业部部长、党组书记罗玉川同志也曾写下亲笔信函、题词等多次鼓励我们。这些都是弥足珍贵的记忆。

后来，我们落叶归根，回到故乡。我们夫妻在从宁波林校退休前，还心存入党的执念。可以说，我们二人为争取加入中国共产党做了长期努力，一生洁身自好、严于律己，多次受褒奖，未受过任何处分、训诫。虽未能如愿，但不改初心。

回望80多年的人生，我始终崇敬周恩来同志和以他为代表的一批优秀共产党人，我和灵兰将这些优秀的共产党人视作自己一生的学习榜样，像他们那样为党和国家的事业鞠躬尽瘁。

我们一生以毛主席"有所发现，有所发明，有所创造，有所前进"的勉励为指引，对工作极其认真、勇于创新、不惧艰难、敢于献身。我们也曾以焦裕禄同志为楷模，不断激励自己。

作家王蒙的一段话曾经引起我的强烈共鸣。"我经历了伟大也咀嚼了渺小。我欣逢盛世的欢歌也体会了乱世的杂嚣。我见识了中国的翻天覆地，也惊愕于事情的跌跌撞撞……见过上层的讨论斟酌，也见过底层的昏天黑地与自得其乐，还有世界的风云激荡……我感受了呵护的幸运与'贵人'的照拂。"

某些时刻，我觉得这段话，好像是他为我们而写下的。

我们为祖国"黄河流碧水，赤地变青山"，付出了毕生的努力。我们是中华民族的子孙，秉承民族的传统感情。本书中所记录的只是记忆中的一些片段，都是没有刻意雕琢的真实记述，更无意自我拔高、欺世盗名。

谨以此书感谢半个多世纪以来曾关心和支持过我们的所有领导、同志和朋友们！感谢王宗光同志在政治、思想上对我们的长期帮助，尤其是在出版拙作时的热忱指导和鼓励！

著者
二〇二三年于上海